共犯レクイエム

公安外事五課

麻見和史

ハルキ文庫

角川春樹事務所

共犯レクイエム

公安外事五課

目次

プロローグ

タイヤがスリップして、危《あや》うくハンドルを取られそうになった。

男はアクセルを少し緩《ゆる》めた。スノータイヤを装着しているとはいえ、雪の積もった道でこれほどスピードを出すのは危険だ。それはよくわかっているが、今は急がなければならない理由があった。

ルームミラーで後方の様子をうかがってみた。夜の闇《やみ》に目を凝《こ》らしたが、追ってくるヘッドライトは見えない。

郊外《こうがい》に広がる農地の中を、まっすぐに走る道だ。東欧《とうおう》のこの国、ベラジエフ共和国では亜麻《あま》の生産が盛《さか》んだという。だが辺りに広がっているのが亜麻の畑なのかどうか、男にはわからない。

二十分ほど走ったところでハンドルを切り、脇道《わきみち》に入った。ここは農道になっていて、深夜に誰《だれ》かが通りかかることはない。大樹の陰《かげ》になったところで車を停《と》め、男はエンジンを切った。

外に出ると、肌《はだ》を刺《さ》すような冷気に包まれた。月明かりの下、吐《は》く息が白く凍《こお》る。手袋《てぶくろ》をつけ、防寒具を着込《きこ》んでいるが、急速に体温が奪《うば》われていくような気がする。

男は後部座席のドアを開け、力を込めて「荷物」を手前に引いた。どすん、と衝撃《しょうげき》があって、荷物は雪の上に落ちた。

だらしなく伸《の》びきった手足。白眼《しろめ》を剝《む》き、弛緩《しかん》している顔。口ひげには、わずかに血が付いている。

それは三十代後半の男性だった。胸に一発、腹に二発の銃弾《じゅうだん》を受け、出血している。その血がひげに付着したのだ。車内を見ると、後部座席にも血の汚《よご》れがあった。

男は後部のドアを閉めると、死者の腕を引っ張って五メートルほど進んだ。それから遺体の衣服を探っていった。財布《さいふ》、手帳、ＩＤカード。それらを見つけて、自分のポケットにしまい込む。

強い風が吹いて、細かな雪が舞い上がった。

男は車のトランクを開け、ノコギリを取り出した。以前ベラジエフの田舎町《いなかまち》で、林業に携《たずさ》わる男性が使っているのを見たことがある。彼《かれ》らにとっては生活のための道具だろう。だが今、男にとってこのノコギリは犯罪のための凶器《きょうき》だ。

男は遺体のそばにしゃがみ込んだ。死者はこちらに白眼を向けている。

遺体の襟元《えりもと》を開くと、首の部分があらわになった。手袋を嵌《は》めた手で、何度か喉《のど》の弾力《だんりょく》をたしかめる。それからノコギリの歯を押し当てた。

はるか上空の雲が流れ、月の光が弱まった。凍《こご》えるような風が吹いた。雲が動き、再び青い光が辺りを照らし出す。それを合図にしたように、男はノコギリを持つ手に力を込めた。

前後に歯を動かしていくうち、首の皮膚《ひふ》が裂《さ》けて血が滲《にじ》み出した。手に伝わる感触《かんしょく》が徐々《じょじょ》に変わってくる。皮膚から皮下組織へ、筋肉へ、そして骨へ。ノコギリの歯は血に染まりながら、死者の首を切り裂いていく。辺りの雪が赤い色に染まる。

月明かりの下、男は脇目もふらずにノコギリを動かし続けた。

第一章　監視

1

――待ち人来たらず。

正月に引いたおみくじに、そんなことが書かれていたのを思い出す。篠原早紀《しのはらさき》はひとり、ため息をついた。

今日は八月二十四日、夏の盛《さか》りは過ぎていたが、まだ厳しい暑さが続いている。日が暮れてもあまり気温が下がらず、むしむしした夜になっていた。

腕時計に目をやると、午後九時二十分を過ぎたところだった。いつもならそろそろ現れるはずだが、彼《かれ》はまだ姿を見せない。

会えば会ったで、向こうが感情的になることはわかっている。だが会わずにいれば、彼は早紀のことを意識の外に追いやってしまうだろう。物事にはタイミングというものがあるのだ。一気に畳《たた》みかけて、相手の気持ちをつかまなくてはならない。

　ここはJR阿佐ケ谷《あさがや》駅のそばにある商店街だ。通り沿いにはファストフード店、居酒屋、ゲームセンター、パチンコ店などが並んでいて、地元の人間はここを通ることが多い。だから道端《みちばた》で佇《たたず》んでいれば、目的の人物を見つけられる可能性が高かった。

　居酒屋から、会社員らしい男性のふたり連れが出てきた。一杯《いっぱい》飲んで、いい調子になっているようだ。何が可笑《おか》しいのか、げらげら笑いながら彼らは駅に向かっていく。

　早紀のそばを通るとき、会社員のひとりがこちらを見た。パーマをかけた男性で、いかにも軽いという印象がある。酔《よ》っているから遠慮《えんりょ》がなく、品定めをするような目になっていた。

　気づかないふりをして、早紀は携帯電話《けいたいでんわ》の画面に目を落とした。ところがその男は、わざわざ足を止めて早紀に声をかけてきた。

「お姉さん、ひとり？」

　どうしたものかと早紀は考えた。このまま気がつかないふりを続けようか。それとも場所を変えたほうがいいか。

　早紀が顔を上げると、その会社員は言った。

「俺《おれ》たち、これから知り合いのバーに行くんだけど一緒にどう？　そこ、和風のピザが旨《うま》いって評判なんだよ」

「ご馳走《ちそう》しますよ。俺じゃなくてこいつが」連れの会社員が横から口を挟《はさ》む。

「馬鹿、ふざけんな。割《わ》り勘《かん》だよ。……あ、いや、お姉さんはいいからさ。俺たちでご馳走するから」

早紀は携帯電話をポケットにしまうと、なるべくふたりの顔を見ないようにしながら首を振った。

「私、人を待っているので……」

「友達？　もし女の子だったら、その子も呼んで一緒《いっしょ》に飲もうよ」

面倒《めんどう》だな、と早紀は思う。これだから酔っぱらいは困る。

立ち去ろうとしたとき、商店街の先のほうから怒鳴り声が聞こえてきた。三十メートルほど向こう、ゲームセンターの前で五、六人の少年が諍《いさか》いを起こしたようだ。まだ大人になりきれない線の細い体で、互いに虚勢《きょせい》を張っている。相手を威嚇《いかく》する言葉が辺りに響《ひび》く。

ふたり連れの会社員たちは苦笑いを浮かべていた。

「なんだよ、ガキの喧嘩《けんか》か」

「失礼」

そう言って早紀はふたりから離《はな》れた。バッグを肩に掛《か》け直し、揉《も》めている少年たちのほうへ向かう。

幸いなことに、早紀がゲームセンターの前に着くころには、少年たちの騒《さわ》ぎはおさまっていた。捨て台詞《ぜりふ》を残して三人が立ち去る。すれ違うとき、早紀は彼らの顔を確認した。

それから、まだゲームセンターの前に残っている別の三人に近づいていった。

「高梨純《たかなしじゅん》くん、ちょっといい？」

早紀は少年のひとりに声をかけた。

身長は百五十五センチほどで、早紀と同じぐらいだ。十六歳《さい》という年齢《ねんれい》のわりには、小《こ》柄《がら》なほうだろう。黒い髪《かみ》がうねっているのは天然パーマだからだと聞いている。彼は茶色いバッグのストラップを肩に掛けていた。

高梨純はいわゆる虞犯《ぐはん》少年というタイプではなく、どちらかというとおとなしい印象の少年だった。だが家庭環境《かんきょう》には恵《めぐ》まれていない。両親は早くに離婚《りこん》し、一緒に暮らす父親は酒とギャンブルで借金を作っているそうだ。

「なに、純のコレ？」

ひょろりとした少年が、左手の小指を立ててみせた。

「そういう言い方すんなよ。この人は、ちゃんとした人なんだよ」

高梨純はズボンのポケットに両手を突《つ》っ込《こ》み、ふてくされたような顔をする。

もうひとりの、小太りの少年が小声で言った。

「俺、知ってる。あの人、刑事《けいじ》だよ」

「え？　純、おまえ何やったの」

「何もやってねえよ」純は苛立《いらだ》たしげに言うと、踵《きびす》を返した。「俺、もう帰るわ」

呆気《あっけ》にとられたように、ふたりの少年たちは純を見送る。

早紀は早足になって、純のあとを追った。


「純くん、ちょっと時間をもらえないかな。話を聞かせてほしいの」

横に並んで歩きながら、早紀は話しかけた。

「何度訊《き》かれても同じだよ。何もしてないって言っただろ」

不機嫌《ふきげん》そうな声で、純は答えた。前方に目を向けたままで、こちらを見ようとはしない。

早紀は咳払《せきばら》いをしてから続けた。

「今はまだ話を聞かせてもらっている段階だけど、取調べということになったら、こうはいかないわよ」

「なんだよ、脅《おど》かすのか」

ドラッグストアの前で純は足を止めた。早紀のほうをじろりと見る。

「そうじゃないわ」早紀は首を横に振《ふ》った。「今のうちに本当のことを話してほしいの。私がそれを報告すれば、純くんにとって不利なことにはならないと思うから」

「警察がそんな、取引みたいなことしていいのかよ」

通行人の何人かが、純のほうを見た。「警察」という言葉に反応したのだろう。

まいったな、と早紀は思った。通りの真ん中では話もできない。純を促《うなが》して脇道《わきみち》に入っていった。ここなら通行人の目を気にせずに話ができる。そう思ったのだが、ひとけのない暗がりが目に入ったとき、背中に嫌《いや》な寒気が走った。

そこは幅《はば》四メートルほどの細い道だ。商店街に近い部分は明かりに照らされているが、少し先は薄暗くなっていた。しかも両側に建つ民家はどれも古く、明らかに空き家だと思われるものも交じっている。

——嫌な空気だ。こんな道は避《さ》けないと。

早紀は純を連れて商店街のほうに戻った。ドラッグストアの搬入口《はんにゅうぐち》のそばで話すことにする。ここなら明るくて安心だ。

「なんだよ、行ったりきたり」純は怪訝《けげん》そうな顔をしている。

あらためて早紀は高梨純と向かい合った。ひとつ呼吸をしてから、純に笑顔を見せた。

「さっきはありがとうね」

「何が？」

「友達にからかわれたとき、この人はちゃんとした人なんだ、って言ってくれたでしょう。気をつかってくれたんだよね」

「そうじゃないよ。あんたは俺たちとは別で、大人だって意味だよ。もう三十ぐらいだろ？」

「ひどいな。私、まだ二十七歳だよ」

「四捨五入すれば三十じゃないか」

こういう反応を見ていると、やはり純は不良とか非行少年とか、そういうタイプではないと思える。

「君は、本当は真面目《まじめ》な子なんだよね」

「は？」

急にそんなことを言われて、純は眉《まゆ》をひそめた。わずかだが、動揺《どうよう》している様子がうかがえた。

「私は少年係を何年もやっているから、顔を見ればだいたいわかる。純くんは嘘《うそ》をつけない子だよ」

「何言ってんだ。あんた、そんなんでよく刑事が勤まるよな」

「まあね。刑事らしく見えないようにしてるから」

いつも早紀は、地味な普段着で活動している。派手な色や、露出の多い服は着ない。髪はショートボブ、化粧《けしょう》は薄めにして、とにかく目立たないよう気を配っていた。唯一《ゆいいつ》、顔の特徴《とくちょう》といえるのは左目の下のほくろで、こればかりはどうしようもないから、ファンデーションでできるだけ隠すようにしている。

早紀は警視庁杉並《すぎなみ》警察署、生活安全課の刑事だ。少年係の所属なので、若者たちのたまり場となるゲームセンターやカラオケ店、ファストフード店などに出入りし、情報収集を行っている。おかげでこの町の繁華街《はんかがい》にはかなり詳《くわ》しくなった。先ほど会社員が言っていた和風ピザを出すというバーも、たぶんあそこだろうと見当がつく。

純はポケットを探って煙草《タバコ》の箱を取り出した。一本抜《ぬ》こうとするので、

「よしなさい」

早紀は険しい表情を作って、彼を睨《にら》んだ。うっせえな、とつぶやいて純は箱をポケットに戻した。

「さっさと話をしろよ」

「……昨日も訊いた件よ。今から一週間前の八月十七日、午後十一時ごろ、商店街の『グリルナイン』というハンバーガーショップで強盗未遂《ごうとうみすい》事件があったの。現場の状況は防犯カメラで録画されている。その日、あなたはこの店に行かなかった？」

「知らねえって。そんな店、一度も入ったことないよ」

店員の証言によると、当時店の一階に客はいなかった。そこへ若い男が駆《か》け込んできて、無理やりカウンターの中に入ってきた。男はナイフを突き出し、「金を出せ」と店員を脅した。店員がレジから五万円ほどを出したが、男はそれを取らずに調理場を抜け、裏口から逃走したという。

この強盗未遂事件は捜査一課がメインで調べているが、人相が似ているという情報が入り、補導歴のある高梨純を調べるよう、少年係に応援要請《おうえんようせい》があったのだ。

「そのカメラに映っているのが俺だって、わかるのかよ」

純は眉間《みけん》に皺《しわ》を寄せ、威嚇《いかく》するような表情でこちらを見た。

様子を探っているんだな、と早紀は思った。警察が確証をつかんでいるかどうか、知りたいのだろう。

「犯人の身長は君と同じぐらいだったの。着衣はグレーのズボンと黒いポロシャツ。それから茶色いバッグを持っていた」

早紀は純が肩に掛けているバッグをちらりと見た。そのショルダーバッグは茶色だ。

「似たようなバッグは、どこにでもあるだろ」

「グレーのズボンと黒いポロシャツはどう？　友達に訊いたら、あなたがそういう恰好《かっこう》をしていたのを見たような気がする、と言っていたけど」

「そんな話、信用できるかよ」

純は地面に向かって唾《つば》を吐いた。故意にだろうか、それとも目測を誤ったのか、唾が早紀の靴《くつ》の爪先《つまさき》にかかった。

「高梨純」早紀は相手の顔をじっと見つめた。「君はまだ十六歳だけど、警察を甘く見ると大変なことになるわよ」

「脅されましたって、ネットに書いてやろうか」純は、早紀の視線を受け止めて言った。

「警察が未成年を脅してるとわかったら大騒ぎになるよな。すぐに炎上《えんじょう》だよ」

「脅しているわけじゃない。そういう可能性があると教えてあげているの」

「どっちでも同じだろ。もう俺につきまとわないでくれよ、おばさん」

純は商店街の通りに戻《もど》っていった。

誰《だれ》がおばさんだ、と言いたいのを我慢《がまん》して、早紀は彼を追った。

これ以上引き止めるのは難しいと判断し、あとをつけて情報を集めることにした。基礎《きそ》的《てき》な調査は終わっていて、純の住まいなどはすでにわかっている。今早紀が期待しているのは、このあと純が友達や先輩《せんぱい》、アンダーグラウンドの人間に接触するかもしれない、ということだ。今の会話で、事態が深刻になっていることは理解できているだろう。だから純は、追い込まれたこの状況を誰かに相談するのではないか、と早紀は考えていた。

二十メートルほど離れて尾行《びこう》した。純はコンビニエンスストアに寄り、弁当や飲み物を買ったようだ。彼は白いレジ袋を右手に提《さ》げ、少し背を丸めて歩いていく。考え事をしているのだろう、辺りを見回したり振り返ったりすることはなかった。

純の家はこの商店街を抜け、十分ほど歩いた場所にある。住宅街に入ったせいで、通行人の数が減ってきた。あまり近いと気づかれるおそれがあるため、早紀は純との距離《きょり》を四十メートルに伸《の》ばした。あちこちに街灯があるから、これだけ離れても見失うことはない。

そのうち早紀は、おや、と思った。純が携帯電話で誰かと通話しているのだ。相手の名前が知りたいところだった。

と、そのとき突然、純が振り返った。内心ぎくりとしたが、不審《ふしん》に見える行動をとってはいけない。早紀はそのままのペースで歩き続け、角を右に曲がった。鼓動《こどう》が速くなっているのがわかった。

純に見られたことは間違いない。だが、早紀だと気づいただろうか。四十メートル離れていたし、こちらは街灯の下を避けていたから、純にはよく見えなかったかもしれない。そう願いたかった。

ここからは慎重に動く必要がある。少し塀《へい》の陰《かげ》に隠《かく》れていたが、やがて早紀は顔を出し、そっと様子をうかがった。

純の姿が見えなかった。慌《あわ》てて先ほどの道に戻り、暗がりを小走りに進んだ。五、六十メートル前方にいるはずの純は、どこにも見えない。途中で脇道に逸《そ》れたのだろうか。しかし彼の家は、ここをまっすぐ行ったところにある。曲がる理由はないはずだ。だとすると、誰かと会うのかもしれない。そうだ、先ほどの電話の相手と会うことにしたのではないか。

脇道を一本ずつ調べ、元の道に戻るということを繰り返した。だが純は見つからなかった。無情にも、時間だけが過ぎていく。

今夜はもうあきらめようか、と考え始めたころ、何かが倒《たお》れる音が聞こえた。驚《おどろ》いて早紀は辺りに目を走らせた。

前方に小さな公園があった。以前、純の家を確認しに行ったとき、帰りにチェックした場所だ。

突然《とつぜん》、体に悪寒《おかん》が走った。ちりちりと頭が痛むような気がする。

——あそこはまずい。犯罪者が好む場所だ。

それは直感というべきものだった。長らく町を歩いているうち、早紀にはそういう場所がわかるようになっていた。木が生えていて見通しが悪く、通行人もあまりない。粋《いき》がった中高生や不審者が好む暗がり。犯罪を誘発《ゆうはつ》するような場所だ。

早紀は公園の入り口まで走った。砂場の近くに人が立っている。シルエットから、おそらく男性だとわかった。その男性は、足下に倒れている誰かを蹴《け》った。

「そこ、何をしてるんですか！」早紀は叫《さけ》んだ。

男がこちらを見た。街灯の明かりが届かず、着衣や人相は判別できない。早紀が走りだすのを見て、男は逃走した。手にバッグを持っているのがわかった。

倒れていたのは高梨純だった。目がうつろになり、焦点《しょうてん》が合っていない。上体を抱き起こそうとしたとき、手に嫌な感触があった。純の後頭部は血で濡《ぬ》れていた。

「純くん、私がわかる？　何があったの？」

そう尋《たず》ねると、純がわずかに反応した。言葉が出ないのか、黙《だま》ったままズボンのポケットを探ろうとしている。

「ポケット、見せてもらうね」

純を地面に寝《ね》かせてから、早紀は彼のポケットに手を入れた。中から出てきたのは一本の鍵《かぎ》だ。キーホルダーには、二次元コードが印刷されたプラスチックカードが付いている。

「純くん、これは何？　どこの鍵なの？」

懸命《けんめい》に尋ねてみたが、そのときにはもう、純は意識を失っていた。

自分が事件の第一発見者になるのは初めてのことだ。動揺するばかりで、何をしていいのかわからない。鍵を握った手が震《ふる》えている。

——落ち着け。しっかりしないと。

早紀は自分の携帯電話を取り出した。一一九番に通報する。

「救急車をお願いします。怪我人《けがにん》は十六歳の男性で、頭から血を流しています。誰かに襲《おそ》われたところへ、私が駆けつけました。……あ、私ですか？」早紀は深呼吸をした。「篠原早紀、警視庁杉並署の刑事です」


高梨純は病院に運ばれたが、治療《ちりょう》の甲斐《かい》なく翌日午後に脳出血で死亡した。

さすがにこれはショックだった。早紀が担当して事情を訊いていた矢先に、被疑者《ひぎしゃ》が何者かに殺害されてしまったのだ。しかも、自分の目の前で。

杉並署に特別捜査本部が設置され、刑事課のメンバーは毎日忙《いそが》しく捜査《そうさ》を続けているようだった。捜査員に事情を訊かれて、早紀は犯人の特徴を思い出そうとした。だがあの暗がりの中では、着衣も顔もはっきりしなかった。目撃《もくげき》できなかったことが自分のミスのように思われ、早紀は何度もため息をつくことになった。

三日ほど食欲が出なかった。事あるごとにあの夜の光景が甦《よみがえ》り、胸が締《し》め付けられるような気分になった。

一週間後、刑事課の先輩に話を聞いたのだが、高梨純殺害について手がかりは何も出ていないという。茶色いショルダーバッグも見つからないということだった。純のポケットから出てきた鍵は刑事課に渡したから、今ごろ鑑識《かんしき》か科捜研《かそうけん》が調べているのだろう。いずれにせよ生活安全課所属の早紀には、もう手出しのできないところにいってしまった事件だった。

あの二次元コードについても謎《なぞ》だった。じつは鍵を渡す前、早紀はプラスチックカードに印刷されていた二次元コードを、携帯電話で写真撮影していた。実際にコードを読み取ってみたのだが、どこかのウェブサイトに接続できるわけではなく、ただ数十桁《けた》の数字が表示されただけだった。早紀はその数字をメモして、あれこれ意味を考えてみたが、結局何のことかはわからなかった。

事件から十日後、早紀は別の捜査であの公園のそばを通りかかった。ひとり黙禱《もくとう》したあと、ふと思い立った。

——富永《とみなが》さんのところに行ってみようかな。

公園からは少し離れるが、徒歩で行ける場所に阿佐谷南交番がある。そこには、以前いろいろと世話になった人がいた。富永耕三《こうぞう》という巡査長《じゅんさちょう》で、たしか今年五十歳になるはずだ。出世の希望はなく、このまま地域課で一般市民の安全を守っていきたいと、普段《ふだん》から話している人だった。穏《おだ》やかな性格だったから、警察という組織の中で上を目指すということをしなかったのかもしれない。

生安《せいあん》の刑事になってまもなく、早紀はある事件でこの地域の少年たちを調べた。一度少年のひとりが暴れ出し、そのとき手を貸してくれたのがこの富永だったのだ。富永は普段からその少年グループの動向を調べており、扱《あつか》いも慣れているようだった。

少年係であるにもかかわらず、一人前の仕事ができなかったことを、早紀は恥《は》ずかしく思ったものだ。だがそんな早紀を見ても富永は「自分は自分の仕事をしただけ」と穏やかに笑っていた。

富永は警察官というより、学習塾《がくしゅうじゅく》の先生か何かのように見えた。検挙の成績はよくないだろうから、警察幹部からの評価は高くないはずだ。だが、その後何度か富永の交番を訪ねるうち、早紀は考えをあらためた。彼のような落ち着いた性格の人も、組織には必要ではないかと思えたのだ。

単純な窃盗《せっとう》事件ならともかく、強盗傷害、殺人、死体遺棄《いき》などの事件を経験すると、徐々《じょじょ》に社会の見方が変わってくる。人を見たら泥棒《どろぼう》と思え——。そんなことを警察官が言ってはいけないのかもしれないが、場数を踏めば踏むほど、荒《すさ》んだ気持ちになるものだ。そんなとき富永巡査長の表情を見ると、ほっとすることが多かった。周囲には富永を見下す者もいたが、少なくとも早紀にとって、彼は尊敬に値《あたい》する先輩だった。

「お疲れさまです、富永さん」

交番の入り口で早紀が声をかけると、富永は資料から顔を上げた。

「おお、なんだシノか。久しぶりだなあ。このへんで捜査をしてるのか」

「ちょっと近くまで来たものですから」

「大福食べるか、大福」

「勤務中ですよ、富永さん」早紀は苦笑いしながら、首を横に振る。

そうだった、とうなずいて富永はパイプ椅子《いす》を勧《すす》めてくれた。

最近この交番周辺で少年の非行事案がないかなど、早紀はしばらく情報収集を行った。

やがて話が一段落したあと、高梨純の事件を話題にした。

「そうか、あの事件の被害者、シノが調べていたのか」

「今は捜査一課が担当しています。ハンバーガーショップの強盗未遂事件も、私たち生安の手を離れました」

「まったくひどい話だよ。高校生を巻き込むなんてなあ」

「今日刑事課から聞いたんですが、高梨純の家に空《あ》き巣狙《すねら》いが入って、放火されたというんです。彼がつきあっていた連中がやったんじゃないかと、捜一で捜査を進めているらしいんですが」

「悪い奴《やつ》らとつきあうと、ろくなことがない。親御《おやご》さんも気の毒だよなあ」

「私がもっと早く高梨純から情報を引き出していれば、こんなことにはならなかったかもしれません」

早紀が肩を落とすと、富永は渋《しぶ》い表情になった。

「気持ちはわかるが、それは仕方がないだろう。あきらめろ。……いや、あきらめてくださいよ、篠原さん」

富永がそんなふうに言うのは、早紀が生活安全課の私服捜査員だからだろう。地域課の制服警官たちに比べると、早紀たちの活動は一段上と見られることが多い。

「やめてくださいよ、富永さん」

早紀は顔の前で、左右に手を振ってみせた。相手は仕事上の大先輩なのだ。

「今日は富永さんと話ができて、少し気持ちが楽になりました。高梨純のことが、ずっと心に引っかかっていたんです」

「お役に立てて光栄ですな」

「また、そんなことを」

「後輩が出世していくのを見るのは楽しいよ」富永は言った。「シノ、いずれ幹部になったら俺を引き立ててくれよな。……そうだ、せっかくだから食べていかないか、大福」

「いえ、また今度にします」

椅子から立ち上がって、早紀は深々と頭を下げた。

まだしばらく、早紀は所轄《しょかつ》で生安の仕事を続けられると思っていた。ところがその数週間後、突然、桜田門《さくらだもん》にある警視庁本部への異動を命じられた。

行き先は、まったく経験のない公安部だった。

2

十月一日、午前十時。新しい職場となる警視庁本部で、篠原早紀はチームの打ち合わせに参加していた。

今日は紺《こん》のパンツスーツを着てきた。今までの生活安全課とは仕事の内容が大きく異なるはずだから、気持ちを引き締めなければいけない。

公安部には国内の右翼《うよく》、左翼《さよく》、新興宗教団体などを担当する部署と、海外の動向について情報を集める部署がある。後者が「外事《がいじ》」と呼ばれるセクションだ。

早紀が配属されたのは公安部外事五課だった。そこがどういう仕事をする部署なのか、詳しいことはわからない。海外からやってきたスパイの情報を集めるのだろうか。それとも、最近外国でのテロが急増しているから、メンバーの補充《ほじゅう》が行われたのだろうか。

——でも、どうして私が……。

異動の話を聞いてから今日まで、ずっと気になっていたことだった。

杉並署の生活安全課で、特に大きな成果を挙げたという記憶はない。警視庁本部に来てみないかと、誰かに声をかけてもらったわけでもない。まったく予想外の異動だった。こんなことは絶対に口に出せないのだが、どちらかというと早紀は所轄署で自分のペースに合う仕事をしていたかった。もちろん手抜きをしたいという意味ではないが、人には適性というものがあるはずだ。

「では、打ち合わせを始める」

加納圭一《かのうけいいち》係長が、少しくぐもった声で言った。加納は四十歳前後、身長百八十センチほどの大柄《おおがら》な人物だ。濃いグレーのスーツに青いネクタイ。恰好《かっこう》だけ見ると、ごく普通のサラリーマンといった印象だ。髪はやや長めで下を向くと目が隠れてしまいそうになる。生真面目《きまじめ》な雰囲気《ふんいき》があったが、一番の特徴は常に無表情でいることだ。公安という仕事柄、いつも緊張《きんちょうし》を強いられているせいかもしれない。

「今日からうちのチームに入った篠原早紀くんだ。篠原、自己紹介《じこしょうかい》を」

はい、と答えて早紀は立ち上がろうとした。

「そのままでいい。時間がもったいない」

加納に言われて、早紀は軽くうなずいた。椅子に腰《こし》掛《か》けたまま挨拶《あいさつ》をする。

「杉並署から来ました、篠原早紀です。地域課、生活安全課の業務はわかっていますが、こちらの仕事は初めてです。ご迷惑《めいわく》をかけるかもしれませんが、よろしくお願いします」

反応がなかった。普通なら質問なり激励《げきれい》なり、何か出てきそうなものだが、加納班にそういう雰囲気はないようだ。

郷《ごう》に入《い》っては郷に従え、という言葉もある。早く職場の雰囲気に慣れなければ、と早紀が考えていると、

「迷惑をかけられては困る」無表情な顔をこちらに向けて、加納が言った。「我々公安部と、その他の仕事の違いは何だと思う？」

早紀は慎重《しんちょう》に言葉を選びながら答えた。

「機密情報を扱っていること、でしょうか」

「違う。それはな……」

喉《のど》に痰《たん》がからむのか、加納は何度か咳《せき》をしてから続けた。

「我々がひとつミスをすれば、その結果何十人――いや、場合によっては何百人という日本人が被害をこうむることになるんだ。目に見える被害も、見えない被害もある。ときに

は人間が何人も消えるケースもあるだろう。当然、消えた人間は生きてはいない。わかるか」

「はい」相手の表情をうかがいながら、早紀はうなずく。

「所轄の仕事ならミスのひとつやふたつ、どうということはないが、ここでは違う。おまえが失態を演じれば、あちこちに計り知れない影響《えいきょう》が出る。国家レベルで損害が出るおそれもある。だから、迷惑をかけるつもりで仕事をされては困ると言っている」

「申し訳ありませんでした」背筋を伸ばして、早紀は答えた。「以後、注意します。気持ちを引き締め……」

言いかけたところを、加納に遮《さえぎ》られた。

「わかればいい。ほかのメンバーだが……自己紹介してくれ」

加納の隣《となり》にいた四十代半ばの男性が、早紀のほうに顔を向けた。髪を短く刈《か》っていて、寿司《すし》職人のような印象がある。目が細くて、人当たりはよさそうだ。

「根岸健太郎《ねぎしけんたろう》、階級は巡査部長。久保島《くぼしま》とコンビを組んでいる。よろしく」

加納よりも年齢が上のようだし、ぎすぎすしたところもない。この人は、全体を見て物事が判断できそうなタイプだった。

「久保島靖士《やすし》、同じく巡査部長だ。新人にはしっかり働いてもらうぞ」

根岸の隣に座っていた男性が言った。三十代後半というところだろうか。痩《や》せていて、目つきが鋭《するど》い。神経質そうで、加納係長とは別の意味でとっつきにくい印象だ。

続くふたりは、ともに二十代後半だと思われた。

「溝口進也《みぞぐちしんや》です。巡査で、データ分析《ぶんせき》を担当してます」

彼だけラフなジャケットを着ているのは、PC関係の仕事をしているせいなのだろう。年齢が近いこともあって、この溝口には親しみを感じることができた。

だが、もうひとりの若手捜査員には、どこか得体《えたい》の知れない雰囲気があった。

「巡査長、岡肇《おかはじめ》」

ぼそりと言ったきり、彼は黙ってしまった。警察官としては小柄な男性で、耳が大きいのが特徴だ。先ほどからきょろきょろと辺りに目を走らせているのだが、自信がないのだろうか。

最後に女性捜査員が自己紹介をした。

「風間律子《かざまりつこ》、巡査部長です。一緒に頑張《がんば》りましょう」

三十歳を少し過ぎたぐらいだろうか。黒縁《くろぶち》の古めかしい眼鏡《めがね》をかけている。長めの髪はあまり手入れもせず、洗いっぱなしのまま自然に乾《かわ》かしたように見えた。グレーのパンツスーツを身に着けていたが、公安の捜査員というより、中小企業に勤務する事務員のような印象だ。

加納班のメンバーはこの六人だという。これに早紀を加えて、七名体制で活動することになるそうだ。職場が変わってまず困るのは、一度に多くの名前を覚えなくてはならないことだった。早紀は急いで、先輩たちの特徴をメモ帳に書き込んだ。

「篠原は風間と組んで仕事を覚えてくれ。とりあえず、ミスはするな」

「わかりました」

はっきりした声で早紀は答えた。正直、ほっとしていた。このメンバーの中で誰と組みたいかと訊かれたら、即座《そくざ》に風間律子だと答えただろう。同じ女性だということもあるし、飾《かざ》らない雰囲気の律子にならいろいろ質問できそうだった。

メンバーの紹介が済むと、加納は腕時計を見た。

「細部の打ち合わせに入る。各員、現在の状況を報告してくれ」

加納に指名され、捜査員たちは順次報告を始めた。外事五課が何をする部署なのか、今このチームは何を進めているのか、早紀にはまったくわからない。だから、出てくる言葉を拾ってメモ帳に書き付けることしかできなかった。

そんな早紀の様子を見ていたのだろう。律子は自分の報告を終えたあと、加納に向かって言った。

「係長、篠原さんに少し、状況を説明してあげてもいいですか」

「ああ、手短《てみじか》にな」

そう言うと、加納はまた咳をした。

律子は眼鏡の位置を直しながら、早紀のほうを向いた。

「東欧のベラジエフ共和国、知っているわよね」

「名前は知っていますが、詳しいことはわかりません」

早紀は正直に答えた。ここで知ったかぶりをしたら、知識があると思われてしまう。そうなると今後の質問がしにくくなる。

「ベラジエフはソビエト連邦崩壊後に独立した国だけど、今でもロシアとつながりが強いの。ところが、一方では反ロシア派、反政府組織の動きも活発になってきている。見た目ほど政情は安定していなくて、各国からベラジエフ国内にスパイが潜入《せんにゅう》している状況なのよ」

早紀は急いでメモ帳にペンを走らせる。

「ベラジエフの情勢が不安定になっていることを受けて、最近日本国内でもベラジエフやロシアのスパイ活動が活発化しているの。今私たちが追っているのはアレクセイ・グリンカという男」

律子は資料を見せてくれた。アレクセイ・グリンカは三十七歳。職業はカメラマンと書かれている。写真を見るとかなり大柄な男性のようで、ルックスも悪くない。外国の映画俳優《はいゆう》だと言われたら、そのまま信じてしまいそうだ。

「この職業は表向きのもので、グリンカはベラジエフ情報局のスパイだとみられている。

彼の目的が何なのか突き止めるのが、私たちの仕事なの。グリンカの情報がだいぶ集まってきたから、次のステップとして、彼を監視《かんし》する計画を立てているところよ」

なるほど、と早紀はうなずいた。素人にもわかりやすい説明だ。

ところがこの説明を聞いて、鼻を鳴らした者がいた。久保島靖士だ。

「風間、そんな説明じゃ篠原に失礼じゃないか？」

「はい？」律子は首をかしげてみせる。

「あまりにも端折《はしょ》りすぎだろう。子供に話しているんじゃないんだからさ」

「あの」早紀は久保島に向かって言った。「すみません。私、まだ何の知識も持っていないので、今ぐらいの内容でちょうど……」

「今のでちょうどいいか。ふうん、それならいい」

もっと厳しいことを言われるかと思ったが、久保島は案外あっさりしていた。何にでも一言、口を挟《はさ》みたくなる性格なのかもしれない。

その後は律子による解説が入ることもなく、早紀はひたすらメモをとることに専念した。会話の中に飛び交う専門用語は、半分も理解できない。だが、新米のうちはそれも仕方のないことだと割り切るしかなかった。

それにしても、と早紀は考える。これまで盛り場の少年たちを相手にしてきた自分にとって、はるか東欧《とうおう》にある国の出来事は、まったく想像のつかないものだった。スパイがいて、それが日本に潜入して何かをしようとしている。そんな話は小説か映画の中だけのことだと思っていた。

あまりにもスケールが大きすぎて、現実のことだという実感が湧《わ》かなかった。

三十分ほどで打ち合わせは終わり、早紀はメモ帳を閉じて息をついた。

「気疲れした？」

律子にそう訊かれ、早紀は慌てて首を振る。

「いえ、話の内容に圧倒《あっとう》されてしまって」

「じきに慣れるわ」資料ファイルを閉じながら律子は言った。「滝《たき》の上で綱渡《つなわた》りをするのに比べたら、はるかに安全よ。とはいえ、この仕事でも、死ぬときは死ぬけどね」

「え？」

早紀は相手の顔を見つめた。ぱさついた長い髪をいじりながら、律子は淡々《たんたん》と続ける。

「まあ、それも事故だと考えればいいのかな。道を歩いていたって、いつ車に撥《は》ねられるかわからないんだし、あまり気にしても仕方がない。自分に与えられた職責を果たしていけばいい。仕事ってそういうものよ」

「はあ……」

ふたりは会議室を出て、執務室《しつむしつ》に戻った。早紀に与えられた机は、律子の隣だ。これなら困ったことをすぐ相談できるし、質問することもできる。もし久保島の隣だったりしたら気詰まりだったに違いない。

「これからよろしくお願いします。風間さんだけが頼《たよ》りです」

早紀がそう言うと、律子は何度かまばたきをした。彼女は眼鏡のフレームに右手を当てた。

「そんなに頼りにされても困るけどな」

「あ、もちろん自分でできる限りのことはします。ただ、慣れない職場ですので……」

すると、律子は事も無げに言った。

「私、本当はひとりで行動するのが好きなのよね」

甘えられては困る、ということだろうか。早紀は表情を引き締めた。

「足手まといにならないよう、全力を尽《つ》くします」

「いるのよねえ。ひとりで頑張りすぎて空回りしちゃう人」

嫌みのようなことを言われてしまった。すみません、と早紀が頭を下げると、律子は驚いたような顔をした。

「あなたのことじゃないわよ。篠原さんは全力で私をサポートしてくれるんでしょう？」

「あ……はい、頑張ります」

どうも会話がうまく噛《か》み合わない。相手との距離感がつかめず、早紀は戸惑《とまど》った。その様子を見て、律子がまた話しかけてきた。

「篠原さん、どうしたの。もう所轄に帰りたくなった？」

「いえ、そんなことはありません」

「ああ、わかった」律子は声を低め、周囲に聞こえないようにささやいた。「加納係長のことね。あの人、無表情だけど別に怒《おこ》っているわけじゃないのよ。五年前、事故で顔に怪我をしたんですって。傷は残らなかったけど、表情がうまく作れなくなってね。それでいつも、あんな顔をしているの。声がくぐもっているのも、そのせいらしいわ。とにかく、気にしないほうがいいから」

早紀は首を伸ばして、加納の机のほうに目を向けた。加納はパソコンの画面を見つめて、何か思案しているようだ。律子の言うとおり、顔に傷らしい傷はなく、事情を知らなければ怪我のことに気づく者はいないだろう。

「はい、これあげるから使って」

律子はキャビネットから文具類を持ってきてくれた。

「ありがとうございます」軽く頭を下げて、早紀はそれを受け取る。

「まあ、いろいろ困ることもあると思うけど、周りを恨《うら》まないでね」律子は顔をほころばせた。「仕事って、そういうものだから」

面倒見《めんどうみ》はいいようだが、話があちこちへ飛んで、とらえどころのない女性だ。

——それでも、風間さんに頼るしかないんだし……。

多少風変わりな人でも、こちらがうまく合わせていくしかない。そのうちペースもわかって、普通につきあえるようになるだろう。そんなふうに、早紀は自分を納得させた。

その日はさまざまな資料に目を通し、少しでも多くの知識を得られるよう努力した。

先輩たちは順番に出かけていき、部屋には加納係長と早紀のふたりだけが残った。加納は特に早紀を気にする様子もなく、自分の仕事を進めている。背が高いため、少し前屈《まえかが》みになってパソコンを操作していた。

たまに電話が鳴るので早紀はおっかなびっくり受話器を取った。相手が誰なのかわからず、しどろもどろになっていると、加納がやってきて、

「君はまだ電話に出なくていい」

と言った。機密情報を扱う部署だから、素人《しろうと》同然の早紀がおかしな対応をしたら、まずいことになるのかもしれない。

昼食のときだけは息抜きできたが、午後からはまた加納とふたりきりの気まずい状態になった。

律子も誰も戻ってこないまま、午後六時になってしまった。普通に考えれば退勤時刻を過ぎているのだが、警察で、しかも公安部で「先に帰ります」などとは言えない。早紀は

資料に目を落とし、情報を頭に入れることに集中した。

午後七時を過ぎたころ、加納が鞄《かばん》の中に資料を入れ始めたので、おや、と早紀は思った。

「俺はそろそろ出かける。情報提供してくれる、協力者と会ってくるんだ」

「大変ですね」

そう言ってしまってから、気の利《き》かない相づちだな、と早紀は反省した。これでは、まるで他人事《ひとごと》という感じに聞こえてしまう。

ちょうどそこへ、廊下《ろうか》から外事五課の課長が入ってきた。彼は普段別の部屋にいて、部下に指示を出すときだけ各班の執務室にやってくるようだ。

課長は常川俊憲《つねかわとしのり》といって、五十歳を少し過ぎたぐらいに見えた。頭は半分白髪《しらが》になっていて、顔はやや色黒。加納のように大柄ではないが、常川には存在感と威圧《いあつ》感があった。さすが公安部の課長だ、と早紀は思う。

「加納、ちょっといいか」常川は加納係長に声をかけた。「今日はもう、篠原はいいんだろう？」

「そうですね。まだ初日ですし」こもったような声で加納は答える。

「いえ、私、もう少し資料を読んでいきますから」

ふたりの様子をうかがいながら、早紀は言った。

「まあ、最初からあまり気張りすぎないほうがいい」常川は笑顔を見せた。「そのうち、嫌でも徹夜《てつや》しなくちゃいけなくなる。そうだろう、加納」

加納は軽くうなずく。それから早紀のほうを向いた。

「じきに誰か帰ってくると思うが、この部屋を出るときは鍵をかけていってくれ」

鍵は各自一本ずつ持っているそうだ。早紀も預かっている。

「では課長、出かけます」

頭を下げて加納は出ていった。部屋の中に残ったのは、常川と早紀のふたりだけだ。常川とは今朝《けさ》、着任のときに会っているが、形式的な挨拶をしただけだった。こういう状況でふたりきりになるのは初めてだ。

——何か話したほうがいいのかな。

早紀が話題を探していると、常川が先に口を開いた。

「ここに来て、不安か？」

「はい……。あ、いえ」早紀は椅子の上で背筋を伸ばした。

「かまわない。正直におまえの気持ちを言ってみろ」

考えをまとめてから、早紀は答えた。

「生安に慣れてきたところでしたので、正直、公安に異動になって戸惑いはありました。ですが、どんな職場であっても、与えられた仕事に全力を尽くしたいと思います。早く一人前の公安捜査員になれるよう、私は……」

常川は右手を前に出して、早紀の言葉を遮った。低い声で、彼は言った。

「おまえは優秀《ゆうしゅう》な公安捜査員になる必要はない。風間律子を監視しろ」

「はい？」

「これは加納も知らないことだが、おまえの班にモグラがいるんじゃないかという疑いが出ている。おまえの仕事は、不慣れな後輩を演じて風間律子を監視することだ」

どう返事をすればいいのかわからなかった。早紀は黙ったまま、常川の顔を凝視《ぎょうし》していた。


午後十一時。早紀は中目黒《なかめぐろ》にある賃貸《ちんたい》マンションに戻ってきた。

階段で二階に上がり、キーホルダーを探す。そういえば、と早紀は思った。高梨純から受け取った鍵を捜査一課に渡したが、あのあとどうなったのだろう。

ドアを開錠《かいじょう》し、中に入る。そこは2DKのこぢんまりした部屋だ。女性の住まいなのだから、もう少し家具を揃《そろ》えたり、飾りつけに凝《こ》ったりしたほうがいいのかもしれない。しかし警察の仕事を続けていると、そんなことに時間を割《さ》くのも面倒になってくる。どうせこの部屋には、寝るために帰ってくるだけなのだ。食事も不規則になりがちで、コンビニの弁当を食べることが多かった。

床に積まれた雑誌類、テーブルの上の領収証やダイレクトメールを見ると、ため息が出た。公安へ異動する前に一度掃除《そうじ》をしたかったのだが、所轄での引《ひ》き継《つ》ぎに時間がかかり、結局そのままになってしまっているのだ。

固定電話のランプが点滅《てんめつ》していた。留守番電話のメッセージを再生すると、実家の母の声が聞こえてきた。早紀の実家は長野県にある。

「もしもし、私ですけど……。今日、早紀宛《あ》てに手紙が来たから開けちゃったよ。来月、中学校の同窓会があるんだって。出欠の葉書を出さなくちゃいけないから、あとで連絡ください」

一度受話器を手に取ったが、今夜はもう遅《おそ》いな、と思い直した。明日、電話をすればいいだろう。

シャワーを浴びたかったが、そうする前にベッドに倒れ込んでしまった。

初めての職場で緊張したということもあるが、もっとも驚かされたのは、常川課長に命じられた一件だ。加納班の中に、モグラがいる可能性がある――。モグラとは、外部と通じているスパイのことを指す。つまりあの中の誰かが金で買収され、第三者に情報を流しているということだ。言葉の調子から察するに、常川は律子がモグラだと考えているようだった。

今後は律子のことを監視し、報告してもらいたい、と常川は言った。早紀は困惑し、とりあえず今は仕事を覚えることに専念したい、と答えた。今日のところはそれで終わったが、課長の命令であれば、係長や先輩たちの指示よりもはるかに拘束力《こうそくりょく》が強い。いずれ、報告を要求されるようになるかもしれない。

――まだ、周りのことが何もわかっていないのに。

誰を信じて行動すればいいのか、早紀には判断がつかなかった。

3

翌日、早紀と律子は、渋谷区笹塚《しぶやくささづか》にある雑居ビルの四階にやってきた。

十月二日、午前十一時を少し回ったところだ。

ベランダに面した一室は、薄暗い状態だった。カーテンの隙間《すきま》から、道路の向こう側にあるマンションを監視しているのは久保島靖士だ。あぐらをかき、ネクタイを少し緩《ゆる》めている。無意識のうちに癖《くせ》が出ているのだろう、しきりに貧乏《びんぼう》ゆすりをしていた。

室内にはもうひとり、寿司職人のような風貌《ふうぼう》の根岸健太郎がいた。ふたりとも昨日と同じスーツを着ている。どうやら徹夜で監視作業に当たっていたらしい。

「お疲《つか》れさまです。これ、差し入れ」

律子がコンビニのレジ袋を差し出した。中にはおにぎりやサンドイッチ、飲み物などが入っている。ここへ来る途中、買ってきたものだった。

「おっ、イクラのおにぎりがあるじゃないか。さすが風間、よくわかってる」

細い目をさらに細くして、根岸は嬉《うれ》しそうな顔をした。

「頑張ってもらおうと思って、奮発したんですよ」

律子は言った。眼鏡のレンズの向こうで、目がいたずらっぽく笑っている。

根岸は早速おにぎりを食べ始めた。早紀はレジ袋からお茶のペットボトルを取り出し、どうぞ、と手渡す。

「すまんな。……篠原も、転属二日目から現場じゃ大変だろう」

「いえ、私も仕事を覚えなくちゃいけませんから」

「早く戦力になってもらわないと、チームに入れた意味がない」窓の外を見つめたまま、久保島が言った。「おい新人、期待してるぞ。おまえはしっかり下働きをして、俺が手柄《てがら》を立てるのを手伝うんだ」

「わかりました。頑張ります」

「返事だけはいいんだな」久保島はこちらをちらりと見た。「まあ、最近はろくに返事さえできない奴もいる。そういう連中に比べたら、おまえはまだ見込みがある」

「はい、頑張ります」

「同じことは二度言わなくていい」

「……すみません」早紀は肩をすぼめた。

　久保島が監視を続けている間に、早紀と律子は根岸から状況の報告を受けた。

「この監視拠点《きょてん》を設営したのは昨日《きのう》の午後だ。アレクセイ・グリンカが住んでいる部屋は道路の反対側、マンションの三階にある。向こうの間取りは3DK。グリンカはカメラマンだから、住居兼《けん》アトリエということだろう。奥に暗室を用意している可能性があるな」

「グリンカは今、部屋にいるんですか？」

　カーテンのほうに目をやって、律子は尋ねた。ああ、と根岸はうなずく。

「ゆうべの二十二時ごろから、ずっと部屋にいる。二時間前に一度、目視確認もできた。そうだよな、クボちゃん」

「二時間十分前ですね」と久保島。

　昨日読んだ資料によると、アレクセイ・グリンカが日本に来たのは八月十二日のことだ。妻と娘《むすめ》がいるが、彼はひとりで来日した。今はフリーカメラマンとして、都内を中心とする各地で写真撮影を行っている。その合間にベラジエフ大使館に出入りしたり、同郷の人間が経営するレストランやバーで飲食をしている。日本の民間企業や大学にも足を運び、日々情報収集活動を行っているらしい。この一カ月半の間にグリンカが会った人間は日本人、外国人合わせて三百四十名ほどだという。

「グリンカの目的は何なんでしょうか。……あ、もちろん、今の時点で想像できることは何か、という意味ですが」

笑われるかもしれない、と思いながら早紀は訊いてみた。笑ったのは久保島ひとりだけで、根岸と律子は真面目な顔をしている。

「ベラジエフ大使館には大物のスパイがいる」根岸は言った。「グリンカはそいつと接触している。あの部屋を借りることができたのも、そいつのおかげだ。グリンカがベラジエフ情報局の指示で動いていることは間違いない。ただ、今のところリスクの高い動きは避けているようだな。奴が集めている情報は、政治面、経済面、防衛面からみても、たいして価値のないものばかりだよ」

「とはいえ、グリンカがこのままおとなしくしているとは思えない」律子は早紀の顔を見つめた。「奴は何かの準備を進めているんだと思う。私たちはそれを未然に防がなくてはいけないの」

「まさか、テロということは……」

眉《まゆ》をひそめて早紀が訊くと、律子は軽くうなずいて、

「今はあらゆる事態を想定しておかないとね。私たちにとってグリンカという存在は未知数なんだから」

「風間、あんまり新人を脅かすなよ」窓際《まどぎわ》から久保島が言った。「日本でテロを起こしても、何のメリットもないだろう」

「ベラジエフにとっては、ですよね」律子は意味ありげな言い方をした。「とにかく、何

かが起こってからでは遅い。何も起こさせずにグリンカを国外退去させることが、一番スマートなやり方なのよ」

「そのために情報を集めて、奴の弱点を探ろうってわけだ」根岸はペットボトルのお茶を飲んだ。「手ぬるいやり方だとは思うが、今はそれしか方法がない」

ややあって、久保島がこちらを向いた。

「根岸さん、管理人が戻ってきましたよ。現在時刻、十一時二十二分、と……」

つぶやきながら、久保島はメモをとっている。

律子が説明してくれた。

「向こうのマンションの管理人・松下寛子《まつしたひろこ》は、もう協力者にしてあるの。運営者は私」

段取りのよさに、早紀は驚かされた。律子はすでにマンションの管理人に接触し、警察への情報提供者として「獲得《かくとく》」したということだ。昨日読んだ資料に書かれていたが、公安部員にとって協力者は何よりも大事な情報源だ。だが一方的にこちらが情報を引き出すだけというのでは、協力者はなかなか動かない。そこで、さまざまなご褒美《ほうび》を提示して丸め込み、「運営」することになる。一番わかりやすいご褒美は金だ。

「あとで松下と会って、もう少し情報を取ってみます」律子は根岸に言った。「まあ、昨日の今日ですから、新しい情報はないかもしれませんが」

腕時計を確認していた根岸が、久保島と交替して窓際に行った。

「篠原、ちょっと来てみろ」

手招きされて、早紀は根岸のそばに近づいた。手振りで指示され、カーテンの隙間から外を覗《のぞ》いてみる。

「三階の端《はし》に、白いカーテンの部屋があるだろう」

「はい。あそこがグリンカの住まいですね」

外から光は入るが、内部が見えないように加工されたカーテンだ。ただ、住人が窓のそばにやってきたり、カーテンを開け閉めすればここからも見える。

「あ、なんだよ。肉の入ったおにぎりはないのかよ」

うしろで久保島が文句を言うのが聞こえた。

「すみません。これしかなかったんですよ、久保島さん」と律子。

「俺は肉の入ったやつが好きなんだ。まあ、ないんなら仕方ないけどさ」

おにぎりを食べながら、久保島は律子に尋ねた。

「加納さんの様子はどうだった？　今日も不機嫌《ふきげん》だったか」

「いつものとおり無表情でしたけど、そうですね、機嫌がいいとは言えなかったかな」

「先週ミスがあったせいで、常川課長に責められてるんだろうな」

早紀は聞き耳を立てた。その様子に気づいたのだろう、根岸が小声で言った。

「篠原は知らなくてもいいことだよ」

「いや、根岸さん、そいつにも教えておいたほうがいいですよ」おにぎりを手に持ったまま、久保島がこちらに近づいてきた。「新人、よく聞けよ。加納班は決して出来《でき》のいいチームじゃないんだ。誰のせいとは言わないが、マル対《たい》の尾行に失敗するとか、いつの間にかアジトを変えられてしまうとか、そんなチョンボが続いている。行動確認は基礎の基礎だっていうのにな」

マル対というのは、警察がマークしている対象者のことだ。生活安全課でも対象者の行動を見張ったり、尾行したりすることはあったが、スパイなどを相手にする公安部なら、「行確《こうかく》」の重要度は格段に高いはずだ。

「それで、いつにも増して加納さんはぴりぴりしてるんだよ」根岸がささやいた。

この話を聞いて、早紀は色黒な常川課長の顔を思い出した。彼はこのチームにモグラがいるのではないかと話していた。もしかしたら、モグラが捜査情報を外部に流しているせいで、失敗が続いているのではないだろうか。

早紀はそっとうしろを振り返った。ここにいるのはベテランの根岸、神経質な久保島、女性捜査員の律子だ。この中にスパイが紛《まぎ》れ込んでいるのだろうか。課長の言うように、律子が隠れたモグラなのか。

「おい篠原、まずいぞ！」

突然横から押されて、早紀は体のバランスを崩《くず》した。根岸が窓際に寄り、カーテンの隙間から慎重に外を観察する。

「あの、何が……」

「何が、じゃないよ」根岸が低い声で言った。「気がつかなかったのか。カーテンの向こうから、マル対が外を覗いていたんだ」

「根岸さん、見られたんですか？」と久保島。

「いや、大丈夫だ。特に不審な動きはない」根岸は首を振ってみせた。

ほっとした雰囲気になったが、久保島は早紀を睨みつけている。窓から離れて、早紀は先輩たちに頭を下げた。

「申し訳ありませんでした。私、油断していて……」

久保島は舌打ちをしたあと、腕組みをした。

「おい、俺の手柄の邪魔《じゃま》をする気か？　ひとつのミスは大きなトラブルにつながる。実感が湧かないだろうけどな、おまえが何か見落としたせいで人が死ぬ可能性もあるんだ。そうなったとき、おまえは責任がとれるのか？」

強い調子で責められて、早紀は萎縮《いしゅく》してしまった。

「すみません。以後、注意します」

「本当にそう思ってるか？　口だけじゃないのか」

「いえ、そんなことは……」

早紀が戸惑っていると、律子が取りなしてくれた。

「久保島さん、許してあげてください。私からも謝《あやま》ります」

「風間は教育係なんだろう？　おまえがしっかり指導しないからだぞ」

「わかりました」律子はこちらを向いて、こう指示した。「篠原さん、来たばかりで何だけど、今日はもう桜田門に戻りなさい。キャビネットに『資料407』というDVDがあるから、それを見てレポートをまとめること。いいわね？」

「はい、了解しました」

うなずいてから、早紀は肩を落とした。

大きな失敗をしたという意識はなかったし、実際トラブルにつながったわけでもない。にもかかわらず久保島がこれほど怒ったのは、もしかしたら新人を厳しく教育するという意図があったのではないだろうか――。

そう考えようとしたが、気分が元に戻ることはなかった。落胆《らくたん》の表情を浮かべたまま、早紀は先輩たちに挨拶をして外に出た。


警視庁本部に戻ると、執務室には誰もいなかった。

早紀はキャビネットからDVDを取り出し、自分のパソコンを起動させてスロットに挿《そう》入《にゅう》した。

研修用のビデオか何かだと思っていた。だが、始まった映像を見て早紀は息を呑《の》んだ。

白人男性が椅子に座らされ、体を縛《しば》りつけられている。それを取り囲んだ四人の男たちが、いきなり暴行を始めたのだ。声は聞こえないが、やられている男性は助けを求め、呻《うめ》き声を上げているに違いない。鼻血が流れ、顔面が変形していく。五分、十分と暴行は続いた。

次に画面に映ったのは、空き地に立たされた東洋人の男性だった。やや面長《おもなが》の人物で、髪は短い。顎《あご》に何かの古傷がある。喋《しゃべ》っているようだが、やはり音声は聞こえない。そのうち男性は逃走を図り、背中から銃弾を受けて倒れた。小銃を持った人物がフレームに入ってきて、こちらは白人の男だとわかった。彼は倒れた東洋人を足で蹴り、死亡したことを確認しているようだ。

その次に始まったのは、暗がりで男性数名が乱闘《らんとう》を始め、中のひとりがナイフで刺《さ》される映像だった。街灯の下、赤い血が広がっていくのがわかる。

途中で再生を止め、早紀はケースのラベルを確認してみた。《資料４０７》に間違いない。ということは、もしかしたら律子の指示が間違っていたのではないか。

昨日教わった律子のアドレスにメールを送ってみた。三分ほどして返信があった。

《そのＤＶＤで間違いありません。今日中にレポートをまとめてください》

早紀は携帯の液晶画面を凝視した。

――こんなものを見て、レポートを？

どう書いていいのか見当もつかなかった。じっと考え込んでいると、電話がかかってきた。相手は律子だ。

「はい、篠原です」

「篠原さんには現実を知ってもらわなくてはいけないから」律子は淡々とした口調で言った。「もしその映像に耐《た》えられなければ、決断は早いほうがいいわよ。つまり、辞《や》めるなら今のうちだということ」

新米捜査員への洗礼ということか。しかし、律子がこんなことをする人だとは思いもしなかった。同じ女性だから、いろいろ助けてもらえると思っていたのだ。

「いえ、耐えられないということじゃないんですが、こういうものを見て何をレポートすればいいのかと……」

「篠原さん、何を言ってるの。あなたはその映像のどこを見ていたの？」

「え？」

「東洋人が銃で撃《う》たれる映像があったでしょう。殺害されたのは日本人じゃないかと言われているの。今年の七月に入手されたものでね……」

律子の話はこうだった。あの映像はインターネットのアングラサイトにアップロードされていたもので、警視庁生活安全部のサイバー犯罪対策課が発見した。サイトの管理者は無関係で、映像を上げたのはそのサイトを利用していた大学生だと判明した。

大学生から事情を聞いたところ、匿名掲示板《とくめいけいじばん》に書かれた情報を元に海外のサイトにアクセスし、そこで動画を発見したということだった。面白半分にコピーして国内のサイトに掲載《けいさい》したのだそうだ。調べにより、その海外サイトはベラジエフ共和国で作られたものだとわかった。サイバー犯罪対策課の捜査はここまでだったらしい。

「この情報を得て、加納班で調査をしたの。映っている景色を解析したところ、ベラジエフ国内で撮影されたものに間違いないと断定された。今、観光やビジネスでベラジエフを訪れている日本人はかなりいるわ。銃殺された男性の身元はまだわかっていない」

なるほど、と早紀は思った。だとしたら、これを見てレポートせよという指示も理解できる。

「そういうわけで、そのビデオは捜査に必要なものよ。ほかの映像も、もしかしたらベラジエフと関係があるかもしれない。最後までしっかり見ておいて」

「わかりました」

電話を切って、早紀は再びパソコンの画面を見つめた。

最初の映像から、もう一度順番に見ていった。所轄の生活安全課にいたときも、遺体を見たことは何度かある。だから一般人よりは死に対して免疫《めんえき》があると思っていた。だが今自分が見ているものは、状態としての「死」ではなく、行為としての「殺害」だ。襲う側の殺意と、襲われる側の恐怖がダイレクトに伝わってきて、直視するのが難しいシーンが多かった。

それでも、これが仕事だというのなら、目を逸らすわけにはいかない。

何度か映像を見たあと、各シーンでストップさせて、事件現場や現れた人物について分析を重ねた。ここはどこなのか。映っている人物同士の関係はどうなっているのか。殺害された人間は誰なのか。

夜八時を過ぎたが、まったく食欲がない。こんなものを見続けていれば当然そうなるだろう、と自分でもわかった。

そのうちデータ分析担当の溝口進也が、外から戻ってきた。彼は早紀の顔を見て、すぐに事情を察したようだった。

「きつい映像を見せられてるのか。俺も初めてここに来たときは、風間さんにいろいろやられたよ。あの人サディストだから、しようがないんだよね。人が困ったり苦しんだりしているのを見るのが、大好きなんだ」

「そうなんですか？」

「ちょっと何考えてるのか、わからないところがあるだろう。毒舌《どくぜつ》も多いし」

あまり悪口には同調したくないが、律子のことを聞き出すチャンスかもしれない。早紀

はうなずいて、

「たしかに、つかみどころがない感じはしますね」

「でもあの人さ、お金持ちの令嬢《れいじょう》らしいよ」

「本当ですか？」

「親が、財界とかマスコミとかにコネがあるんだって。まあ、人から聞いた噂《うわさ》だけどね」

早紀は律子の姿を思い浮かべた。手入れをしていない髪に、センスのない黒縁眼鏡、そして気分のままにあちこちへ飛んでいく話題。資産家の娘という印象はまったくない。

溝口は自分の椅子に腰掛け、パソコンを起動させた。

「ベラジエフでは最近、猟奇《りょうき》殺人が多いらしいよ。そのＤＶＤには入ってないけど、前にこんな話を聞いたことがある。国営企業の職員が殺されて、首を切断されたんだって。真っ白な雪の中に、たくさんの血が飛び散ってさ。マフィアじゃないんだから、首を切るっていうのはどうなんだろうな。……あれ、篠原、顔色が悪いけど大丈夫か？」

顔をしかめながら、早紀は尋ねた。

「で、被害者の頭はどこにあったんです？」

「遺体の近くに転がっていた。両耳を切られ、鼻をそぎ落とされ、両目がえぐられていたらしいよ。切り取った部位は、どれも犯人が持っていったみたいで……」

こらえきれなくなり、早紀は廊下に飛び出した。トイレに駆け込み、顔を洗って呼吸を整えた。

生安にいたころとは仕事の内容も違うし、メンバーのタイプも違う。こんなところで自分はやっていけるのだろうかと、不安になってきた。

夜十時ごろにレポートを完成させた。まだ外にいる律子にメールで報告し、許可を得て退庁することにした。溝口に挨拶して、執務室を出る。

地下鉄霞《かすみ》ケ関《せき》駅に入る前、早紀は携帯を取り出して電話をかけてみた。相手は杉並署の交番に勤務する富永巡査長だ。

「おお、シノか。久しぶりだな」穏やかな声が聞こえてきた。

今、話してもいいかと訊くと、今日は非番で家にいるから大丈夫《だいじょうぶ》だと言う。

「どうした。何かあったのか」

じつは、と言いかけて早紀は言葉を呑み込んだ。公安部の扱う情報は、絶対に外部に漏《も》らすわけにはいかない。相手が同じ警察官であってもそうだった。早紀が口にした何気ない一言が、大きなトラブルにつながるかもしれないのだ。そうなれば自分が咎《とが》められるだけでなく、話し相手になってくれた富永にも迷惑がかかる。

「いえ」携帯電話を握ったまま、早紀は夜空を見上げた。「もう、すっかり秋だなあと思って」

電話の向こうから、笑う声が聞こえてきた。

「食欲の秋だよ、シノ」富永は言った。「食べるものを食べないと、いい仕事ができないぞ。無理にでも栄養を取らないとなあ。いろいろ心配だろうが、自分の中に大きな木を生やしておけば大丈夫だからさ」

「……え?」

「枝や葉っぱは、ばさばさ揺れるだろう。でも揺れているうちは案外折れないもんだ。そうやって嵐《あらし》が過ぎるのを待てば、木はもっと丈夫になる。そういうもんだろ、シノ。いや、篠原さん」

「わかるような、わからないような……」

「なんだよ。珍《めずら》しく、俺がいいことを言ったのに」

屈託《くったく》のない笑い声を聞いているうち、早紀の気持ちも少し落ち着いてきた。

「ありがとうございました。たぶん、明日も頑張れると思います」

「そうだな。俺も頑張るからさ」

見えない相手に向かって、早紀は深く頭を下げた。

4

翌日、グリンカの監視は加納係長と溝口が行うことになった。

早紀と律子の組は、朝からグリンカの立ち寄り先で聞き込みを始めた。とはいっても、ベラジエフ人の経営する店には、グリンカと通じたスパイがいる可能性が高い。だからふたりは、グリンカが利用している日本人の店を訪ねていった。

「ああ、あの人グリンカさんっていうんですか？」広尾《ひろお》のカフェバーのオーナーは、グリンカの顔を知っていた。「うちの従業員によくカクテルを奢《おご》ってくれるんです。気前のいい方ですよね」

「日本語を喋っていましたか？」

「ええ、ときどき英語交じりでしたけど。……店の常連に、IT企業の社長さんが何人かいるんです。ときどき個室でパーティーをやったりしてましてね。グリンカさんもITに興味があるらしくて、社長さんたちと話し込んでいるのを見かけました」

カフェバーを出て、早紀は律子に話しかけた。

「グリンカはカメラマンですよね。どうしてIT関連の社長に……」

「何も目的がないとは思えないわね」

律子はつぶやいた。長い髪をいじりながら、じっと考え込んでいるようだ。

歩いていくうち、早紀はふと立ち止まった。雑居ビルが並ぶ一角に、空き家と思われる一軒家《いっけんや》が建っている。まさか、都心部にこんな場所があったとは。そう驚くと同時に、早紀は正体不明の寒気を感じた。

——ここ、すごく嫌な場所だ。

「どうかしたの？」振り返って、律子が尋ねてきた。

「私、町歩きが好きなんですけど、荒《あ》れた空き地や廃屋《はいおく》を見ると、気分が悪くなることがあるんです。事件が起こりそうな予感がするというか」

「なに？　オカルト？」

「そうじゃないんですが……」早紀は、一軒家に目をやったまま答えた。「犯罪者が好みそうな場所って、わかるじゃないですか。隣が駐車場だったり倉庫だったり、草木が鬱蒼《うっそう》と茂《しげ》っていたり……。その環境が犯罪を誘発することって、あると思うんです」

「たしか風水《ふうすい》では、玄関《げんかん》はこの方位がいい、なんて決めるみたいね」

「もしかしたら、そういうことと関係あるのかもしれません。庭や窓を見て、明らかにこの家は危ないって感じることもありますから」

「家相《かそう》って言葉があるわよね。篠原さんのは『犯罪家相学』といったところかしら」

「まだ直感という感じなんですよ。『学』というほど、まとまっているわけじゃなくて」

「でも研究してみたら？　うまくいけば捜査に役立つかもよ」

律子は真顔でそんなことを言う。真面目なのか冗談《じょうだん》なのか判断できず、早紀は曖昧《あいまい》な顔でうなずいてみせた。

青山のレストランで聞き込みをしていると、こんな証言が出てきた。

「ああ、グリンカさんですよね、知ってます。いつもはひとりなんですが、二週間ぐらい前だったかな、がっちりした体格の白人男性と一緒でした。親しげな感じでしたね」

「相手の名前はわかりませんか」

「料理をお出ししたとき、たまたま耳に入ったんですが……。たしか、イワンと呼ばれていたように思います」

イワンというのはロシアなどでよく聞く男性名だ。日本なら、太郎《たろう》とか一郎《いちろう》といったところだろう。

「偽名《ぎめい》でしょうか」店を出てから、早紀は小声で尋ねた。

律子は首をかしげて、

「いや、偽名というより、通称《つうしょう》と考えたほうがいいかもしれないわね」

そのイワンという男性は、グリンカと個人的な知り合いなのだろうか。それとも情報をやりとりする間柄《あいだがら》なのか。

ふたりは順番に聞き込みを進めていった。電車を待っているとき、律子が急にこんなことを言った。

「昨日のレポート、なかなか面白《おもしろ》かったわよ」朝、早めに登庁して読んでくれたそうだ。

「映像の、気味の悪さがよく伝わってきたわ」

どうも褒《ほ》められているという気がしない。補足しておこうと、早紀は口を開いた。

「背後に映っている壁とか、男たちが着ている服とか、細かいところをチェックしてみたんですが、詳しいことはわからなくて……」

「まあ、配属されて数日だものね。慣れないうちは仕方がないでしょう」

言葉が途切れたところで、早紀はこう切り出した。

「あの、昨日のこと、すみませんでした」

「え？」律子はまばたきをした。「何だっけ？」

「私、監視拠点で油断してしまって。久保島さんに注意されて……」

「ああ、そのことね」怒っているようには見えなかった。「久保島さんはああいう人だから、何か言われても気にしないほうがいいわ」

「ありがとうございます」ほっとして早紀はうなずく。

でもね、と律子は続けた。

「篠原さんも頑張らないとね。見ていて思ったんだけど、もしかしたらあなた、この仕事には向いてないかもよ」

口調は穏やかだが、言っていることはかなり辛辣《しんらつ》だ。眼鏡の奥《おく》の目は笑っていなかった。のんびりしているように見えて、律子の言葉には毒がある。

「頑張りますので、ご指導よろしくお願いします」

早紀が頭を下げると、律子は驚いたような顔をしたあと、噴《ふ》き出した。

「やめてよ篠原さん。あなた、スポ根《こん》じゃないんだから」

何が可笑《おか》しいのか、律子はしばらく笑い続けていた。


この日は聞き込みだけで終わってしまった。途中、律子は何度も電話で誰かと話していた。いちいち内容を尋ねるわけにもいかず、早紀は彼女に話しかけるチャンスを待った。律子は今の状況を説明してくれることもあったし、黙っていることもあった。コンビを組んでいるとはいっても、こちらは素人同然の身だ。国際情勢を学び、スパイの技術を覚え、自分の協力者を獲得する。そんなことができる日はいったい、いつになるのだろう。気が遠くなるほど先のように思えてくる。

ふたりは夜八時ごろ桜田門に戻り、買ってきたサンドイッチを食べながら、一日の活動内容を取りまとめた。

作業が一段落すると、隣の席で律子は雑誌を広げた。三十代から五十代の女性を対象としたファッション、インテリアなどを扱う月刊誌だ。

「情報収集ですか」

「まあね。最近流行《はや》っているものを調べておきたいと思って」

今律子が見ているのは、お洒落《しやれ》なドレスを紹介する特集だ。ページをめくると、ブライダル関係の衣装が現れた。

「えっ。まさか風間さん、結婚を？」

「違うわよ。こんな仕事をしていたんじゃ、相手なんて見つからないでしょう」

「それはたしかに……。大変ですよね」

「他人事みたいに言わないのよ。あなただって公安部員なんだから、しっかりしないと。油断してると死んじゃうわよ」

冗談なのか本気なのか、律子はくすくす笑いながら言った。

いい機会だと思って、早紀は質問してみた。

「私たちが追っているのはスパイですよね。そのスパイたちが、別のスパイを使うこともあるんでしょうか」

「それはよくあるわね」律子は雑誌から顔を上げた。「結局、情報を持っているのは人間ひとりひとりだから、コネクションをたくさん用意することで、効率よく情報を吸い上げることができる。極端《きょくたん》な話、自分で入り込めないところには、誰か別の人間を潜入させればいい。男湯の情報を手に入れるために、私たちが男に化けるわけにはいかないでしょう」

「なるほど……」

譬《たと》えが極端だが、まあ、そういうことなのだろう。

「だとすると、グリンカ自身が協力者を獲得して、どこかの組織から情報を盗もうとしている可能性もありますよね」

緊張しながら、早紀は相手の表情をうかがった。もし律子がモグラであり、外に情報を流しているのなら、この質問には特別な反応を示すかもしれない。そう思った。

だが、彼女は怪しい素振《そぶ》りを一切見せなかった。

「篠原さん」律子は雑誌を閉じて、微笑《びしょう》を浮かべた。「今度、飲みに行こうか。どこか美味《お》しい店を探しておくから。イタリアンは好き？」

律子は食べ物の話を始めた。スパイの話は、それで終わりになってしまった。


午後十時半、早紀は律子の許可を得てから執務室を出た。

律子はもうしばらく仕事をしていくそうだ。徹夜ではないですよね、と訊いたら笑っていた。そこまではかからない予定だし、もし終電を逃《のが》してしまったら、近くのビジネスホテルに泊《と》まるという。

帰りの電車の中で、早紀は携帯電話のメールを確認してみた。勤務中は仕事のメールを優先しているから、私的なメールは後回しになっていた。

二時間ほど前、大谷千香《おおたにちか》からメールが届いていた。千香は高校時代の同級生で、今は新橋の文具メーカーに勤めている。商品企画の仕事をしながら、週末はカルチャーセンターに通っていて、将来シナリオライターになるのが夢だそうだ。
千香は屈託《くったく》のない性格で、メールでも電話でも明るい調子で連絡してくる。ただ、千香のその明るさが作りものであることに、早紀は気づいていた。もう十年以上のつきあいになるが、ある出来事があってから、腹を割って話したことは一度もない。
《元気にしてる？　今度また飲みに行こうよ》
飾り文字付きで書かれたメールを見ると、いつまでも子供っぽいなと思ってしまう。しかし、仕事で忙しい早紀に対して、ときどきメールをくれるのは千香ぐらいだ。こういう友達は大事にしなくてはいけないな、と思う。
吊革《つりかわ》につかまりながら、千香への返信を送った。
《誘《さそ》ってくれてありがとう。今月から新しい職場に異動になって、毎日ばたばたしています。疲れたよー。落ち着いたら連絡するね》
すると、数分でまたメールが来た。
《ちょっと話したいことがあるんだけど、五分ぐらい電話してもいいかな》
もう十一時を過ぎているのだが、何か急ぎの用だろうか。電車を降りたらこちらから電話する、と返信しておいた。
中目黒の駅で電車を降り、改札口を出たところで架電《かでん》した。待っていたのだろう、すぐに相手が出た。

「早紀、今帰り？　大変だね」

「遅くなってごめんね。まだ仕事に慣れないものだから」

「この前まで杉並署にいたんだよね。今度はどこになったの」

「警視庁の本部」

「お、桜田門だね。なに、捜査一課？」

「そうじゃないけど……」そこから先は曖昧にしておいた。「急ぎの用があるみたいだったけど、何？」

「じつはね、今度カルチャーセンターでドラマのシナリオを書くことになって」

「えっ。千香のシナリオがドラマになるの？」

違う違う、と千香は笑った。

「みんなで講評し合って、勉強するだけだよ。でも先生が面白いと思えば、手直ししてコンクールに出せそうなんだよね」

「それはすごい」

「今、私が書こうと思っているのは、殺人事件を扱ったものなのよ。刑事ドラマじゃないんだけど、主人公の近くで事件が起こるの。それで捜査の仕方とか、専門的なことを早紀に教えてもらえないかと思って」

「ああ、そういうこと……」

一呼吸おいてから、早紀は言った。

「ごめんね千香、仕事のことは話せないのよ。守秘義務とか、いろいろあるから」

「早紀のことじゃなくていいんだよ。一般的な話ってことで」

「それもちょっとね。本当にごめん」

「そっか」千香は小さくため息をついたようだ。「まあ仕方ないね。自分で調べてみるよ。それはそれとして、今度何か美味しいもの食べに行かない？　早紀には元気になってほしいから」

「ありがとう。仕事が一段落したら連絡するね」

「うん。じゃあ、体に気をつけて」

電話は切れた。

これから先、どうしたものだろう、と早紀は考えた。所轄にいたときは、特に自分の所属を隠す必要は感じなかった。だが公安部に入った今、迂闊《うかつ》に仕事のことを話すわけにはいかない。

──しばらく、千香には会わないほうがいいな。

寂《さび》しいことだが、何かあれば相手に迷惑がかかることになる。千香も、シナリオひとつのためにトラブルを抱《かか》え込みたくはないだろう。

今後は人間関係を見直す必要があるのかもしれない、と早紀は思った。

コンビニで弁当や飲み物を買ったあと、自宅に向かって歩きだした。すでに午後十一時半を回っている。辺りに人通りはなく、街灯の光がぽつりぽつりと見えるばかりだ。

帰宅したらシャワーを浴びて、食事をして、そのあと今日の捜査について見直しをしたほうがいいだろう。ただでさえ早紀には公安捜査の知識がないのだ。ただ先輩のあとをついて回るだけでは、足手まといだと言われかねない。少しでも律子の役に立てるようになりたい、と思った。いや、すぐに役に立つのは無理だとしても、努力している姿勢だけは認めてもらいたかった。

どこかで雨戸の閉まる音がした。振り返ってみたが、辺りは暗くて、どの家で音がしたかはわからない。

前を向いて再び歩きだそうとしたとき、十メートルほど先の暗がりから人影が現れた。はっとして、早紀は街灯の下で目を凝らした。

相手はこちらに近づいてくる。早紀が不審に思っていると、街灯の光がその人物の顔を照らし出した。半白髪に色黒の顔。見栄《みば》えのいいスーツ。知っている人物だが、誰なのかすぐにはわからなかった。

「遅くまでご苦労だな」

その声を聞いて、ようやく早紀は思い出した。

「常川課長！」

公安部外事五課、早紀の属する部署の課長だ。昨日今日と会う機会はなかったが、着任した日の夜、早紀は常川から驚くような話を聞かされた。

「歩きながら話そうか」

決して大柄な人ではない。だがこうして外で会っても、常川は他人に対する強い威圧感を持っていた。目の動かし方や声の発し方、仕草《しぐさ》のひとつひとつにまで神経が行き届いている。要するに、無駄《むだ》な動作が一切ないのだ。

常川は住宅街の中を歩きだした。早紀のマンションの場所を知っているようだ。緊張しているのを隠しつつ、早紀は常川に並んで足を進めた。自宅への道を上司とともに歩くなど、今まで想像したこともなかった。一日の疲れもあって、何か現実離れした感覚にとらわれてしまう。

「どうだ。チームには馴染《なじ》めそうか」

前方を向いたまま、常川は話しかけてきた。思ったよりも穏やかな口調だ。

「まだ仕事の全貌《ぜんぼう》がつかめなくて、戸惑っています」早紀は正直に答えた。「昨日は久保島さんから、心構えについて注意されました。今日は風間さんから、この仕事に向いていないんじゃないかと言われてしまったし……」

「そろそろおまえに動いてほしいと思っている」

「この前の件ですか」

チームの中にモグラがいる可能性がある。だから風間律子の行動を監視せよという、あの話だろう。

「ですが、私はまだ仕事にも慣れていませんし……」

「おまえはこの仕事のエキスパートにならなくてもいい。出来のよくない新米のままでいろ。明日から風間をよく観察して、あいつが何をしているか、一日三回、私に報告するんだ」

「一日三回も？」

「朝は、一日の仕事を開始したあとに連絡しろ。夜は仕事が終わってから、すぐだ。家に帰ってから報告しようなんて、悠長《ゆうちょう》なことは考えるな」

律子とは毎日一緒に行動している。朝と昼、彼女に隠れて常川に報告することなど、できるだろうか。もし勘《かん》づかれたら、自分の立場はどうなってしまうのか。

「どうしても、やらなくてはいけないんでしょうか」

入庁してから今まで、上司にこんな質問をしたことは一度もなかった。下手《へた》をすれば常川に睨まれ、このあとの待遇《たいぐう》が不利になるかもしれない。それでも早紀は続けた。

「私がこんなことを申し上げるのは何ですが、その……コンビを組んでいる先輩を監視するというのは、あまり前例のないことかと……」

その言葉を遮って、常川は言った。

「おまえには、断るという選択肢はない。公安部はすべて調べ上げているんだ。高校時代、おまえが友達を見殺しにしたこともな」

驚いて早紀は足を止めた。うしろから不意打ちを受けたような気分だ。

「説明したほうがいいか?」常川も足を止めていた。「高校二年生の夏休み、おまえは大谷千香、山崎若菜《やまざきわかな》と三人でショッピングセンターに出かけた。その帰り、三人の少年が若菜に声をかけてきた。中のひとりは若菜と面識があるようだった。一緒に来いと言われた若菜はおまえたちと別れ、少年たちについていった。その夜、若菜は傷害・監禁《かんきん》事件に巻き込まれ、三日後、警察に保護された」

忘れたいと思っていたことだった。だが常川の言葉で、あのときのことをはっきり思い出してしまった。

何か言いたそうな目でこちらを見ていた若菜。「大丈夫?」と自分は声をかけることしかできなかった。その問いかけに若菜は小さくうなずき、少年たちと去っていったのだ。

「暴行されたという噂が立って、若菜の一家は引っ越していった」常川は続けた。「あのとき、おまえたちが警察を呼んでいれば、山崎若菜が事件に巻き込まれることはなかったはずだ。若菜はどんな気分だったのか。おまえたちのことを恨んだんじゃないか? どうして助けてくれなかったのか、なぜ私を見殺しにしたのかと」

事件のあと、早紀は自分を責めた。結局若菜とは二度と会えなかったが、もし会っていたとしても、何か言えたかどうかはわからない。自分は若菜に詫《わ》びればよかったのか、それとも一緒に泣いてやればよかったのか。今でも答えは出ていない。ただ後悔する気持ちだけが、十年以上たった今も、泥《どろ》のように心の底にこびり付いている。大谷千香との間の微妙な空気も、そのことが原因だった。

若菜が連れ込まれ、監禁されたのは廃工場だったそうだ。のちにその現場を見たとき、なんとも言えない嫌な気分になったことを覚えている。

あの事件があったから自分は警察官を目指した。地域課で交番勤務をしたあと、念願の生活安全課で少年犯罪を捜査するようになったのだ。仕事の傍《かたわ》ら、早紀は管轄内《かんかつない》をくまなく歩き、空き地や廃屋の状況を調べていった。そうするうち、直感的に、ここはよくない場所だとわかるようになった。犯罪者を呼び寄せ、事件を誘発してしまう建物。負の空気を漂《ただよ》わせた土地。そういう場所に早紀は注意を払い、近くを通ったときはできるだけチェックを行うようにした。

たぶんそれは、罪滅《つみほろ》ぼしだったのだと思う。自発的なパトロールをすることで、早紀は自分の中の罪悪感を打ち消そうとしてきた。そうした行動によって、犯罪者を検挙できたケースもある。小さな事件だったが、そのことで自分の気持ちは慰《なぐさ》められた。

だが常川は、早紀の積み上げてきたものをすべて壊《こわ》そうとしていた。

「今、山崎若菜がどこで何をしているか知りたいだろう。彼女がおまえのことをどう思っているか、教えてほしいんじゃないのか？」

「やめてください」早紀は激しく首を振った。「もうやめてください」

常川は口を閉ざした。それほど背が高いわけではないのに、彼の姿がやけに大きく見える。もはや、早紀には抵抗《ていこう》する気力がない。

「我々は問題のある警察官を監視し、圧力をかけ続ける。一度リストに載《の》ってしまえば退職するまで、いや、退職してからも不利な状況が続く。おまえひとりの問題ではなく、おまえの家族、親族にまで影響が及《およ》ぶということだ。警察の裏の力は知っているだろう？」

早紀にも家族がいる。父はもう亡くなっているが、長野県に住んでいる母、関西の大学に通っている妹、それから全国あちこちに親族がいる。本当に、彼らにまで影響が及ぶのだろうか。実際そこまでするほど、警察という組織は暇《ひま》ではないだろう。だが早紀が服従しなかったせいで、常川が個人的な嫌がらせをしないとは限らなかった。組織の上部にいる人間はメンツにこだわる。そして、メンツのためには信じられないような報復をする。そのことを、これまでの経験で早紀は知っている。

「課長、私は……」

早紀がそう言いかけたとき、常川の口に笑いが浮かんだ。一瞬《いっしゅん》で、彼の表情はやわらかくなった。

「篠原。今おまえが頼れるのは、私だけなんだ」

そのとおりだ。逆らえるはずはない。もしここで命令を拒絶《きょぜつ》すれば、早紀はどこに飛ばされ、どんな目に遭《あ》わされるかわからないのだ。

「姫蜂《ひめばち》というのを知っているか」唐突《とうとつ》に、常川は尋ねた。「ほかの昆虫《こんちゅう》やクモに卵を産み付ける、嫌な蜂だよ。おまえは姫蜂の幼虫だ。知らない虫やクモに交じって、こっそり情報を抜き取ってこい。そして、いずれはそいつらを食い殺すんだ」

組織の中に入り込み、スパイとして活動しろということだろう。だがそんなことをすれば、捜査員たちの間に不信感がつのっていくのではないか。モグラでない者まで傷つけ、その結果、組織は内側から崩壊《ほうかい》してしまうのではないだろうか。

「ひとつだけ聞かせてください」早紀は言った。「最近、加納班でトラブルが続いているのは、モグラから情報が漏れているせいなんですか？」

常川は早紀をじっと見つめた。居心地の悪さを感じて、早紀は身じろぎをした。

「おまえの役目は風間を監視し、情報を集めることだ。いいか、よけいなことは考えるな。あれこれ考えてしまう人間は、いずれ必ず不幸になる。俺は、そういう人間を大勢《おおぜい》知っている」

緊張に耐えられなくなり、思わず目を逸らしてしまった。

ゆっくりと呼吸をしてから「わかりました」と早紀は答えた。そうするしかなかった。

5

翌十月四日。朝九時から加納班の打ち合わせが行われた。

根岸と久保島は、笹塚の監視拠点にいる。今ここにいるのは加納のほかにデータ分析担当の溝口、律子、早紀、そして小柄な岡肇だ。岡と加納の身長差は二十センチほどもあるようだった。

勤務を始めて四日目になるが、早紀はこの岡という捜査員について何も知らない。打ち合わせでは淡々と報告をしているが、聞いていると、どうやらいつもひとりで行動しているようだった。

ほかのメンバーは根岸と久保島、加納と溝口、律子と早紀というふうに、ふたり一組で行動することが多い。だから、ひとりで動く岡のことは以前から少し気になっていた。

——このチームの人間関係を知っておく必要がある。

早紀はそう思っていた。その背景にあるのは昨夜の出来事だ。早紀は常川課長のスパイになった。今朝出勤したあと、すでに一度、給湯室から電話で報告を行っている。直接の監視対象は律子なのだが、その周辺のメンバーについても情報は集めておいたほうがいいだろう。

打ち合わせのあと、早紀は岡に声をかけてみた。

「岡さん、まだあまりお話しできていませんけど、よろしくお願いします」

「ああ……」うなずいて、岡は書類を鞄にしまい込む。

「ひとりで行動されていることが多いんですね」

「うん」

そう言ったきり、岡は黙り込んでしまった。彼はいつも口数が少なく、ほとんど会話が続かない。早紀だけでなく、誰に対してもそういう態度をとっているようだった。

「今、仕事を覚えているところなんです。何かあったらご指導お願いします」

「あのさ、篠原」

岡がこちらを向いたので、早紀は彼をじっと見つめた。岡は小声で言った。

「無理して俺に話しかけなくていいよ」

「すみません。お邪魔でしたか」

「邪魔っていうか……。俺、こういう人間なんで」

早紀から視線を外して、岡は鞄の中を確認し始めた。人づきあいが苦手なのかもしれない、と早紀は思った。そういうことなら仕方がない。どこの部署にも、そういう人はいるものだ。

岡が廊下に出ていくと、データ分析担当の溝口が話しかけてきた。

「あいつ俺の一年後輩なんだけど、自分のことを全然喋らないんだ。おまえも、変わった奴だと思っただろう？」

「……個性的な方ですよね」言葉を選びながら早紀は答えた。「あまり反応が返ってこないので、少し戸惑いますけど」

「でも、ああ見えて、すばしっこいところがあるんだ。身が軽くて猿《さる》みたいなんだよな、耳も大きいし。……あ、本人には内緒だぞ」

早紀は、岡が俊敏《しゅんびん》に動き回るところを想像しようとした。だが、どうもぴんとこなかった。

監視拠点に移動し、根岸・久保島組と交替してマル対を観察することになった。早紀にとっては二度目の挑戦《ちょうせん》ということになる。今回はミスのないようにしなければならない。

昨夜まで監視の中心メンバーだった根岸と久保島は、午後になったら一度帰宅して休むそうだ。

「留守の間しっかりやれよ、新人。でも、手柄は俺にとっておけ」

「あ……はい、了解しました」久保島に言われ、早紀は深くうなずく。

久保島たちがいなくなれば、早紀も少し安心できる。根岸はともかく、久保島とは馬が合わないことがわかっていた。新人教育かもしれないが、事あるごとに嫌みを言われるのは精神的にきつい。

ただ、律子とふたりきりでいれば落ち着けるかというと、そうでもなかった。早紀は常川課長から、律子を監視せよと命じられている。報告は一日に三回、朝、昼、晩に行うよう言われたのだが、律子の目を盗んでうまく昼の連絡ができるか、先ほどからずっと気になっていた。

律子が根岸・久保島組から情報を引き継いでいる間、早紀は窓際に座って、向かいのマンションの様子をうかがっていた。

引き継ぎが済むと、律子が窓のそばにやってきた。

「そろそろ十時か。篠原さん、様子はどう?」

「異状ありません。あの部屋には誰も出入りしていませんね」

「そう……」律子は作業用の机に頬杖《ほおづえ》をついた。「昨日までグリンカはあまり外出していないのよね。せいぜい近くのコンビニへ買い物に行くぐらい」

「そろそろ動いてもいいころだけどな」

久保島が貧乏ゆすりをしながら言った。その横で、根岸はひとり腕組みをしている。首をかしげながら彼はつぶやいた。

「グリンカの奴、中で何をやっているんだろう。もっと情報がほしいところだが」

窓から対象者の部屋を覗く作業は、単調なものだった。早紀にも務まるぐらいの簡単な仕事だが、これを続けていても自分の力にはならないだろう。できることなら、今日も外で聞き込みをしたかったというのが本音だ。

「篠原さん、どうかしたの？」

そう訊かれて早紀ははっとした。別のことを考えていたのが、律子に見抜かれてしまったのだろうか。

「こういう作業は大変ですよね。対象者との我慢比べというか……」

「仕事ってそういうものだから」律子は言った。「生活安全課でも、張り込みはしていたんでしょう？　無駄に見えても、積み重ねていくことが大事なの。あなた、こういう地味な作業は嫌い？」

「いえ、そんなことはありません」早紀は首を振る。「おっしゃるとおりです。何事も積み重ねですよね」

ペットボトルの紅茶を飲んだあと、律子は思い出したという顔で、

「ひとつアドバイスをしましょうか。篠原さん、誰かを味方につけようと思ったら、自分の心を裸《はだか》にして見せなくちゃ駄目よ。隠し事はしないこと」

「え？」

早紀は言葉に詰まった。まさか律子は、早紀が課長のスパイになったことに気づいているのだろうか。

緊張した表情で様子をうかがっていると、律子は苦笑した。

「そんな顔しないで……。今のは、エスを獲得するための極意《ごくい》よ」エスというのは、警察への協力者のことだ。「人が興味を示す相手というのは、自分より少し立場の弱い人間なの。こいつを利用してやろう、とエスが食いついてくれれば必ずうまくいく。だから私たちは虚勢《きょせい》を張らず、心を開いて見せなくちゃいけないってこと」

協力者を運営するときの話だったとわかり、早紀はほっとした。

午前十一時半、昼食を買ってくるよう律子に言われて、早紀は雑居ビルを出た。歩きながら常川課長宛ての報告メールを打つことにした。現在、笹塚の拠点にてマル対を監視中。異状なし。そのように書いて送信したところ、一分たたないうちに電話がかかってきた。

液晶画面に表示された名前は、常川だ。

「はい、篠原です。お疲れさまです」

「メールは非常時のみにしろ。メールでは、本当におまえが書いたかどうかわからないだろう？　必ず電話で報告しろ」

「……わかりました。申し訳ありません」

そう詫びてから通話を終えたのだが、理不尽《りふじん》だな、と早紀は思った。課長とはいえ、いきなり電話をかけてくるというのはひどい。

――重要な作業中だったら、どうなっていたか……。

まあ、メールが届いた直後だし、重要な局面ではないと踏《ふ》んでいたのだろう。あるいは、と早紀は思った。あえて突然電話をかけ、こちらにプレッシャーをかける目的があったのかもしれない。幹部の中には、自分の権威を見せつけるため、こういうことをして部下を萎縮させる者がいるのだ。

とにかく、律子たちに見られていなかったのは幸いだった。ほっとしながら、早紀は携帯電話をポケットにしまい込んだ。

拠点に戻り、四人は昼食をとった。もうじき帰宅するというので、根岸と久保島は少し気が楽になったようだ。庁内の人事のことなどを話し始めた。

早紀はパンを食べながら、窓の外を監視し続けた。やがて、十二時二十分——。

「グリンカが外出します!」

早紀が報告すると、先輩たちは窓際にやってきた。

「ジャケットにスラックス……。誰かと会うのか?」と久保島。

「俺たちはマル対を追う。過去のデータだと、一度出かければ夕方までは戻らない」

根岸がそう言うと、律子はテーブルの上のバッグを引き寄せた。

「エスを使いましょうか。難しいことは無理だけど、写真を撮《と》ってくるぐらいなら大丈夫です」

「よし、風間たちにはアジトのほうを任せる。俺たちはグリンカを追う」

根岸と久保島は、慌ただしく外へ出ていった。

「私たちも行くわよ」

律子に促《うなが》され、早紀もバッグを持って玄関に向かった。

エレベーターを待たずに、律子は階段を駆け下りた。彼女がこれほど素早く動くのを見たのは初めてだ。道路を渡り、賃貸マンションの管理人室に行って、律子は窓ガラスを叩《たた》いた。

「松下さん、ちょっといいですか」

管理人室には五十代半ばの女性がいた。防犯カメラのモニターが並ぶ机に向かって、携帯電話をいじっていたようだ。管理人は慌てて立ち上がり、ドアを開けてエントランスに出てきた。

「風間さん。今メールしようとしてたんだけど……」

この女性が律子の協力者、松下寛子だった。

「私たちも監視拠点から確認しました」律子はバッグからデジタルカメラと、白い手袋を取り出した。「この前お願いした件ですけど、今から室内の写真を撮ってきてほしいんです。この手袋を嵌《は》めてもらえますか。中のものにはあまり触《さわ》らないようにして、できるだけたくさん撮影してきてください」

緊張した表情で、松下はうなずいた。手に持っているのはこのマンションのマスターキーだろう。

すでに律子はそこまで話を進めていたのだ。条件は何だろう、と早紀は考えた。衣服から察するに、松下の経済状況はあまり豊かではなさそうだ。やはり手っ取り早く、金をちらつかせて協力者に仕立て上げたに違いない。昨日までの時点でいくらかつかませ、成功の暁《あかつき》にはさらに謝礼をする、と約束したはずだ。

「篠原さんは一階で待機」律子はてきぱきと指示を出した。「今日は無線の用意がないから、緊急時は電話で連絡して。こちらからもそうする」

「わかりました」

「松下さん、時間を決めましょう」律子は管理人のほうを向いた。「十五分たったら作業を終わりにしてください。連絡したいときには電話をかけます。マナーモードになっていますよね？　よし、けっこうです。じゃあ行きましょう」

「あの、風間さんは一緒に部屋に入ってくれないんですか？」おどおどした調子で松下は尋ねた。「私ひとりじゃ、何かあったときに心配だし……」

律子は松下の肩に手を置いて、相手の目を見つめた。

「松下さん、私たちは中に入れないんです。だからこそ、あなたに作業をお願いするんです」

「でも……人の家に忍《しの》び込むなんて」

　金はほしい。だが忍び込んだことが明らかになれば、自分は住居侵入罪に問われることになるだろう。当然この管理人の仕事も失うことになる――。松下はそう考え、怖《お》じ気《け》づいているのだ。

「松下さん、娘さんの結婚式にはお金がかかるんでしょう？　たった十五分だけ頑張れば、約束したお金が手に入るんですよ」

「……わかりました」松下は覚悟《かくご》を決めたようだ。

　そういうことか、と早紀は思った。昨日、律子が雑誌で結婚式のページを見ていたのは、松下への謝礼のことがあったからなのだろう。

　松下と律子がエレベーターで三階へ上がっていくと、早紀はひとつ息をついた。マンションのエントランスで、ふたりが戻るのを待つことにする。警察の仕事を始めてから、待つのも仕事だとわかるようになっていた。

　表通りから車の走る音が聞こえてくる。信号待ちをしている車内から、カーステレオの曲が流れてくる。これは何の曲だったろう、と考えた。思い出せない。

　突然、携帯電話が振動した。液晶画面を確認して、早紀は意外に思った。三階に行った律子からではなく、マル対を追っていった久保島からだ。

「篠原です」

「マル対がそっちに戻ろうとしている」

「えっ。どうして……」

「風間とエスは部屋に向かったよな?」

「エスはもう、中に入ったころだと思います」

「まずいな。マル対は何か思い出したのか、それとも……ああ、ちくしょう。監視されているかどうか、たしかめようとしたのかもしれない。だから一度出て、すぐに戻ろうとしたんじゃないか?」

「すぐに風間さんに知らせます」

「そうしてくれ」

グリンカが戻ってくるとは、まったく予想しなかった展開だ。だが、本来ならそこまで考えておくべきだったのだろう。

早紀は電話をかけて、律子に状況を伝えた。

「わかった。すぐに現場を出るわ。集合場所で落ち合いましょう」

「あ……あの、風間さん」早紀は小声で言った。「駄目です。もうマル対が見えています」

身長は百八十センチ近く。肌の色が白く、一見して外国人だとわかる風貌《ふうぼう》だ。見間違えることはない。

グリンカは走って戻ってきたようだった。通りの向こう側に立ち、左右を見て、車の流れが途絶《とだ》えるのを待っている。

「篠原さん、早く身を隠して」

はい、と答えて早紀は電話を切った。

今正面玄関から出ていけば、確実に顔を見られてしまう。早紀はまだ面が割れていないから、すれ違ったとしても捜査員だとばれることはないだろう。だがここで顔を見られたら、今後自分はグリンカに近づけなくなり、活動を大きく制限されることになる。チームのメンバーとしての存在価値が低くなってしまう。

──どこか隠れる場所は……。

管理人室に入り、奥にあった引き戸を開けてみた。中には三畳ほどの部屋がある。おそらく管理人の休憩室だろう。早紀は引き戸を閉め、息をひそめた。わざわざここを覗き込む人間はいないはずだ。

靴音《くつおと》が聞こえて、管理人室の前で止まった。早紀が潜《ひそ》んでいる場所から、わずか四、五メートルほど先だ。

神経を耳に集中させる。また靴音が聞こえた。どういうわけか、グリンカはこちらに近づいてくる。まさか、早紀の存在に気づいたのだろうか?

管理人室の入り口にはドアがある。早紀は呼吸を止めて耳を澄ました。そのドアはまだ開かれていないようだ。だがグリンカの気配はすぐそこにある。いったい何をしているのだろう。

と、そこへ電子音が鳴り響いた。エレベーターのかごが一階に到着したのだ。靴音は離れていき、やがてエレベーターのドアが閉まる音が聞こえた。

助かった、と早紀は胸をなで下ろした。引き戸を開け、そっと管理人室の様子を覗いてみる。誰もいない。エントランスにも人影はなかった。グリンカは三階に上がったのだ。

管理人室を通って外に出ようとしたとき、早紀は気づいた。そういうことか、とひとり納得した。

五分後、現場から五十メートルほど離れた民家の横で待っていると、律子がひとりでやってきた。松下はもう管理人室に戻らせたそうだ。

「グリンカには見られなかったわよね?」

「大丈夫です。管理人室の奥の部屋に隠れていましたから。ところで、松下さんの様子はどうでした?」

早紀が訊くと、律子は軽くため息をついた。

「パニック状態で、泣きそうになっていたわ。もうやりたくないって……。何日かおいて、説得し直さないと駄目かもしれない」

「じゃあ、別の方法で情報を集めるしかないですね」

「でも、できるところまでは頑張ってくれたのよ」律子はバッグの中のデジタルカメラを、早紀に見せた。「このあと、写真を確認してみましょう」

監視拠点に戻って、律子と早紀はカメラからデータ記録メディアを取り出した。ノートパソコンでそのデータを調べてみる。戻ってきた根岸と久保島も、うしろから画面を覗き込んだ。

素人が撮ったものだから、正直な話、写りはあまりよくなかった。だが詳細にチェックしていくうち、メモ用紙からある情報が読み取れることがわかった。

「グリンカは明日の午前十一時、神保町《じんぼうちょう》で誰かと接触するようです」律子は電話をかけ、加納係長に報告した。「情報を入手するのか、あるいは何かのブツをやりとりするのか。とにかく、明日がひとつの山になりそうです」

律子の背中を見ながら、早紀はポケットの中で携帯電話を握り締めていた。どこかでチャンスを見つけて、今の出来事を常川課長に報告しなければならない。そう思っていた。

6

翌朝七時、笹塚の雑居ビルに設置された監視拠点に、加納班のメンバー七名が集まった。

普段、単独行動の多い岡も、今日の作業には参加するということだ。

加納係長が声をかけ、打ち合わせが始まった。

「昨日グリンカが外出したのは十二時二十分ごろでした」久保島が報告した。「奴は一度マンションに戻ってから、五分後に再び外出しました。自分と根岸さんがあとをつけましたが、書店と文具店を覗き、スーパーで食料品を買って十四時には自宅に戻りました。それ以降、外には出ていません」

「点検行動だった可能性があるな」加納は唸《うな》った。「一度マンションに戻ったというのが気になる。監視されていないかどうか、チェックしようとしたんじゃないか？」

そうか、と早紀はつぶやいた。思い当たることがあった。

「どうした？」

根岸に訊かれて、早紀はみなに説明した。

「グリンカが戻ってきたとき、私は管理人室の奥の部屋に隠れていたんです。グリンカは近づいてきて、管理人室の中をうかがっていたようでした。私の想像ですが、グリンカは防犯カメラを気にしていたんじゃないでしょうか。管理人室にあるモニターには、マンションの正面玄関や自転車置き場、駐車場が映ります。誰かが潜んでいないか、チェックしていたのかもしれません」

ふうん、と言って律子がうなずいた。

「篠原さん、意外といろいろなことに気がつくのね」

「ありがとうございます」早紀は頭を下げる。

加納は話を進めた。

「エスが入手した情報によると、本日十月五日、午前十一時にグリンカは誰かと接触する可能性が高い。これから奴のあとをつけて情報を収集する。連絡は無線で行うこと」

この作業のために、データ分析担当の溝口が無線装置を用意していた。各人、それを受け取って身につける。

「マル対が外出したら、まず根岸さん、行ってください」年上の根岸に、加納は命じた。「以後、俺が指示したら順次交替すること。マル対が誰かと接触した場合は、そちらも行確する」

早紀の名前は出なかった。入って間もない人間に尾行をさせるのは、リスクが高いという判断だろう。早紀自身にも異存はない。

午前十時過ぎ、グリンカは昨日と同じジャケット姿でマンションを出た。右肩に黒いショルダーバッグのストラップを掛け、左手にはデパートなどで使われる紙バッグを持っている。中に何らかの資料が入っている可能性があった。

七人はそれぞれ決められた距離を保って、対象者のあとを追った。一番手の根岸はグリンカの後方三十メートルほどにいる。この距離は、周囲の通行人の状況をみて変えることになっていた。駅に近づくと、根岸は後方二十メートルまで距離を詰めた。

特に辺りを見回すこともなく、グリンカは進んでいく。ICカードを取り出して改札を抜けた。捜査員たちも順次、駅の構内に入っていく。

尾行を警戒したのか、グリンカは途中で乗り換え、JR御茶《おちゃ》ノ水《みず》駅へ移動した。御茶ノ水橋口を出ると交差点を渡り、楽器店の並ぶゆったりした下り坂を歩いていく。やがて靖《やす》国《くに》通りに出ると、右に曲がった。この辺りは神保町の古書店街で、通り沿いには専門書の店が数多く並んでいる。

信号が変わるのを待って、グリンカは道路の反対側に渡った。そのまま少し進み、裏通りへ入っていく。土地鑑《とちかん》があるのだろう、迷う様子もなく進んでいった。

やがて彼は一軒の古書店の前で足を止めた。店先に陳列《ちんれつ》されている本を手に取り、ぱらぱらとページをめくっている。

「マル対、『航栄堂《こうえいどう》』に立ち寄り中」無線のイヤホンから、根岸の声が聞こえた。「以前から何度か出入りしている店ですね」

早紀のいる場所は、その古書店から五十メートル以上離れている。向こうから見られるおそれはないが、その代わりこちらからも詳しい様子はわからない。

「データを確認しました」今度は溝口の声が聞こえた。「東欧の書籍《しょせき》や雑誌を扱っている店です。経営者は浜村次郎《はまむらじろう》、以前と変わりありません」

「根岸さんは待機。風間、店に入って状況を確認しろ。連絡は外に出てからだ」

「風間了解」

律子が店に近づいていった。黒縁の眼鏡をかけた彼女は、こういう店にはよく似合っている。店頭の本を見るふりをしてから、律子は中に入った。店内では連絡ができないため、ほかのメンバーには状況がわからない。

五分ほどのち、律子は外に出てきた。腕時計を見て、さてどうしようかというような演技をしつつ、店を離れる。角を曲がってから、彼女は無線で連絡してきた。

「風間です。店内には学生ふうの男性客が一名。店主は日本人で六、七十代。情報のあった浜村次郎だと思われます。グリンカは店主と一緒に奥の部屋に入ったまま、まだ出てきていません」

何かの取引をしているのだろうか。東欧の書籍を扱う店なら、ベラジエフ人が出入りしていてもおかしくはない。それを隠れ蓑《かくれみの》にして、店主の男はいろいろな情報を集めているのではないか。グリンカはその情報を買っているのではないか。以前から出入りしているのなら、その疑いが強い。

早紀が思いつくのだから、先輩たちも当然そう考えているはずだった。

十分ほどたったころ、動きがあった。

「マル対、店を出ました」イヤホンから律子の声が聞こえた。「ショルダーバッグと紙バッグはそのまま持っています」

「風間は店を監視し続けろ。店主と、学生ふうの動きに注意すること。マル対のほうは久保島、おまえが追尾しろ」

「了解」久保島の応答が聞こえた。

久保島は、歩きだしたグリンカの後方についた。

グリンカは時間をつぶすような感じで沿道の店を覗いていたが、やがて自然科学系の書店が集まる雑居ビルに入った。看板を見ると、魚類関係、動物関係、鉱石関係など、小さな店がテナントとして八軒ほど入っているようだ。ビル自体は五階建てだが、看板の記述から、古書店があるのは一階から三階までだと思われる。

そのビルを見て、早紀は嫌な気分を感じた。

ここから内部の構造を知ることはできないが、壁の汚れやひび割れ、看板の錆《さび》などに違和感がある。おそらくそれは直感とよぶべきものだ。まだ体系化されていないため、律子にはオカルトなどと言われてしまった。だがこれは経験に裏付けられた予感だと、自分では思っている。

「どうします？　ビルに入りますか」イヤホンの向こうで、久保島が加納に尋ねていた。

「狭いところに八軒か」加納は何か考えているようだったが、じきに指示を出した。「どんな用があったのか知りたい。注意して中に入れ。何かあったら離脱しろ」

「了解」

久保島はビルに入っていった。グリンカがどの店に向かったのかはわからない。あるいは、一軒ずつ丁寧《ていねい》に覗いているのかもしれない。久保島も一階から順に見ていくしかないだろう。

早めに昼食をとるのだろうか、通りにはスーツ姿の男性が増えてきた。この一帯には古書店のほか、喫茶店《きっさてん》や飲食店も多い。駅のほうには大学もあるから、安くてボリュームのあるランチが人気だと聞いている。

早紀は道端《みちばた》に立って、雑居ビルを観察していた。嫌な感じは今も続いている。この気分の正体は何だろう、と考えているうち、ひとつ気がついたことがあった。

襟元《えりもと》のマイクに向かって、早紀はささやいた。

「係長、こちら篠原です」

突然早紀が声を発したので、加納は驚いたようだった。

「どうした？　何かあったのか」

「あの手のビルは、建物の奥にトイレがあることが多いんです。そこに裏口が造られている可能性があります。狭くて、普段はあまり使われないような抜け道があるんじゃないでしょうか」

「わかった」加納の応答が聞こえた。「久保島、念のため一階に裏口がないか調べろ」

一分ほどたったころ、久保島が切迫《せっぱく》した様子で報告した。

「やられました。マル対は一階裏口から逃走した模様」

「まさか、篠原の予想したとおりなのか？」

「一階の店主が証言しました。白人の男がトイレを借りたいと言ってきたそうです。なかなか戻ってこないので見に行ったら、裏口の錠が開いていたと……」

がつん、と何かがぶつかるような音がイヤホンから響いた。続いて「くそったれが」という加納の声。怒りにまかせて、加納が何かを蹴ったようだ。

彼は普段無表情だから、見ていて感情がつかみにくい部分がある。だがこうして顔を見ずにいると、くぐもった声の中に多くの感情が隠されていることがわかった。

加納は不機嫌そうな声で言った。

「久保島はもう一度ビルの中をチェックしろ。念のため四階、五階も調べておけ。根岸、岡、溝口の三名は周辺を捜索《そうさく》。マル対を発見したら行確を継続《けいぞく》する。風間は航栄堂を見張れ。最後に篠原」

「はい」早紀は背筋を伸ばして返事をした。

「おまえは監視拠点に戻って、マル対が帰宅したらすぐに報告しろ。絶対に見逃すな」

その声には、強い圧迫感がある。見えない相手に向かって、早紀は深くうなずいた。

「了解しました」

捜査員たちはすぐに行動を開始した。

翌十月六日、午前十一時――。

早紀はカーテンの隙間から、向かい側に建つマンションを覗いていた。笹塚の監視拠点に戻ってきてから、そろそろ一日が経過しようとしている。

神保町で姿を消したグリンカがいつ戻ってくるかと、緊張しながら早紀は待った。だが今になるまで当人は現れていない。先輩たちは加納係長の指示で捜査を行っているらしく、早紀はこの部屋にひとりきりだった。交替要員がいないから、徹夜で見張っていなくてはならず、トイレに行くのも短時間で済ませなければならなかった。

監視を続ける間、早紀は定期的に常川課長に電話をかけ、状況を報告した。昨夜、グリンカを失尾《しつび》したことを伝えたときには、常川は小さく舌打ちをしていた。

「また情報が漏れたんじゃないのか。篠原、おまえ何か気づいたことはなかったか」

「いえ、私はマル対からだいぶ離れていましたので……」

「航栄堂という店に入ったのは風間だな。そして雑居ビルの古書店に入ったのは久保島か」

「課長、もしかして久保島さんが……」

早紀が言いかけると、常川は強い調子で遮った。

「よけいなことは考えなくていい。おまえは俺の人形として、正確な情報を上げることに専念しろ」

人形、という言葉を聞いて早紀は眉をひそめた。心さえ持たず、ただ言われたことだけ遂行する便利な手下。自分がそんな立場に成り下がるとは思ってもみなかった。

もし仮に、と早紀は考えた。警察内部のしかるべき部署に、今の状況を報告してみたらどうだろう。

――いや、そんなことをしても無駄だ。

早紀はひとり首を振った。所轄で発生したトラブルならまだしも、警視庁本部の、しかも公安部での出来事だ。事は早紀ひとりの問題ではない。組織内のモグラを見つけるという大きな目的があるのだから、いち捜査員の言い分などは通らないだろう。また、早紀がそんなことをたれ込んだとわかれば、常川は当然報復を考えるはずだ。情報操作に長《た》けた公安部に睨まれたら、自分の人生はどうなってしまうかわからない。

そんなふうに昨夜のことを思い出していると、玄関のほうで音がした。早紀は腕時計を確認する。午前十一時五分、風間律子が監視拠点にやってきた。

「お疲れさまです」軽く頭を下げながら、早紀は言った。

「これ、食べていいわよ」律子はコンビニのレジ袋を差し出した。「状況に変化はないわね？」

「はい、見落としてはいないはずですが……」

「報告するときは、そんな自信なさそうな言い方しちゃ駄目よ。何かミスをしたんじゃないかって疑われることになる」

「……すみません」

「まあ、気持ちはわかるけどね。夜なんか、ひとりで見張っていると感覚が変になってくるから」

サンドイッチをもらって早紀は食べ始めた。そういえば、昨日の夜から食事をとっていなかった。

「こちらに動きがあったわ」ペットボトルの紅茶を一口飲んだあと、律子は言った。「溝口くんが徹夜で情報を分析してくれたの。これまで航栄堂に出入りしていた客の中に、ベラジエフ人のジーマ・フォーキンという男がいた。年齢は三十五歳、日本には加工食品の商売をしに来ている。フォーキンは月に三、四回あの古書店に顔を出していたそうよ。その数時間後にはグリンカが訪れて、店の本を買っていった。本を使って連絡をとり合っていた可能性があるわ」

「フォーキンの所在は？」

「不明よ」

「航栄堂の店主との関係はどうなんでしょうか」

律子はメモ帳を開いた。

「店主の浜村次郎は六十三歳。身元を洗ってみたけど、これといった問題はなかった。昨日店の奥へ引っ込んだのは、客から買い取ったばかりの本を見せていただけらしいわ」

「そうだったんですか」

店主が何か知っているのではないかと期待したのだが、そううまくはいかないようだ。

「別の情報だけど、根岸さんがグリンカの知人から話を聞いてきたの。昨日グリンカから電話があって、別のマンションに引っ越すと言っていたらしい。場所はわからないんだけどね」

「危険を察知して別のアジトに移った、ということですか？」

「どうかしらね」律子は軽く息をついた。「加納係長はかなり苛立《いらだ》っていたけど、今回のことは誰のせいというわけでもないでしょう。仕方のないことよ」

「でも、グリンカはもうあの部屋には戻ってこないんですよね」

「それを見極《みきわ》めるために、あなたに監視をしてもらったの」

「……え？」

窓際にやってきて、律子はカーテンの隙間から外を覗き見た。

「丸一日たって戻ってこなければ、笹塚のアジトは捨てられたとみていい。加納係長はそう判断したのよ。常川課長もそのことは承知している。私個人としては、ちょっと判断が早いように思うけど、課長と係長がそう言うのなら反対するわけにはいかない。そうでしよ？」

ええ、と早紀はうなずく。

「ということで、午後二時から根岸さんと久保島さんと私、三人であの部屋を調べることになった」

「中に入るんですか？」早紀は驚いて、まばたきをした。「昨日の話では、それはできないということでしたけど……」

「状況が変わったのよ。常川課長が令状を用意してくれることになっている。管理人の松下さんに立ち会ってもらう形で、私たちは中に入るわ。松下さんは嫌がるでしょうけど、最後まで働いてもらわないとね。……もちろん、あとでグリンカが戻ってきたとしても気づかれないよう、部屋を汚さないようにする。整理《せいり》整頓《せいとん》は大事だからね」

事も無げにそう言って、律子は紅茶を飲んだ。

午後になって監視拠点に根岸と久保島がやってきた。ほかのメンバーはグリンカの行き先を探して、聞き込みを続けているそうだ。

午後一時五十五分、律子たち三人は賃貸マンションの管理人に会い、マスターキーを持ってくるよう指示した。すでに電話で話を聞いていたのだろう、松下は抵抗することもなく、神妙《しんみょう》な顔をしてエントランスに出てきた。三人はエレベーターのかごに乗り込んだ。

早紀に与えられたのは、マンションの周囲を監視する役目だった。万一グリンカが戻ってきた場合、すみやかに先輩たちに知らせなければならない。マンションの中にいたのでは発見が遅れるから、外の歩道に出て、隣のビルの前で待機した。道の左右に目を光らせ、不審な人物や車が近づいてこないかチェックする。

四十分ほどで、ポケットの携帯電話が振動した。

「はい、篠原です。状況はいかがですか？」

「終わったわ」律子の声が聞こえた。「拠点に戻って、情報を整理する」

「わかりました。このまま監視を続けて、最後に戻ります」

「お願いね」

電話を切ってしばらく待つと、賃貸マンションの正面玄関から根岸が出てきた。左手にグレーのバッグを提げている。道路を渡って、監視拠点のある雑居ビルに向かった。

二十秒ほどして久保島が、その三十秒後には律子が、いずれも手ぶらで現れた。怪しい人影がないか、早紀は周囲に目を配る。先輩たちが雑居ビルに戻ったのを確認してから、自分も道路を渡った。

四階にある監視拠点に戻って、根岸たちは早速分析を開始した。グレーのバッグからノートパソコンと外付けのハードディスク、デジタルカメラなどを取り出す。根岸はノートパソコンを起動させた。

「グリンカのパソコンですか?」

早紀が尋ねると、まさか、と言って根岸は首を振った。

「向こうのパソコンからデータをコピーしてきた」彼は外付けハードディスクを指差した。

「こいつの中身をチェックするんだ。……よし、クボちゃん、始めるぞ」

根岸と久保島は作業に取りかかった。目の細い根岸が、両目を大きく見開いて画面を睨んでいる。データの流れを追って、彼は視線を左右に走らせる。

一方、律子はデジカメからデータ記録メディアを外し、拠点に用意してあったパソコンにセットした。キーボードを操作し、撮影してきた画像を確認していく。

「松下さんに撮ってもらったときは、急にマル対が戻ってきてしまったでしょう。でも今日はゆっくり撮影できたわ。……気になるのはこれね。机の上に置いてあったの」

律子は一枚の画像を表示させた。文具やレシートなどの横に写真集がある。

「工場の写真集……ですか?」早紀は首をかしげた。

「日本で刊行されたものね。最近、流行ってると聞いたことがあるけど」

これはグリンカの企《たくら》みと関係があるのだろうか。それとも、単にグリンカが工場写真のファンだったということか。

「見つけた！　奴が撮影した画像フォルダーだ」

久保島の声を聞いて、早紀と律子は立ち上がった。彼が操作しているノートパソコンのそばに行き、うしろから画面を覗き込む。

「……いや、待てよ」久保島は舌打ちをした。「画像ファイルの通し番号が、かなり飛んでるな。画像を削除している途中だったようだ」

彼がボタンをクリックすると、画像が切り替わっていった。隠し撮りをしたのか、フレームが斜《なな》めになっていたり、ピントが甘かったりするものが何枚もある。

「これは霞が関の官庁街だね」根岸が言った。「警視庁もちゃんと写ってるな」

「こっちは区役所関係、そしてこっちは各国大使館と続いて……。これは何だ?」

つぶやきながら、久保島は神経質そうに眉をひそめる。いつもの癖《くせ》で、小刻みに貧乏ゆすりをしていた。

「根岸さん、これ、誰だかわかります?」

久保島が尋ねると、根岸は腕組みをして唸った。誰だっけな、とつぶやいた。

グリンカは継続して監視していたようで、同じ人物たちが、場所を変えて何枚も撮影されている。ひとりは高級そうなスリーピースを着た、五十代後半と見える男性だ。髪を黒く染めているのか、白髪はまったく見当たらない。額が広く、目つきが鋭かった。何か気に入らないことでもあったのか、険しい表情をしている。整った顔立ちをしていて、若いころはタレント並みの美男子だったのではないかと思われた。

その人物に付《つ》き添《そ》う形で、スーツを着た三十代から五十代ぐらいの男性が三人、そして三十歳前後の女性がひとり写っている。この女性は量販店で売っているようなパンツスーツ姿で、かなり地味な印象だ。

今調べているフォルダーは、この五人の写真を保存するために作られたようだ。全員が写っている写真のほか、誰かが欠けているものもあったが、グリンカが彼ら五人を隠し撮りしていたことは間違いない。

「この人……」

律子が何かに気づいたらしい。自分のパソコンに戻って、ネット検索を始める。やがて彼女は振り返った。

「やっぱりそうだ。スリーピースを着ているのは、自由民誠党の衆議院議員よ。前に経済産業副大臣をやっていた、緒形《おがた》真樹夫《まきお》という人」

その名前は、早紀もどこかで見たことがある。あれは新聞だったか、週刊誌だったか。

「あいつか」久保島が言った。「週刊誌に『粘着《ねんちゃく》議員』なんて書かれていたな。ねちねちと相手を追及することで有名な奴だ」

「ああ、あの人……」根岸もうなずいている。「本当かどうか知らないが、会合の席で一年生議員を泣かせたなんて噂もあったな」

早紀たちはあらためて、久保島のパソコンを覗き込んだ。

――この人が、グリンカに狙《ねら》われているんだろうか。

モニターに映された緒形真樹夫の顔は、どれも険しいものだった。ベラジエフとどんな関係があるのかと想像しながら、早紀はその画像を見つめていた。

第二章　失踪

1

議員会館の中にある自分の執務室で、緒形真樹夫《おがたまきお》はパソコンを操作していた。

画面には、SNSに投稿《とうこう》された大量の文章が表示されている。政治家というのは批判されて当然、という見方が世間にはあった。税金で食っているのだから何を言われても我慢《がまん》しろ、というような風潮だ。

――まあ、実際そのとおりだがな。

ふん、と鼻で笑いながら、緒形は画面をスクロールさせていった。それからSNSの検《けん》索窓《さくまど》に自分の名前を入力し、該当《がいとう》する投稿文を抽出《ちゆうしゆつ》した。

出るわ出るわ、緒形を悪く言う書き込みばかりだ。

《粘着《ねんちやく》議員、また若手に嫌《いや》がらせか。ひでえな》

《弱い者いじめをしてどこが面白《おもしろ》いのかね》

《情報通を気取った勘違《かんちが》い野郎《やろう》。早く消《き》え失《う》せろ》

中傷に近い文章もある。特にひどいものをピックアップして、緒形はそのアカウント名と文章を保存していった。こういう人間は、何かのとき役に立つことがある。人を動かす最大のエネルギーは憎《にく》しみだということを、緒形はよく知っていた。

今は国会の会期中ではないため、比較的時間は自由に使える。

緒形は机上《きじょう》の週刊誌を手に取り、ぱらぱらとページをめくった。事前に秘書が目を通し、重要な記事には付箋《ふせん》を貼《は》ってくれている。それらに目を通していく。

よくない記事も隠《かく》さないよう、緒形は秘書たちに命じている。その結果、緒形を批判する記事が週に四、五回は目に入る。緒形は遠慮《えんりょ》せずにものを言うから、マスコミから叩《たた》かれやすい。その結果、記事を読んだ国民からも不興を買うことになるのだ。

だが、そうした反応も折り込み済みだった。今はわからなくても、いずれみな理解するときがやって来る。そのとき国民たちは、過去の言動を恥《は》じることになるだろう。

「先生、今日のお昼はどうなさいます？」

公設第二秘書がやってきて、そう尋《たず》ねた。まだ三十代の若い男で、素直《すなお》な性格をしているが、頭はあまり切れるほうではない。

「もうそんな時間か」

緒形はパソコンの時刻表示を確認した。午前十一時四十分。

公設秘書としては、ほかに五十代の第一秘書と政策担当秘書を使っている。ふたりとも可もなく不可もない男だ。まあ、秘書というのはそれぐらいでちょうどいいのだと緒形は思っている。出来る人間を近くに置いたばかりに、寝首《ねくび》をかかれてはたまらない。

「下のコンビニで、弁当でも買ってきてくれ」

「コンビニでよろしいんですか？」

「高いものを食べても、がっかりすることが多いんだよ」

と、そこへメールの着信音が聞こえた。緒形は白い携帯電話《けいたいでんわ》に手を伸ばし、液晶《えきしよう》画面を確認する。相手に返信してから、第二秘書に声をかけた。

「予定変更だ。出かけることにした」

「あ、ではお供を」

「おまえはいい。福本《ふくもと》を呼んでくれ」

「わかりました」

第二秘書は別室に下がり、代わって私設秘書の福本佳織《かおり》がやってきた。黒いパンツスーツを身に着けている。今二十八歳《さい》なのだが、見た目が地味で、人目をひくところがほとんどない。本人もそれを自覚しているようで、政治家になりたいという考えは持っていないらしかった。だが、そういう人間だからこそ信用できるのだ、と緒形は考えている。

「先生、どちらへ……」佳織は机の前に立って、そう尋ねた。

「西麻布《にしあざぶ》に行くから車を手配してくれ。おまえも一緒《いっしょ》に来い」

「かしこまりました」

佳織は深々と頭を下げる。別にそこまでは要求していないのだが、彼女はいつもこうした丁寧《ていねい》な態度をとっていた。緒形が気に入っているのは、そういうところだ。

パソコンの電源を切って出かけようとしたとき、第一秘書がやってきて緒形に耳打ちした。

「先生、警察が訪ねてきたそうです。何かお訊《き》きしたいことがあるとかで」

「どこの人間だ」緒形は不機嫌《ふきげん》そうな顔をしてみせた。

「公安部外事五課の加納《かのう》と名乗っているそうです」

「外事だと?」緒形はしばらく考えたあと、うなずいた。「わかった。下で待つように言っておけ」


緒形と佳織が歩いていくと、前方にふたりの男性が見えた。

ひとりは髪《かみ》を短く刈《か》った、職人のような中年男。もうひとりは身長百八十センチほどで、少し髪の長い男だ。

一瞬《いっしゅん》で緒形はふたりの関係を見抜いていた。中年男の立っている位置と、目の動きを追えばすぐにわかる。その中年男は緒形たちを見つけたあと、連れの大柄《おおがら》な男をちらりと見たのだ。ということは、この場を仕切るのはおそらく大柄な男のほうだ。

「緒形真樹夫です」

そう言って、緒形は大柄な男の前に立った。相手は軽くうなずいて、警察手帳を呈示《ていじ》した。

「公安部外事五課の加納です」くぐもった、やや聞き取りにくい声だった。「少しお尋ねしたいことがあって、お邪魔《じゃま》しました」

「時間がありません」緒形は短く言った。「簡単にお願いします」

加納は何度か咳《せき》をしたが、表情はまったく変えなかった。なかなか立派なものだな、と緒形は思った。自分は新聞や週刊誌に載《の》るような国会議員だ。先ほどの言葉も、警察のふたりを突き放すように発している。それを聞いても加納は不快感を示したり、臆《おく》したりする様子が少しもない。

「これを見てください」加納はポケットから写真を取り出した。

緒形は写真に目を落とす。緒形と公設秘書三人、そして私設秘書の福本佳織が写っていた。ほかにも加納は、何枚かの写真をこちらに見せた。写りの粗《あら》さから考えて、これらは隠《かく》し撮《ど》りされたものだと考えるべきだろう。

「写っているのは私ですか？」

わかりきったことだが、とぼけてそう訊いてみた。

「ある外国人が、これらのデータを持っていました。その人物は、緒形さんたちのことを調べていたようです」

「誰《だれ》ですか、その外国人というのは」

「今の時点では、まだ申し上げられません」

緒形は微笑《びしょう》を浮かべた。

「外事五課の担当は東欧《とうおう》だったか？　だとすると、あの国辺りかな」

軽くジャブを打ってみたのだが、加納は目立った反応を示さない。

「何か心当たりはありませんか」加納は尋ねた。「最近　脅迫状《きょうはくじょう》を受け取ったとか、おかしな連絡《れんらく》が来たとかいうことは？」

「さあ」緒形はゆっくりと首を左右に振《ふ》ってみせる。「新聞や週刊誌には、よく写真を撮られますがね」

「これはマスコミが撮ったものとは思えませんが」

「どうかな。私には敵が多いんです」

なるほど、と加納は言った。少し考えたあと、彼は質問の切り口を変えた。

「ベラジエフに行かれたことは？」

一歩踏《ふ》み込《こ》んだ内容だ。この男はいったい何が知りたいのだろう、と緒形は考えた。向こうが知りたいことは、もしかしたら自分が知りたいことと重なっているかもしれない。

だが公安捜査員《そうさいん》を相手に、腹を割った話などできるはずもなかった。

「ありません」緒形は加納を観察しながら言った。「やはり東欧ですか。ベラジエフで何が起こりました？」

「まだ何も起こってはいません。ですが、これから事件が発生する可能性があります」

「では、早く捜査を進めていただきたい。何かが発生してからでは遅《おそ》いからね」

「緒形さん、この写真の場所は……」

加納が言いかけたが、緒形はそれを遮《さえぎ》った。

「約束があるので、これで」

緒形は相手の顔から視線を外して、足早に歩きだした。すぐあとを佳織がついてくる。

「先生、今の写真ですが……」彼女は小声で話しかけてきた。

「先週の勉強会のあとに撮られたようだな。どこの誰だか知らないが、俺を盗撮《とうさつ》するとはいい度胸だ。一度顔を見てみたい」

緒形が言うと、佳織はどう答えたものかと困っているようだった。この女は真面目《まじめ》すぎるのだ。考えていることが、すべて顔に出てしまう。

——だが、人を騙《だま》すような人間よりはよほどいい。

隣《となり》を歩く佳織を見ながら、緒形はそう思った。

十二時二十分、西麻布にある中華《ちゅうか》レストランの個室に、ジャケットを着た男が現れた。髪を茶色に染め、顎《あご》ひげを生やしているが、もう四十七歳と若くはない。都内の高層マンションに自宅を持っているが、いまだに独身だと聞いている。結婚して誰かに縛《しば》られるぐらいなら、自分は情報の僕《しもべ》になる、などと冗談《じょうだん》半分に話していた。

「すみません、緒形先生。だいぶお待たせしちゃったみたいで」

伸和《しんわ》情報システム株式会社の社長・清瀬《きよせ》典明《のりあき》は、緒形の正面の席に腰《こし》を下ろした。すぐにウエイトレスがやってきて、お冷やとおしぼり、メニューをテーブルの上に置く。

「我々はコースにする。よかったら清瀬さんも同じものをいかがですか？」

緒形が言うと、清瀬はうなずいた。

「じゃあ、僕《ぼく》もそれで」

佳織がオーダーを伝えると、ウエイトレスは一礼して去っていった。

個室は三畳《じょう》ほどで、壁《かべ》の造りはしっかりしている。緒形がこうした会食によく使う、馴《な》染《じ》みの店だった。

「ご無沙汰《ぶさた》しています、先生。最近、調子はいかがですか」

清瀬に訊かれて、緒形は渋《しぶ》い表情を作ってみせた。

「官公庁のコンピューター・リテラシーの低さにはあきれますよ。サイバー空間は第五の戦場だと言われて久しいのに、あの連中ときたら何もわかっていない。どこかの組織がその気になれば、短期間でデータを根こそぎ持っていかれるだろうね。私に言わせれば、機関銃を持つ敵の前で、あばら屋に立てこもっているようなものです」

「結局、システムを使うのは人間ですからね」

「そう。清瀬さん、あなたは今いいことを言いました」

「ありがとうございます」清瀬は軽く頭を下げた。「最近は、海の向こうからちょっかいを出してくるところが多いですし、対応をしっかりしなくちゃいけませんよね」

そのとおり、と緒形はうなずく。

「で、先生、今日僕をお呼びになった理由は？」

「たぶん虫の知らせだったんでしょうね、週刊誌を見ているとき何かが引っかかった。そのあと清瀬さんからメールをもらって、すぐに話をしたいと思ったんです。そうしたら、出がけに警察が訪ねてきてね」

お冷やのコップを手にしたまま、清瀬は動きを止めた。

「どういうことです？」

「いや、私のほうで何か問題が起こったわけじゃありません。ただ、ちょっと面倒《めんどう》なことになりそうな気がする。ベラジエフのスパイが、私の写真を撮っていたらしくてね」

「本当ですか？」清瀬は眉《まゆ》をひそめていた。「まいったな。その情報はたしかなんでしょうか」

「公安部の外事五課が来ました。今あそこが一番力を入れているのはベラジエフでしょう。たぶん間違《まちが》いない」

顎ひげを撫《な》でながら、清瀬はひとり考え込む。お冷やを一口飲んでから、彼は尋ねた。

「現時点で公安は何か、つかんでいるんですかね？」

「私のところに写真を持ってきただけだから、まだ初期段階だろう」

「先生に対して公安が何かするとは思えませんが、ベラジエフのスパイ活動は気になります。先生、何か尻尾《しっぽ》をつかまれるようなことをしませんでしたか？」

清瀬は首をかしげて、そう尋ねてきた。緒形は相手の顔を、正面から見据《みす》えた。

「あなたは、自分以外の人間はみんな馬鹿《ばか》だと思っていますね？」

え、と言って清瀬はまばたきをする。

「それがＩＴ屋さんの悪いところだ。あなたたちＩＴ企業の経営者は、もっと人間の感情を学んだほうがいい。そうでないと、一過性の流行を生むだけで終わってしまいますよ。私の言っていること、わかりますか？」

緒形は説教するような口調になっている。清瀬は真顔になって、

「わかります。他人を見下すような発言をするなと……」

「違います。相手の腹をしっかり探りながら発言しろ、ということです」

「はあ、申し訳ありません」

清瀬はぺこりと頭を下げる。四十七にもなって、こんなことを言われるとは思っていなかったに違いない。だが、よくも悪くも、長く悩《なや》まないのが清瀬という男の特徴《とくちょう》だ。

「とにかく先生、気をつけてください。もし緒形先生の身に何かあったら、日本のIT業界にとって大きな損失です」

「業界というより、あなたの会社にとって、でしょう?」

「とんでもない。僕はこの業界の将来を真剣《しんけん》に考えているんです。ほんとですよ」

「わざとらしい」

緒形は口元を緩《ゆる》めた。それを見て、清瀬も少し緊張《きんちょう》を解いたようだった。

順次、料理が運ばれてきた。今日のコースは北京《ペキン》ダックを中心としたものだ。値段のわりにはいい味を出している、と緒形は思った。やはりこの店を会食の場に決めてよかった。

清瀬と佳織も、これは美味《おい》しいですね、と料理の感想を口にしていた。

食事をしながら緒形は清瀬にあれこれ質問し、IT業界の動向や、最新の技術について話を聞いた。

「緒形先生の知識欲はすごいですね。普通、先生ぐらいの……」

言いかけて、清瀬は言葉を呑《の》み込んだ。

「何です。遠慮せずに言ってもらえますか」

「その……先生ぐらいのお年で、しかも政治家で、これほどコンピューター関係に興味を持っている方は珍《めずら》しいんじゃないかと。福本さんもそう思うでしょう?」

急に話しかけられ、佳織は戸《と》惑《まど》ったようだ。少し考えてから、彼女は答えた。

「緒形先生はパソコンを四台、タブレット端末《たんまつ》を二台持っていらっしゃいます。すごい方だと思います」

「電気代のかかる人間なんだよ、私は」

緒形が言うと、清瀬は一瞬困ったような顔をしたが、すぐに声を上げて笑いだした。


一時間ほどで会食は終わり、代金はもちろん緒形が持った。清瀬は礼を述べ、またいつでも呼んでください、と言って大通りに向かった。

タクシーに乗り込む清瀬の姿を見ながら、緒形は考えた。あの男、調子のいいところはあるが、利用価値は高いはずだ。手なずけておいて損はない。

携帯電話で時刻を確認していると、佳織が話しかけてきた。

「先生、私、心配です。これからしばらくは、身辺に注意なさったほうがいいんじゃないでしょうか」

「そうだな。私には敵が多いからな」緒形は苦笑《くしょう》する。

「いえ、笑いごとではなくて……。何かあったら困りますから」

困惑《こんわく》したような表情で佳織は言う。緒形は真顔になった。

「たしかに、気にはなる。だが、周りでそういう動きが出てきたということは、みんなが私を無視できなくなったんだよ。政治家として、それは喜ぶべきことだと思うがね」

さあ戻るぞ、と緒形は言った。佳織は携帯電話を取り出して、帰りの車を呼んだ。

2

アレクセイ・グリンカが姿を消してから丸二日になるが、彼の行方《ゆくえ》は今もわかっていない。

十月七日、午後一時三十分。風間《かざま》律子《りつこ》と早紀《さき》は、都内で情報収集を続けていた。グリンカと関係の深い人間は何人かいるが、直接話を聞きに行けば、そのことがすぐグリンカに伝わってしまうだろう。どこまで警察が迫《せま》ってきているか、ということも知られてしまう。こちらの手の内は明かしたくないから、グリンカに近い人間に接触《せっしょく》することはできなかった。

赤坂で聞き込みを終えたあと、律子が腕時計に目をやった。

「篠原さん、そろそろ食事にしましょうか」

「そうですね。もうお店も空《す》いている時間帯ですね」

「鶏《とり》料理でいい？」律子は歩きだした。

雑居ビルの一階にある創作鶏料理の店に、ふたりは入っていった。混み合う時間帯は過ぎていて、店内にほかの客はいない。律子は店員に声をかけ、一番奥《おく》の席に向かった。ランチセットを頼んだあと、律子はバッグから雑誌を取り出した。

「情報収集ですか」

早紀が訊くと、律子は口元を緩めて、

「違《ちが》うわよ。今は休憩中《きゆうけいちゆう》だから」

公安部員がのんびり休憩などとっていいのだろうか、と早紀は不安になった。だが、律子が口にした次の言葉を聞いて、なるほど、と思った。

「女ふたりで食事をしているのに、揃《そろ》って目を光らせていたら変でしょう。私たち、警察の人間ですって言ってるようなものよ」

「……たしかにそうですね」

「うちの部署で成果を挙げるこつを教えてあげましょうか。外に出たときは、何も考えていませんという顔で、ぼけっとしてるのが一番なのよ」

「ぼけっと？」

「その場の主人公になってはいけない。周りの風景に溶け込むことが大事なの。あなたはその他大勢《おおぜい》、通行人Aにならなくちゃ駄目《だめ》なのよ」

言われてみればここ数日、早紀は何ひとつ見逃《みのが》さないようにと注意していた。そういう態度をとると、目立ってしまうのかもしれない。

「ということで、あなたも休憩時間を有効に使ってね」

少し考えたあと、早紀は携帯電話を取り出して液晶画面を見つめた。ネットニュースを眺《なが》めてみたが、文字が一向に頭に入ってこない。ときどき画面から視線を外し、辺りに目を走らせる。

「うん、いいと思う。その調子よ」ページをめくりながら律子は言った。

携帯電話の着信音が聞こえた。律子の電話だ。店内を見回してから、彼女は小声で電話に出た。

「はい。……そうです。……ああ、ちょっと待ってもらえますか」

ごめん、というように律子は合図をして、電話を持ったまま席を立った。レジの横を通り、ドアを開けて店の外に出る。

妙《みょう》だな、と早紀は思った。ほかに客がいないから、律子は電話に出たのだ。そのときは通話をするつもりだっただろうに、いくつか言葉を交わしたあと外に出ていったのはなぜなのか。

考えられることはふたつだった。ひとつは、思ったより長くなりそうなので外に出たという可能性。もうひとつは、早紀に聞かれたくないような話だったという可能性だ。後者ではないか、と早紀は思った。

――風間さんは、何か隠しているのでは？

しばらく意識の外に追いやっていたことを、早紀ははっきりと思い出した。律子には、モグラである疑いがかかっている。毎日監視《かんし》し、朝、昼、晩と報告するよう、早紀は常川《つねかわ》課長に命じられているのだ。

ほかの昆虫《こんちゅう》やクモに産み付けられた卵。そこから生まれた姫蜂《ひめばち》の幼虫。自分はこのチームを内側から監視するスパイなのだ。

二分ほどで律子は戻ってきたが、早紀にこう言った。

「ごめんなさい。何件か連絡しなくちゃいけないから……」

「仕事の電話ですか？」

「ええ。でもあなたには関係ないわ」

ポーチを持って、律子は再び店の外に出ていった。

そのうしろ姿を見ながら、早紀は強い不信感を抱《いだ》いていた。たしかに、新米の早紀にすべてを伝えることはできないだろう。だが、早紀を遠ざけるような律子の口調が気になった。

律子はなかなか戻ってこない。振り返ると、十メートルほど先、曇《くも》りガラスの向こうに人影が見えた。あのグレーは、律子が着ていたパンツスーツに間違いない。彼女は通話をしながら、店の前の歩道を行ったり来たりしているようだ。その様子から、込み入った話になっていることが想像できた。

ここでふと、早紀は思い出した。すでに一時半を回っているが、自分はまだ常川に昼の連絡を入れていない。この店に来るまで、ひとりになる機会がなかったせいだった。今トイレに入って電話する手もあるが、ふたりが同時にテーブルを離《はな》れるのは不自然だろう。律子の席には、彼女が残していったバッグもあることだし――。

そのバッグを見つめたあと、早紀は携帯電話を手に取った。

相手はすぐに出た。

「何か変化はあったか」常川課長の声が聞こえた。

「連絡が遅《おく》れてすみません」早口になって、早紀は言った。「今、風間さんが電話で込み入った話をしているようなんです。私を避《さ》けるようにして、離れていきました」

「相手は誰《だれ》なのか、わからないか」

「風間さんは店の外に出ていってしまったので……。ああ、これから食事をするところなんです」

「わかった。可能なら、誰と話していたか探りを入れてみろ。報告は以上だな？」

「待ってください、課長。じつは私の目の前に、風間さんのバッグがあるんです」

ほう、と常川は言った。

「おまえも、自分の役目がわかってきたようだな」

「バッグの中を確認しますか?」

「俺に訊く必要はない。おまえ自身の判断で行動しろ」

電話は切れた。

嫌な言い方だな、と早紀は思った。何かあったとき、常川は早紀を切るつもりだろうか。もしそうだとしたら、危険を冒《おか》して内偵《ないてい》作業を続けるのは馬鹿馬鹿しいと思えてくる。だがその一方で、今ポイントを稼《かせ》いでおけば常川に評価してもらえるだろう、という期待もあった。

どうする、と早紀は自分に問いかけた。ここでバッグを探ったら、律子に対する裏切りになるだろうか。いや、違う、と思った。これは警察組織からスパイを追い出すための大事な任務なのだ。上司に命令されて自分は動く。律子ふうに言えば「仕事というのはそういうもの」なのだ。

曇りガラスの向こうをもう一度確認してから、早紀は腰を上げて律子の席に移った。手早くバッグの中を探ってみる。彼女がいつも使っているメモ帳には、行動予定や関係者の名前が書いてあるのではないだろうか。

だがメモ帳は見当たらなかった。予定を書き込む手帳などもないし、財布《さいふ》もない。

——そうか、さっきのポーチ……。

あの中にメモ帳が入っていたのだろう。情報源として、もっとも期待できるのは携帯電話とメモ帳だ。そのふたつがないとわかったのなら、これ以上リスクを背負うことには意味がない。

念のため捜査資料のファイルをざっと確認してみたが、スパイ行為を感じさせるような書き込みはなかった。やはり、一番大事なのはあのメモ帳だ。

資料ファイルを元に戻そうとしたとき、早紀はふと手を止めた。バッグの中に小さなドライバーのセットと、灰色のビニールテープがあったのだ。いったい何に使うものなのだろう。早紀は自分の携帯電話を取り出して、それらを撮影した。

曇りガラスのほうに目をやると、グレーの人影が入り口のドアに向かうのが見えた。早紀はバッグを律子の席に残して、元の椅子に戻った。

「あら、お料理まだ来ないんだ」

テーブルに近づいてきて、律子は言った。ポーチをバッグにしまい込む。

「忙しそうですけど、大丈夫ですか」

早紀が話しかけると、律子は軽くうなずいてみせた。

「グリンカの件のほかに、前から取りかかっていた案件がいくつかあるのよ。そっちはそっちで、作業を止めるわけにはいかないから」

「何かお手伝いすることはありますか？」

「ないわ。気にしないで」

そう言われてしまっては、もう踏《ふ》み込めない。話題を変えるしかなかった。

やがて料理の皿が運ばれてきた。鶏のスープに、照り焼きとつくね、鶏そぼろが載った丼《どんぶり》、サラダ、食後にデザートまでついていて、どれも美味しかった。

「この二、三日でわかったんですけど、風間さんはいいお店をたくさん知っているんですね」

「シーフードの美味しいお店もあるのよ。篠原さん、海老《えび》は大丈夫なのよね？」

「はい」

うなずいてから、はっとして早紀は顔を上げた。

「私、そのこと言いましたっけ……」

「鰻《うなぎ》や穴子《あなご》は苦手だけど、魚や海老や蟹《かに》は好き。そうじゃなかった？」

「ええ、そのとおりです」

「自分の相棒だもの、食べ物の好みぐらい知っていないとね」

コーヒーに砂糖を入れてかき混ぜながら、律子は言った。早紀は黙《だま》ったまま、その様子をじっと見ていた。

早紀と律子は警視庁本部の執務室に戻った。加納班の全員が集まり、午後三時から打ち合わせが行われた。

「今朝《けさ》、衆議院議員の緒形真樹夫に会いに行った」加納係長はいつもの無表情な顔で、みなを見回した。「グリンカが撮影したらしい写真を見せてみたが、知らないということだった。最近不審《ふしん》な連絡が来たこともないそうだ。まあ、しらを切っている可能性もあるんだが」

いくら公安部といっても、相手が政治家では捜査が難しいのかもしれない。

「どうします？　緒形真樹夫をもっと洗ってみますか」貧乏《びんぼう》ゆすりをしながら久保島《くぼしま》が言った。「ただし相手が相手ですから、慎重《しんちょう》にやる必要はあります。調べたことがそのまま、我々の切り札になるわけではないでしょう。下手《へた》をすれば、逆にこちらの弱点をつかまれてしまいます」

数秒考えたあと、加納はうなずいた。

「作業を分担しよう。久保島と根岸《ねぎし》さんは、引き続きグリンカの行方を探ってくれ」

「了解です」

「岡は現在の作業を継続《けいぞく》すること。風間と篠原は、俺と一緒に緒形の周辺を調べる」

「わかりました」

「溝口《みぞぐち》はデータを集めて風間組のサポートをしろ。自由民誠党の中で緒形がどの程度の力を持っているか、チェックするんだ。緒形の敵と味方、それぞれのリストアップもしておけ」

細かな指示を出して、加納は打ち合わせを終わらせた。

捜査員たちは早速自分の仕事を始めた。岡は黙ったまま、ひとりで執務室から出ていく。久保島と根岸も足早に廊下《ろうか》へ出ていった。

早紀と律子、溝口は加納係長のそばに行った。

「よし、緒形真樹夫について調べるぞ」咳をしてから、加納は言った。「緒形自身や公設秘書二名、政策担当秘書、私設秘書の身元を洗う」

溝口と早紀は、パソコンを使ってネット上の情報をチェックしていった。加納と律子は警察内部の資料を調べ、あちこちに電話をかけて裏を取っている。

ややあって、律子が報告した。

「緒形真樹夫をはじめとして秘書たち四人にも、汚《よご》れた情報は見つかりませんね」

ひとつ唸《うな》ったあと、加納は溝口に尋ねた。

「ネット上の噂《うわさ》はどうだ」

「緒形の悪口はたくさん書かれていますけど、信憑性《しんぴょうせい》の高い情報は出てきません」

加納は黙り込んだ。グリンカのアジトで見つかった写真を、テーブルの上に置いてじっと見つめる。やがて、ふと顔を上げた。

「この私設秘書は何というんだ？」

「福本佳織です」溝口はパソコンを操作しながら答えた。「城北《じょうほく》大学経済学部卒業、二十八歳。普段《ふだん》、緒形真樹夫はこの福本を連れて外出することが多いようですね」

「今日もそうだったな。緒形と出来《でき》ているのか？」

「そういう事実はないようです」

「緒形の奴《やつ》、思ったより守りが堅《かた》いな」加納はテーブルの表面をこつこつと叩いた。「この福本を抱き込んで、緒形の情報を聞き出すしかないか。見た感じ、地味でおとなしい感じの女だ。男をぶつける手もあるが、ここはセオリーどおりに……」

加納はひとりつぶやいていたが、やがて早紀のほうを向いた。

「年齢が近くて、面《めん》が割れていない女がいい。篠原、おまえが『作業』をしろ」

「作業、というと？」

早紀が聞き返すと、加納はくぐもった声で命じた。

「福本佳織を、我々の協力者にするんだ」

3

加納の指揮《しき》の下《もと》、律子、溝口、早紀の三名は福本のことを調べていった。

「福本佳織、血液型O、東京都町田市出身、現住所は武蔵野《むさしの》市吉祥寺《きちじょうじ》、両親はいずれも病死、弟がひとりいて千葉県に住んでいます」

ホワイトボードに、溝口が次々と情報を書き込んでいく。

出身の中学校や高校、親しかった友人、趣味《しゅみ》、食べ物や芸能人などの好み、嫌《きら》いなもの、苦手なこと。犯罪の前歴ももちろん調べたが、警察のデータベースには登録されていなかった。

「篠原、今夜、福本佳織に当たるぞ」

「え……。今夜ですか？」

早紀は腕時計を見た。もう午後四時二十分になろうとしている。

「時間がない。急いで福本の弱点を調べろ。過去の男関係はどうだ？」

加納が言うと、律子が顔を上げて答えた。

「大学時代にいましたが、卒業する前に別れています」

「最近は？」

「一年前にもうひとり交際相手がいたようですが、詳しいことはわかりません。今は切れています」

加納は舌打ちをした。苛立《いらだ》った様子で、耳障《みみざわ》りな咳をする。

「親族で誰か借金している者はいないか？　病気にかかっている者は？　人間、誰でも弱みのひとつやふたつは持っているはずだ。絶対に見つけ出せ」

パソコンの画面を見ていた溝口が、あ、と声を上げた。

「係長、これはどうでしょうか」

「見せてみろ」

加納は溝口が指し示した部分を見つめた。しばらく考えていたが、そのうち彼は深くうなずいた。

「よし、それでいくぞ。篠原、この情報を頭に叩き込んでおけ。おまえが福本を説得するんだからな」

そこに書かれている内容を読み取って、早紀は思わず眉《まゆ》をひそめた。

「これを材料にして福本佳織を抱《だ》き込むんですか？」早紀は振り返って加納を見た。

そうだ、と加納は言った。

「篠原、命令だ。どんなことをしても福本佳織を落としてこい」

午後八時十三分。改札口を抜けて、福本佳織は東京メトロ・永田町《ながたちょう》駅の構内に入っていく。一番混雑する時間帯は終わっているが、駅構内にはまだ乗降客が多い。

佳織のうしろ姿を見失わないよう、早紀は足を速めて通路を歩いた。面は割れていないのだし、この人ごみだ。七、八メートルまで近づいても問題はないだろう。

やがてアナウンスが流れ、電車がやってきた。佳織と同じドアから、早紀も車両に乗り込んだ。ほかの客たちの間を強引《ごういん》に移動し、佳織の視野に入らない位置に立つ。

ドアが閉まって、電車は動きだした。

どこかに加納と律子がいるはずだったが、ここからは確認することができない。今日は混雑する電車に乗るとわかっていたから、無線は用意していなかった。連絡をとり合うのなら、携帯電話を使うことになる。

早紀はそれとなく佳織のほうに目をやった。

多くの乗客と同様、佳織は携帯電話の液晶画面を見つめている。ときどき車両が揺《ゆ》れるが、この路線には慣れているのだろう、佳織は体のバランスを崩《くず》すこともない。そのままずっと、携帯から顔を上げることはなかった。

四《よ》ツ谷《や》駅に着くと、佳織はJRに乗り換えた。中央線の吉祥寺駅で下車し、商店街をぶらぶらと歩いていく。あちこちの店に目をやっているから、今夜何を食べようかと考えているのだろう。

そのうち佳織はスーパーに入った。早紀も続いて店内に入る。かごを持って佳織のあとについていく。

菓子《かし》や調味料をかごに入れてから、佳織は総菜のコーナーに向かった。おかずとして揚《あ》げものを選んでいるようだ。ラベルをじっくり見ているのは、値段が気になるのではなく、カロリー表示を確認しているのだろう。先ほどの調査で、佳織に肥満の傾向はないとわかっているが、若い女性なら気にするのも無理はない。

早紀も普段はできるだけ、肉より魚を食べるようにしている。ただ、警察の仕事をしていると生活は不規則になるし、張り込みが続くと食べるのもやっと、というケースも出てくる。食生活は乱れがちだ。

佳織は小さめのコロッケとサラダをかごに入れた。続いてパンのコーナーに向かう。周囲に人がいなくなったのは好都合だ。パンを選んでいる佳織の隣に並んで早紀は、おや、という顔をしてみせた。それから彼女に声をかけた。

「あれ、福本さん？」

驚《おどろ》いた様子で、佳織はこちらを向いた。

「あ……はい」

早紀を見て、彼女は不思議そうな顔をしている。記憶をたどっているようだが、思い出せるはずはなかった。早紀とは初対面なのだ。

「やっぱりそうだ。私、篠原早紀です」そう言ったあと早紀は、あ、と小さくつぶやいた。

「ごめんなさい、もう覚えてないですよね。高校のとき一年後輩だったんですけど」

「そうなんですか？」佳織は少し首をかしげて、早紀を見つめている。

「福本さん、二年のとき文化祭の実行委員をやってましたよね。私は一年の実行委員だったんです。あまりお話はできなかったんですけど、私の友達が梅川先輩《うめかわせんぱい》と同じ合唱部で」

「ああ、梅ちゃんの」佳織の表情がやわらかくなった。「そうだったんですか。卒業してから、もうずいぶんたちますよね」

「福本さんのクラス、教室で迷路《めいろ》をやりましたよね。うちのクラスはお化《ば》け屋敷《やしき》をやったので、いろいろ参考にさせてもらったんです。ほら、前の年に、積み上げた机が崩れたっていう話があったでしょう」

「ああ、思い出した」佳織はうなずいた。「危ないから、机を三段以上積み上げるのを禁止するかどうか、揉《も》めたんですよね」

「あのとき、福本さんがいろいろ調整してくださって、それでお化け屋敷ができるようになったんです。私、あのころから福本さんにあこがれていたんですよ。先生方とも話ができる、すごい先輩だなって」

「いえ、そんなこと……」

早紀は、相手のかごに目をやってから尋ねた。

「このへんに住んでいらっしゃるんですか？　私は小学校の向こうなんですけど」

「篠原さんも町田から吉祥寺に？　偶然《ぐうぜん》ですね」

「そうなんです。似ている人がいるな、と思って……」早紀はにっこり笑ってみせた。

「なつかしいなあ。ねえ福本さん、そのへんでお茶でも飲んでいきません？」

佳織は一瞬、ためらいの表情を浮かべた。警戒しているわけではないだろう。ただ、特に親しくもない女性に誘われて、一緒にお茶を飲むべきかどうか迷っているのだ。福本佳織は控《ひか》えめで、積極的に交友関係を広げようとはしないタイプなのだ。

だから早紀はこう言った。

「栗林《くりばやし》先輩のこと、覚えてます？　高校三年のとき、休学してオーストラリアに行った人」

「あ、ええ」佳織の表情が変わった。彼女は早紀を見つめた。「栗林さんが何か……」

「福本さんたちが卒業したあと、日本に戻ってきたんです。あの人、今、経済産業省に勤めているんですよ」

「えっ。本当に？」

予想したとおり、佳織は食いついてきた。栗林貴子《たかこ》という女性は、福本佳織の高校時代のクラスメートだ。ふたりは親しい間柄《あいだがら》だったが、栗林が海外に留学してしまったため、つきあいはなくなった。だが、佳織が栗林をずっと気にしていたことは、事前の調査でよくわかっている。

腕時計をちらりと見たあと、佳織は言った。

「篠原さん、お茶、行きましょうか」

――かかった！

早紀は善良な一般市民を装《よそお》って、嬉《うれ》しそうにうなずいた。これで第一段階は成功だ。

会計を済ませてふたりはスーパーを出た。

喫茶店《きっさてん》に向かうと思わせておいて、早紀は途中で足を止め、今思いついたという顔をした。

「そうだ。この先に美味しいレストランがあるんですよ。軽く食べていきません？」

「でも私、食事は家に帰ってからにしようかと……」

佳織は戸惑っているようだ。すかさず、早紀はこう続けた。

「久しぶりに会ったんだし、いいじゃないですか。有名人もよく来る、隠《かく》れ家《が》みたいなお店なんですよ。最近流行っているジビエが美味しいんです」

「ジビエがあるんですか？」

「ええ。キジとか、ヤマウズラとか……」

野生の鳥獣《ちょうじゅう》を捕《と》らえたものをジビエというらしいのだが、早紀は見たことも食べたこともない。しかし、その名を出してみるよう律子から指示されていた。

佳織は大いに興味を持ったようだ。あと一押しだった。

「だけど高いんでしょう？」

「大丈夫。そこ、私の知り合いがやっているお店なんです。特別に安くしてもらえますよ」

でも、と佳織はまだためらっている。早紀は佳織の背中に触れた。

「たまに食べたくなるんですけど、ひとりで行くのも何だし……。一緒に行ってもらえると助かります。ね、行きましょう」

早紀が顔を覗き込むようにすると、佳織はこくりとうなずいた。

知り合いがやっている店だというのは、もちろん嘘《うそ》だ。ただ、律子が事前に連絡しているはずだった。充分に礼をするから、言うとおりのサービスをしてくれと頼《たの》んであるのだ。

そこは、フランスの家庭料理を出すというコンセプトの店だった。オーナーの中年男性が笑顔でふたりを迎《むか》え、早紀が何も言わないうちに、個室へと案内してくれた。

インテリアは黒を基調にしたもので高級感がある。メニューを持ってきてくれたウエイターは三十歳前後だろうか、彫《ほ》りが深く、整った顔立ちをしていた。ハーフかクォーターなのかもしれない。

「お勧《すす》めのワインはありますか」早紀はウエイターに尋ねた。

「え？　私、お酒は……」

驚いている佳織に、早紀は笑顔で言った。

「肉料理に絶対合いますから。福本さん、少しだけ。ね？」

「こちらなどいかがでしょう」

ウエイターがワインのリストを差し出し、銘柄《めいがら》を説明してくれた。

「福本さん、これでいい？」

「……はい、じゃあそれで」佳織はぎこちない口調で言った。

佳織と向き合って、早紀はひとつ呼吸をした。さて、問題はここからだ。

ウエイターにワインを注《つ》いでもらって、ふたりで乾杯《かんぱい》した。最初、佳織は落ち着かない様子だったが、二口、三口と飲むうち、緊張が解けてきたようだ。ヤマウズラのローストを食べると、佳織は嬉《うれ》しそうな表情になった。事前の調べのとおり、彼女はこうした料理が大好きなのだろう。

「近くに、こんな美味しいお店があったなんて知りませんでした。もっと早く来ればよかった」

佳織は店の雰囲気《ふんいき》も気に入ったらしい。だが、ふと思い出したという様子で、苦笑いを浮かべた。

「こんなお店に、スーパーのレジ袋なんか持ってきて恥《は》ずかしい……」

「私だってほら」早紀は自分のレジ袋を指差した。「大丈夫ですよ。こう見えてカジュアルなお店ですから」

頃合《ころあ》いを見計らって、早紀は話題を変えた。

「そうそう、栗林さんのことですけど……」

事前に頭に入れてあった情報を小出しにしていく。栗林という女性が経済産業省に勤めているという話も嘘だった。佳織の雇用主である緒形は、以前の経済産業副大臣だ。だから経産省の名を出せば佳織は興味を持つだろう、と早紀は思ったのだ。

早紀はありもしない栗林のエピソードをいくつも話し、佳織を笑わせたり、驚かせたりした。途中でワインのお代わりをさせることも忘れなかった。

その話が一段落したところで、こう切り出した。

「高校を卒業して、もう十年近くですね。時間のたつのは本当に早いですよね」

「たしかに」佳織もうなずいている。頬《ほお》が少し赤くなってきていた。「私ももう二十八だし」

「今ちょっと仕事で悩《なや》んでるんですよ」こっそり打ち明ける調子で、早紀は言った。「私、男の人につきまとわれていて……」

「本当に？　大丈夫なんですか？」佳織は顔を曇らせた。

「それが、外国の人みたいなんです」

「警察に相談してみたらどうかしら」

「福本さんには、そういう経験ないですか？　あとをつけられたり、写真を撮られたり」

「いえ、特にないですけど」

佳織は首を横に振る。その様子を観察しながら、早紀は続けて尋ねた。

「福本さんのお仕事って何ですか？」

「ああ、ごめんなさい。それはちょっとお話しできなくて……」

「大丈夫ですよ。わかっていますから」一呼吸おいたあと、早紀は続けた。「緒形真樹夫先生のこと、教えてもらえませんか」

え、と言ったまま佳織は黙り込んでしまった。先ほどまでの穏やかな表情は完全に消えている。今、彼女は動揺《どうよう》を必死に抑《おさ》えているはずだ。

「あなたはいったい……」

佳織は、少し体をうしろに引いた。

「福本さん。あなたは大学三年のとき、車を運転していて事故を起こしましたね」早紀は相手をじっと見つめた。「それなのに、母親が運転していたと嘘をついた。お母さんはあなたの身代わりになって逮捕されました。あなたは嘘をついたまま、残りの大学生活を楽しんだ」

「待って。どういうこと？」

「事故の被害者がどうなったか知っていますか」早紀は冷たい調子で言った。「あの人は、今でも車椅子の生活をしていますよ。一生歩けないんです」

福本佳織は両目を見開いていた。目の前にいるこの篠原早紀という女は誰なのか。なぜ過去の忌《い》むべき出来事を知っているのか。なぜこの店で、自分にそんなことを話すのか。そうした疑問が頭の中で渦巻《うずま》いているに違いない。

「なんであなたは……どうして……」佳織は唇《くちびる》を震《ふる》わせた。「あなた、いったい誰なの？」

早紀はポケットから警察手帳を取り出した。

「警視庁公安部外事五課の者です。私が高校時代、あなたの後輩だったという事実はありません。栗林という人物が経産省にいるというのも嘘です」

「外事五課って、今日先生のところに訪ねてきた男性の……」

「はい。私はその部下です」

がた、と音を立てて佳織は席を立った。それを見て、早紀は鋭《するど》い声を出した。

「逃げられませんよ」

「……え？」

「私の前から立ち去ったとしても、あなたが交通事故を起こし、母親に罪をかぶせた事実は消えません。私たちは真実を知っています。真実は口から口へ、いえ、ネット上であっという間に拡散されます。今そんな噂が流れたら困るでしょう？　私設秘書が犯罪者だったとわかったら、緒形先生にも大変な迷惑がかかるでしょうね」

「私を脅すんですか？」

眉をひそめて佳織はこちらを見た。驚きよりも、憤《いきどお》りが強くなってきたようだ。

「とんでもない」早紀は首を振ってみせた。「あなたが私たちに協力してくれれば、私たちはあなたの秘密を守るし、充分なお礼をします。福本さん、仲間になりませんか」

早紀は加納からレクチャーを受けてきていた。押して、引いて、また押す。揺さぶりをかけ続ける。それを繰り返すうち、相手は進むべき道がひとつしかないことに気づく。

「あなたの弟さんは、事業に失敗して借金を抱えていますよね。あなたのところに、何度もお金を借りに来ている。これからも頼ってくると思いますよ」

「そんなことまで……」

ええ、とうなずいて、早紀は宥《なだ》めるような口調になった。

「福本さん、私たちの協力者になってください。難しいことを頼むわけじゃありません。ただ、定期的に緒形先生の情報を教えてくれるだけでいいんです」

「そんな……先生を裏切るようなこと……」

「裏切ることにはなりません。私たちはネタ元を隠し通します。あなたが漏《も》らしたということは絶対にばれません」

「だけど……そう言われても」

気持ちが傾いてきたな、と早紀は思った。最後にひとつ、こう言った。

「あなたが選ぶのはどちらですか。私たちに協力して、今の充実した生活を続けますか？それとも私の提案を拒絶して、人生を捨てますか？」

佳織は息を呑《の》んだ。落ち着きなく辺りを見回し、それから浅い呼吸をした。

「これが警察のやることなの？　どうせ利用するだけ利用して、最後は見捨ててしまうんでしょう？」

違います、と早紀は言った。

「福本さん。いえ、佳織さん。私はあなたを最後まで守ります」

「信じられない。だって、こんなひどいことをして……」

「ここから先はビジネスと同じです。あなたは情報を持ってくる。私たちはあなたに正当な報酬《ほうしゅう》を支払う。どちらかが相手を利用する、ということにはなりません。それに、あなたが教えてくれる情報で、緒形先生が事件に巻き込まれるのを阻止《そし》できるかもしれませんよ。私たちの敵は緒形先生ではなく、外国のスパイなんですから」

　この言葉が効いたようだった。佳織は小さな声で尋ねた。

「……本当に？」

「本当です」

使えるネタは何でも使って協力者を獲得《かくとく》するのが、公安のやり方だった。アメとムチを使い分け、相手の心をコントロールするのだ。

「佳織さん。今後、情報を流してくれたらきちんとお礼をします。自由に使えるお金って、いいものですよ。そうだ、今度一緒に洋服でも見に行きましょうよ。気分転換《きぶんてんかん》になると思うから」

　佳織は自分の着ている服に目をやった。おそらくそれは、量販店で販売されている低価格のパンツスーツだ。

「わかりました」佳織は小さくうなずいた。「あなたの言うとおりにします」

早紀はメモ用紙を手渡した。

「私の携帯番号とメールアドレスです。メールは緊急時だけ使うようにしてください。定時連絡は毎日、朝、昼、夜の三回でお願いします」

メモ用紙を見つめたあと、佳織はそれを畳《たた》んでポケットにしまい込んだ。


吉祥寺駅に向かって歩く間、早紀はずっと苛立《いらだ》ちを感じていた。

結果として、佳織を協力者にするというミッションは成功した。明日の朝からは早速、情報が入ってくるだろう。

だがひとりになってから、佳織の顔を思い出すたび、嫌な気分になった。自分は一般人の弱みに付け込み、金をちらつかせて協力者に仕立て上げたのだ。上司の命令だったとはいえ、自己嫌悪《じこけんお》に陥《おちい》らずにはいられない。

吉祥寺駅のそばで加納に電話をかけ、佳織の件を伝えた。今日は直帰していいと言われたのは幸いだ。これからまた仕事をしようという気にはなれない。

一旦《いったん》電話を切ったあと、早紀は別の番号に架電《かでん》する。わずか二コールで相手は出た。

「篠原です」

「今日の報告は?」常川課長の声が聞こえた。

「加納係長の指示で、福本佳織に接触しました。彼女には協力者になってもらいました」

「福本は緒形真樹夫の私設秘書だったな。今後おまえのところに毎日、緒形の情報が流れてくるわけだ」

「そうです。一日三回の報告を命じました」

「福本はベラジエフ共和国と何か関係ありそうか？」

「いえ、本人は何も知らないようです。明日以降、緒形真樹夫がベラジエフとつながっているかどうか、調べさせます」

「わかった。また連絡しろ」

電話は切れた。

これで今日の報告は終わった。このあと早紀は、朝まで短い休息をとる。明日になればまた報告を行わなければならない。そういう生活がいつまで続くのだろう、と思ってしまう。

――今ごろ、福本佳織もこんなことを考えているんだろうか。

人に弱みを握られ、操《あやつ》られているという点では、佳織も自分も大差ないのではないか。

そんな気がして仕方がない。

これからふたりは、いわば「共犯者」として緒形の情報を探ることになるのだ。

4

外出の準備をしていると、メールの着信音が聞こえた。

早紀は携帯電話を手に取り、液晶画面を確認した。午前七時九分、福本佳織からメールが届いていた。文面に目を走らせる。

《朝の報告です。昨夜から特に変わった点はありません。これから職場に出かけます》

早紀はメールの画面を閉じ、アドレス帳から佳織の番号を選んで架電した。三コール、四コール、五コール目。ここでやっとつながった。

「もしもし？」警戒《けいかい》するような佳織の声が聞こえた。

「メールは緊急時だけ使うようにと言いましたよね。普段は必ず、電話で報告してください」

「あの……だけど、電話ができないこともあると思うし……」

「じゃあ私からかけましょうか？　でもそうすると、あなたのほうの都合がわかりませんよね。緒形先生とふたりでいるとき、公安から電話がかかってきてもいいんですか？」

佳織は数秒黙り込んだ。腹を立てているのかもしれないし、不安を感じているのかもしれない。やがて、彼女のか細い声が聞こえてきた。

「わかりました。次からはちゃんと電話します」

「お願いします」

そう言って早紀は電話を切った。

先日常川課長に言われたせいもあるが、早紀も必ず音声で報告を受けることに決めた。毎日佳織の声を聞き、環境《かんきょう》に異状がないかしっかり感じとる必要がある。メールでは気づかないような微妙《びみょう》な変化も、声を聞けばわかるのではないかと思っていた。

警視庁本部に出勤し、早紀は昨夜のことをあらためて加納たちに報告した。

早紀がエス──協力者をうまく獲得したことについて、久保島は懐疑的《かいぎてき》な見方をしていた。

「おい新人、おまえが成功したのは、加納さんたちが情報を用意してくれたからだろう？自分の手柄だと思うなよ」

「わかりました」

早紀は短く答えた。久保島は皮肉屋だから、何を言われても気にしないほうがいい。ここ何日かで、そのことがよく理解できていた。

午前十一時、早紀は律子とふたりで赤坂の商業ビルに出かけた。ベンチに腰掛け、休憩中の営業職員のような顔で携帯電話を操作する。そのうち、背中合わせになっている別のベンチに、白人の男性が腰を下ろした。その男性は、小声で律子と話し始めたようだった。近くに座っている早紀にさえよく聞き取れなかったから、ほかの人間に話が漏れることはないはずだ。

三分ほどのち、律子は周囲から見えないようにして、雑誌を手渡した。中に謝礼が入っているのだろう。

行きましょう、と早紀に声をかけ、律子は立ち上がった。

ふたりは商業ビルを出てしばらく歩き、一軒のカフェに入った。近くに客のいない席でコーヒーを飲み、サンドイッチを食べる。その合間に、律子は説明してくれた。

「さっきのエスはベラジエフ人よ。政府側の人間でないことはわかっているから、こちらの情報が漏れる心配はない。……いくつか情報をもらったわ。ベラジエフに、国営のボルスク製鋼という会社があるの」

「製鋼というと、製鉄会社ですか」

「ええ。今年の一月、そのボルスク製鋼の研究員が殺害された。ニコライ・ミハイロフ、三十八歳。首を切断された上、両耳と鼻をそぎ落とされ、両目をえぐられていたらしいわ」

早紀ははっとした。

「それ、聞いたことがあります」以前、データ分析担当の溝口が話していたことだ。

「今のエスによると、その猟奇殺人にイワンという男が関係している、という噂があるそうよ。イワンって、覚えているわよね」

「青山のレストランでその名前が出ました。グリンカと食事をしていた人物です」

律子はピクルスをつまんだあと、早紀に尋ねた。

「ここまでの情報から、あなたならどんなことを想像する？」

「そうですね。ベラジエフでは反政府組織の動きもあるということでした。ニコライ・ミハイロフは国営企業に勤めていたわけですから、もしかしたら反政府組織が国営企業を攻撃する目的で、社員を殺害したのかもしれません。あるいは……」

言い淀《よど》んだ早紀を、律子は促《うなが》した。考えながら、早紀はこう続けた。

「ミハイロフは単に猟奇殺人犯の手にかかった可能性もありますよね。ベラジエフではそういう事件が多いらしいと、溝口さんから聞きました」

「たしかにね」律子はうなずく。「首を切られた上に、耳、鼻、目までやられているわけだから」

「単純な発想ですが、イワンが猟奇殺人の犯人なんでしょうか。もしそのイワンが日本に潜入しているのなら、グリンカとともに誰かを狙《ねら》っている、とか？」

「そこで思い出すのは、グリンカに写真を撮られていた人物よね」

「緒形真樹夫……」早紀は眉をひそめた。「でも国会議員の緒形が、なぜベラジエフのスパイに狙われるんでしょう」

「緒形は情報処理関係に強い議員なのよ。パソコンやネットのことに詳しいし、IT企業の社長たちとも懇意《こんい》にしている」

「IT企業といえば、広尾のカフェバーで証言がありました。グリンカもIT企業の社長たちと親しくしていたんですよね」

緒形真樹夫とアレクセイ・グリンカ。まったく縁のなさそうな両者が、IT関係でつながる可能性が出てきた。

「あと、もうひとつ」律子は付け加えた。「七月に入手されたビデオがあったでしょう。ベラジエフで日本人らしい男性が処刑された映像よ。もしかしたら、あれも何か関係があるかもしれない。……いや、さすがにそれは考えすぎか」

律子は首をかしげたあと、コーヒーを一口飲んだ。

「妄想《もうそう》を膨《ふく》らませるなら、こうでしょうか」早紀はメモ帳に図を描《か》いていく。「イワンは反政府組織の人間で、猟奇殺人者だった。組織に命じられて日本人を殺害し、ミハイロフも殺害した。そのあとさらに別の命令を受けて日本にやってきた。ターゲットは国会議員の緒形真樹夫。IT関係で何らかの理由があって、緒形を消そうとしている……」

「その妄想の中で、グリンカの立ち位置はどうなるの？」

「ええと……」早紀はメモを書き足した。「グリンカがイワンと親しいのだとしたら、グリンカも反政府組織の人間？」

「いえ、今までの調べでグリンカはベラジエフ政府側、情報局の人間だとわかっている」

「じゃあたとえば……グリンカは自分の正体を隠して、反政府組織のイワンに接触していた。いえ、逆でしょうか。イワンが自分の正体を隠して、政府側のグリンカに接触していた……」

「ただ、緒形真樹夫の写真を撮っていたのはグリンカだと思われるから、グリンカ側、つまりベラジエフ政府側が、緒形を監視していたことになる。緒形を狙っているのは政府側でしょうね」

いろいろ考えているうち、早紀は混乱してきた。あれこれ推測するには、まだ情報が足りないようだ。

「ボルスク製鋼はベラジエフのスパイとつながっているんでしょうか」

「その可能性が高い、と私は思う」

カフェを出て、ふたりは銀座に向かった。次も、律子のエスから情報を吸い上げるという。律子は何人ぐらいの協力者を運営しているのだろう、と早紀は考えた。人数が多くなれば情報収集のアンテナが高くなるが、それぞれの協力者を管理することが難しくなるだろう。彼らは多かれ少なかれ、困難な問題を抱えている。律子たちはそこを突いて協力者に仕立てるわけだが、一度協力関係を築いたからには、容易に切り捨てることはできないはずだ。場合によっては、公安捜査員はエスの生活の面倒まで見る必要があると聞いている。

移動する途中、道路に面した町工場が見えた。そういえば、と早紀は思った。グリンカの机の上には工場の写真集があったが、あれは単なる趣味《しゅみ》の品だったのだろうか。

工場の中で、アームの付いたロボットが動いているのが見えた。何かを溶接する装置のようだ。作業員がパソコンを使って、そのロボットを制御している。

早紀はベラジエフの製鉄会社の話を思い出した。律子も同じことを考えていたらしい。

「ロボットか」律子はつぶやいた。「猟奇殺人犯、快楽殺人者……。まさか、感情のないロボットのような人間が、事件を起こしたというわけでもないだろうし。何だろう、どうもしっくりこないのよね」

眼鏡《めがね》のレンズの向こうで、律子は何度かまばたきをしていた。眉をひそめて、思案に沈《しず》む様子だ。

――猟奇殺人犯なら、ためらいもなく遺体の首を切断できるんだろうか。

律子の横を歩きながら、早紀は考えた。雪の降るベラジエフの地でいったい何があったのか。犯人の姿を思い描こうと、早紀は想像を巡《めぐ》らしていた。


午後八時、ＪＲ吉祥寺駅の前で、早紀はエスと落ち合った。

周囲の通行人が気になるのだろう、福本佳織は早紀を連れて、不動産会社の脇《わき》に入っていった。

「電話でも話したとおり、今日は報告するようなことはありません」佳織は小声で言った。

「わざわざ会う必要はないと思うんですけど」

佳織は険しい顔でこちらを見ている。早紀は表情をやわらかくした。

「そんな怖い顔をしないでください。私たちは仲間じゃないですか」

「別に私、仲間だなんて……」

「お腹《なか》が空きませんか。ワタリガニのパスタなんてどうです？　食後にピスタチオのアイスクリームを出すお店があるんです。どちらもお好きですよね」

佳織は怪訝《けげん》そうな表情になった。

「私のこと、どこまで知っているんですか」

「何でも知っていますよ」早紀はうなずいてみせる。「大事な仲間のことですから」

駅から少し歩いたところにイタリアンレストランがあった。ここも、事前に律子が調べてくれた店だ。

個室の中で早紀たちは、ほかの客を気にせず話すことができた。

「今日は少し気温が高かったから、ビールが美味しいですよ」取引先を接待するような口調で、早紀は言った。「さあ、飲みましょう」

乾杯、と早紀は言ったが、佳織は気乗りしない様子だ。

「佳織さん、あれこれ考えても仕方がありません。あなたはもう、この道を選んでしまったんですから」

すると佳織は、抗議《こうぎ》するような口調で言った。

「私が選んだわけじゃない。あなたが私を脅《おど》して、仲間に引き込んだんでしょう？」

「そうだとしても後戻《あともど》りはできません。だったら今は、飲んで食べて楽しみましょうよ。このお料理を全部残したって、あなたの立場は何も変わりませんよ」

佳織はため息をついた。それからグラスを手にとって、ビールを飲んだ。

飲み物を勧め、料理を勧めて、佳織が人心地つくまで待った。それから早紀は、本題に入った。

「あなたは特に報告することはないと言っていましたけど、私は緒形先生のことを詳しく知りたいんです。質問に答えてもらえますか。まず、緒形先生の執務室《しつむしつ》の様子ですが……」

緒形の仕事の仕方、一日のスケジュール、家族構成、交友関係。そういったことを順番に尋ねていった。このころになると佳織はもうあきらめたらしく、知っていることを素直《すなお》に話すようになっていた。ただ、ときどき表情が曇るのは、悪いことをしているという気持ちがあるからだろう。

「緒形先生はＩＴ企業の人たちとも親しい、と聞きましたけど」

「そうです。いくつかの企業にコネクションがあって、勉強会の講師を頼んだり、個人的に会ったりしています。この前も、伸和情報システムの清瀬社長と食事をしました」

早紀はその名前をメモした。

「緒形先生はコンピューターやネットに詳しいですよね。何か目的があるんでしょうか」

佳織は記憶をたどる表情になった。

「詳しいことはわからないけど、サイバーセキュリティー関連で、何か組織を立ち上げようとしているみたいです。あちこちの民間企業に声をかけています」

「緒形先生から、ベラジエフという国の名前を聞いたことは？」

「はい、何度か。でも、緒形先生がベラジエフに渡航したことはないはずです」

そのことは、早紀たちもすでに確認済みだ。

「緒形先生が外国の人間――いえ、はっきり言いましょう、外国のスパイと接触している可能性はありますか？」

「え……」この質問には、佳織も驚いたようだ。「まさか、先生はそんなことをしませんよ。誰よりも、この国のことを考えている方ですから」

「というと？」

「日本のコンピューターシステムはセキュリティー面に問題が多い、と先生はよく言っています。今外国からネットワーク経由で集中攻撃を受けたら、大変な被害が出るだろうと。個人の意識も低いと話していました。日本では、パスワードさえ入力すれば他人でもパソコンを使えてしまう。外国で管理の厳しいところなら、本人でないと絶対にパソコンを操作できないようにしているそうです。個人を識別する認証システムを使って……」

「この男を見たことはありますか？」

早紀は一枚の写真を取り出した。アレクセイ・グリンカが写っている。

佳織はすぐに、首を横に振った。

「昨日、別の捜査員の方が、先生にこの写真を見せていました。先生はこの男を知らないと言っていたし、私も知りません」

ほかにも質問を重ねていった。早紀のメモは十数ページに及んだ。

気がつくと、二時間ほどが経過していた。早紀はバッグから紙包みを出して、テーブルの上に置いた。

「これ、よかったら使ってください」

佳織はいくらか警戒する様子だったが、ここまで来て遠慮《えんりょ》することもないと割り切ったのだろう。手元に引き寄せて、包みを開けた。出てきたのはブランドもののポーチだった。

「高いんじゃないですか？」

「でも飾《かざ》りは控えめだし、佳織さんの好みに合っているでしょう」

今彼女が使っているポーチは、ずいぶん前に買ったものだとわかっている。そろそろ新しいものがほしくなっていたはずだ。

「それから、これは今日のお礼です」

早紀は封筒《ふうとう》を差し出した。佳織は手に取って中をあらため、はっとした表情を見せた。封筒には現金で十万円入れてある。

「こんなに？」佳織は戸惑っているようだ。「でも、私……」

「あなたはそれだけの働きをしてくれたんです」早紀は言った。「佳織さんの情報で、私たちはこの国を守ることができるんですよ」

早紀は力強くうなずいてみせる。佳織は封筒を見つめ、それから早紀の顔を見つめた。

「この先あなたが協力を続けてくれれば、もっとお礼を用意することができます。あなたには、それを受け取る権利があります」

「私に、権利が……」

「そうですよ。ほかの人にはできないことなんです。ねえ佳織さん、次のステップに進んでみませんか。緒形先生が持っている資料を写真に撮ってきてほしいんですよ。簡単なことでしょう？」

しばらく考えている様子だったが、やがて佳織は言った。

「とりあえず、このお金は預からせてください」

佳織はポーチの包みと封筒を、自分のバッグに収めた。それから、何かが吹っ切れたという顔でウエイターを呼び、ビールのお代わりを注文した。

5

桜田門の警視庁本部に向かいながら、早紀は携帯電話の画面を確認した。まだ佳織からの連絡は入っていない。

今日は十月九日。まもなく午前八時十五分になるところだ。

昨夜の感触では、佳織は協力者としてやっていく覚悟を決めたとみていいだろう。最初はムチを使っていた早紀が、昨夜は甘いアメを出した。ブランドもののポーチと十万円の現金。あの効果は抜群だったと思う。

それなのに、今朝はまだ連絡がない。

昨日の今日で急に心変わりするとも思えないから、もしかしたらどこか具合が悪いのかもしれない。だとしたら、早紀のほうから電話したほうがいいのだろうか。

――いや、ここで電話をかけたら、やる気を削《そ》いでしまうかも。

協力者には責任感を持ってもらう必要がある。早紀は一日三回の報告を命じたのだから、こちらから約束を反故《ほご》にするようなことは避けるべきだろう。いずれ佳織は電話してくるはずだから、そのとき「連絡が遅《おそ》い」と説教すればいい。

溝口はどこかへ直行しているというので、ほかの六名で朝の打ち合わせを行った。

「グリンカの行方はまだつかめていない」加納はいつもの無表情な顔で言った。「国外へ出たという情報はないから、どこかに潜伏《せんぷく》しているはずだ。久保島、何か手がかりはつかめていないのか」

「奴の関係先を当たっていますが、まだ情報は何も」久保島は貧乏ゆすりをしながら言った。「手詰まりですね。いっそベラジエフ人の経営する店を、順次当たってみますか」

「それはまずい」加納はくぐもった声で言う。「我々が動いていることに気づいたら、向こうは行動を控えるようになるだろう。ますます情報が取りにくくなる」

「だとすると」根岸が口を開いた。「このまま遠回しの捜査を続けるしかないですよね」

低く唸ったあと、加納は舌打ちをした。

「根岸さん、それを言い訳のようにされては困ります」

「……すみません」頭を掻《か》いて、根岸は詫びた。

表情は普段と変わらないが、今日は加納の機嫌が悪いようだった。

「篠原、福本佳織の運営はどうなっている？」

加納に訊かれて、早紀は背筋を伸ばした。

「ゆうべ食事をして、緒形真樹夫に関する情報を吸い上げました」

「今日はどうだ」

「まだ朝の連絡は入っていません」

加納は左手首の腕時計を見た。

「もう九時になるぞ。遅いんじゃないのか」

「気にはなっているんですが、彼女には責任感を持ってもらいたいと思いまして……。あとで電話があったとき、よく言っておきます」

「それじゃ駄目だ」

加納にそう言われ、早紀はまばたきをした。

「はい？」

「早くこちらから連絡をとれ。エスが何かのトラブルに巻き込まれた可能性もある。今すぐ電話しろ」

わかりました、と答えて早紀は携帯電話を取り出した。登録した佳織の番号にかけてみたのだが――。

「出ません。電源が切られているようです」

「おい新人、どうなってるんだよ」久保島が眉根《まゆね》を寄せて言った。「エスの安否《あんぴ》を把握《はあく》するのも、運営者の仕事のうちだろうが」

このときになって、早紀は事の大きさに気がついた。

「私、どうすれば……」

「まずいわね。もしかして逃げられたとか？」

律子がつぶやいた。その横で、岡はひとり捜査資料を読んでいる。我関せずという表情だ。

加納の指示で、律子が緒形真樹夫のところに架電した。男の秘書が出て、今日福本佳織は休んでいる、と答えたそうだ。メールで連絡があったということだった。

「どうします？」律子は眼鏡のフレームを押し上げながら、加納に尋ねた。「自宅に行ってみますか？」

加納は腕組みをしていたが、やがて考えをまとめたようだ。部下たちを見回して指示を出した。

「根岸・久保島組と風間・篠原組は、至急エスの自宅を確認しろ」

はい、と答えて早紀たちは外出の準備を始めた。

吉祥寺にある佳織の家は、古い二階建てだった。彼女の両親が病気で亡《な》くなっていることは、すでに調査済みだ。

借金を抱える弟は、今千葉県にいる。交際相手のアパートに住んでいるようで、一時この家に戻るかという話も出たようだが、諸事情あってそのままになってしまったらしい。

建物があまりに古いので、弟はここに住むのを嫌ったのかもしれない。

早紀はインターホンのボタンを押してみた。だが、家の中から応答はなかった。

「どうしましょう」

と律子に小声で尋ねてみた。それには答えず、律子は庭のほうを見ている。早紀も、彼女の視線を追った。

南向きの庭は、手入れもされないまま何年も放置されているようだ。その庭に面した掃《は》き出《だ》し窓《まど》が、三十センチほど開かれている。

「久保島さん、あれを……」と律子。

「ああ」

久保島も気づいたようだ。根岸と何か言葉を交わしてから、こちらを向いた。

「屋内で何かが起こったと思われる。立ち入ろう」

あの、と早紀は言いかけた。過去、生活安全課で捜査していたころには、窓が開いていたぐらいで一般市民の家に立ち入ることはなかった。どう考えても久保島のやり方には無理がある。そうまでして、彼は手柄がほしいのだろうか。

「何だよ、篠原」久保島は眉をひそめていた。「おまえのエスが、中で倒れているかもしれないんだぞ」

その言葉を聞いて、早紀はぎくりとした。公安部員として早紀は佳織を利用しだが定期的に情報を得るためには、エスの安全を保障しなければならないのだ。もし危機に陥っているのなら、すぐにエスを救出しなければならない。

「午前十時二分」久保島は時刻を確認した。「よし、立ち入るぞ」

全員、白手袋を嵌めた。門扉《もんぴ》はわずかに開いている。久保島、根岸がまず中に入り、律子と早紀があとに続いた。

玄関は施錠《せじょう》されていない。

「警察です。福本さん、いますか？」

そう声をかけると、久保島は靴《くつ》を脱いで廊下《ろうか》に上がった。早紀たちも屋内に入る。

黙ったまま、久保島が廊下の床を指し示した。靴跡がついていた。

左手のドアを開けると、そこが掃き出し窓のある部屋だった。久保島はカーテンをめくって、窓ガラスに目を近づけた。

「ここから入ったんだな。ガラスを割って、錠を外したんだ」

「そのあと住人を襲って逃走した？」律子の表情が曇った。「福本佳織は連れ去られたのかしら……」

一階、二階をくまなく調べたが、佳織の姿は見えなかった。居室のパソコンやメモ帳を調べたが、不審なものは何も出てこない。

「洋服はどう？」

律子に言われて、早紀はクローゼットのドアを開けた。地味な色のパンツスーツが四着。昨日佳織が着ていたのは、たしか黒いスーツだった。今、クローゼットの中には見当たらない。

「昨日着ていたスーツがありません。私とレストランで別れたのが、夜十時十五分ごろでした。福本佳織は帰宅して、着替えをする前に拉致《らち》されたんじゃないでしょうか」

「犯人は先に侵入していたのかな」根岸がつぶやいた。「暗い家の中で、福本が戻ってくるのをじっと待っていたのかもしれない」

「強盗《ごうとう》でしょうか」と早紀。

「そんなわけがあるか」久保島は強い調子で言う。「強盗犯なら、金だけ奪《うば》って逃げるはずだ。わざわざ住人を連れていくかよ」

たしかに、と早紀はうなずいた。

「住人を連れていけば足手まといになりますよね……」

「それでも連れていったということは、そうする理由があったってことだ。最初から、福本佳織を拉致する目的で侵入したんじゃないのか？　どうだ、新人」

「だとすると、犯人は車で来ていた可能性が高いですね。歩かせて一緒にどこかへ行く、というのは無理でしょうから」

「ああ、そういうことだ。あとで聞き込みが必要だな。昨夜この近くに不審な車が停《と》まっていなかったか、おかしなふたり連れを見なかったか……」

「問題は、どこへ連れていかれたか、だよな」と根岸。

早紀は根岸のほうを向いて言った。

「じつは昨日、発信器入りのポーチをプレゼントしたんです。もし福本佳織が、それを持ったまま拉致されたとすれば……」

「残念ながら、それは失敗したみたいね」

部屋の隅《すみ》を調べていた律子が、手招きをした。彼女は、昨夜佳織が持ち帰ったブランドもののポーチを掲《かか》げてみせた。

「ごみ箱の中に入っていたわ。もし犯人がやったのだとしたら、相当いろいろなことに気が回る人間ね」

「それこそ、ベラジエフのスパイじゃ……」

久保島が言いかけたとき、早紀ははっとした。

「そうか！」早紀は先輩たちを見回した。「グリンカが撮影していたのは緒形真樹夫じゃなく、そばにいた福本佳織だったんじゃないですか？　最初からグリンカは、彼女を狙っていたんですよ」

「あなたの言うとおり、写真には福本もたくさん写っていた」律子は、こめかみに指先を当てて考え込む。「だけど、なぜ私設秘書である福本がさらわれたんだろう。正直な話、あの子にそれほど価値があるとは思えないけど」

「身代金を要求するんじゃないか?」そう言ったのは根岸だった。「裏は取れていないって話だが、やっぱり緒形真樹夫と福本佳織は愛人関係にあったんじゃないだろうか。無事に取り返したければ金を払えと、緒形を脅迫するつもりかもしれないぞ」

「それで緒形が金を払いますかね?」久保島は懐疑的だ。

「もし福本が、緒形を失脚させるぐらいのネタを持っていたとしたらどうだ。緒形としても放《ほう》ってはおけないだろう」

「そんなネタがあるなんて、私には一言も話してくれませんでしたけど」と早紀。

「おまえは信用されてなかったんだよ、福本佳織にな」

久保島に言われ、早紀は低い声で唸った。

根岸が電話をかけて、加納係長に状況を報告し始めた。久保島と律子は、今後の捜査について相談しているようだ。

早紀は部屋の隅に立ったまま、佳織のことを考えた。

協力者になるようにと話したとき、こちらを睨んでいた佳織の目を思い出す。「利用するだけ利用して、最後は見捨ててしまうんでしょう?」という彼女の言葉が頭に甦《よみがえ》った。

胸が締め付けられるような気分だった。

あのとき早紀は言ったのだ。「私はあなたを最後まで守ります」と。それなのに、佳織に危険が迫ったとき、何もすることができなかった。

——このまま彼女を見捨てるわけにはいかない。

約束を守るためにも、佳織を取り戻さなくてはならない。最初の協力者を、こんな形で失いたくはなかった。

ふと気がつくと、律子は携帯電話を操作していた。人目を避けるようにして、足早に廊下へ出ていく。誰かと小声で通話を始めたようだ。

耳を澄《す》ましてみたが、律子が何を話しているかはわからなかった。もしかして、と早紀は思った。律子はグリンカと通じているのではないか。彼女がモグラなら、情報を流して加納班の作業を失敗させることは容易だろう。律子なら、早紀が福本佳織といつどこで接触したのか、すべてを知っているのだ。

ドアの陰から、早紀は律子のうしろ姿をじっと見つめていた。

インターミッション

鏡を覗き込みながら、風間律子は小さくため息をついた。

今、女子トイレにいるのは自分だけだ。個室のドアはすべて開かれているし、清掃《せいそう》用具入れに誰かが潜んでいる気配もない。ようやく、ひとりになることができた。

公安部に入ってから、律子はほとんどの作業を単独でこなしてきた。そのほうが動きやすかったし、効率もよかった。実際、いくつもの成果を挙げて、同僚《どうりょう》や上司に実力を認めさせてきたのだ。

だが今になって上の人間は、新米とコンビを組むよう命じてきた。表面上は、律子に新人教育をさせるという形だが、真の目的は別にあるのではないだろうか。

単独行動の時間が増えると、人はルール違反《いはん》を起こしやすくなる。たとえば、調査対象の組織に取り込まれ、二重スパイになってしまう者がいるかもしれない。あるいは、エスに渡すための捜査協力費を、自分で使い込んでしまう者がいるかもしれない。

上の人間は、捜査員の逸脱行為《いつだつこうい》をチェックしようとしているのではないか――。律子はそう考えていた。新米とコンビを組まされれば、捜査員は活動の制約を受けることになる。

自由に動けなくなれば、ベテランであっても不正をしにくくなる、というわけだ。

――不慣れな子をあてがっておけば、それが足枷《あしかせ》になるものね。

手を洗っているうち、篠原早紀の顔が頭に浮かんできた。

所轄の生活安全課ではそれなりに使えたらしいが、公安部ではどうだろう。自分たちの仕事は達成感や満足感とは無縁だし、誰かに歓迎《かんげい》されるものでもない。むしろ逆で、多くの人に嫌われ、罵倒《ばとう》されるたぐいの仕事だ。正義感だけで警察に入った「お嬢《じょう》さん」に、この職場は耐《た》えられないのではないか、という気がする。

ハンカチで手を拭《ふ》いたあと、律子はあらためて鏡を見つめた。そこに映っているのは地味で目立たない、どこにでもいそうな三十二歳の女性だ。雑踏《ざっとう》の中で存在感を消せるよう、律子はいつもこういう恰好をしている。公安部員にとって、人目につかないということは何よりも大事なことだった。

レンズを拭いて、律子は眼鏡をかけ直した。そのとき、ふと奇妙《きみよう》な感覚にとらわれた。鏡に映った自分の姿に、別の女性が重なったように思えたのだ。

――姉さんが生きているとすれば、もう三十九歳か。

警察官だった姉の祥子《しようこ》。彼女は二十六歳の夏に失踪《しつそう》し、十三年たった今も行方がわからないままとなっている。

あのとき律子は十九歳だった。姉のことを調べようとしたが、一般市民の立場で情報を集めることは難しい。だから警視庁に入り、独自の調査をしようと決めたのだ。

姉の身に何があったのか、律子は知りたかった。だが今はまだ、事を起こすときではないと理解していた。慌てて動いたのでは失敗するに決まっている。これまで築き上げてきたものを利用し、綿密な計画を立てた上で行動しなければならない。自分はそれだけの我慢強さを持っている。

背筋を伸ばして、律子は深呼吸をした。それから鏡の前を離れ、ドアに向かった。

今は目の前の仕事に集中することだ。そのためにも、あの新米を早く一人前に育て上げなければ、と律子は思った。

第三章　疑惑

1

テレビでは主婦向けのワイドショーが放送されている。

司会を務めるあの男性は、何という名前だっただろうか——。しばらく考え続けたが、結局名前は出てこなかった。もう何年もワイドショーなど見ていないから、タレントの名前が思い出せなくても仕方がない。

福本佳織《ふくもとかおり》は腕時計に目をやった。今は午後一時を回ったところで、普段《ふだん》なら忙《いそが》しく仕事をしているころだ。

佳織はとりたてて成績優秀《ゆうしゅう》というわけではなかったし、政治に強い興味があるわけでもない。偶然《ぐうぜん》に、といっては語弊《ごへい》があるが、これといった考えもなしに議員の私設秘書になった。知人から勧められて給料や勤務時間、仕事の内容などを調べ、これなら自分にもできそうだと思った。それで緒形真樹夫《おがたまきお》の秘書になったのだ。

もともと佳織は、緒形真樹夫という国会議員をよく知らなかった。名前ぐらいは聞いたことがあったが、彼が何を考え、どんな主義主張を持っているかなど、まったく知識がなかった。面接に行くことが決まってから、慌《あわ》てて彼の顔を覚え、経歴や現在の立ち位置について勉強したのだ。

「議員秘書の仕事で、大事なのは何だと思う?」

面接のとき、緒形はそう尋《たず》ねてきた。これは佳織が事前に想定していなかった質問だ。少し考えてから、佳織は答えた。

「秘書は裏方の仕事だと思います。主役は議員の先生で、私はそれをお手伝いします。そういう仕事は、私の性格にも合っていますし……」

佳織の言葉を遮《さえぎ》って、緒形は言った。

「秘書の仕事は裏方ではないよ。福本くんは表の世界に姿を見せている。歌舞伎《かぶき》や人形浄瑠璃《じょうるり》に黒子《くろこ》というのがいるだろう。あれに似ているんだ」

「では、私は黒子に徹《てつ》します」

「黒子も、人に見られていることを意識しなくてはいけない。大勢《おおぜい》の人の視線にさらされるわけだから、私人ではなくなるということだ。いや、公人として何かをしろという意味ではない。だが福本くんも公人のように世間の人に見られ、ときには嫌《いや》な思いをする可能性がある。議員秘書はそれに耐《た》えなくてはいけないが、君はできるか?」

「できると思います。……いえ、できます」

自分のような人間が政治家の秘書になれるのか、まったく自信はなかった。だが面接は五分ほどで終了してしまい、その日のうちに採用するとの連絡《れんらく》が来た。これには驚《おどろ》いた。

佳織が大学を卒業したのは、就職氷河期と呼ばれる時期だった。一般企業《いっぱんきぎょう》に就職することはできず、人材派遣《はけん》会社に登録して収入を得た。大学卒業後、五年ほどそういうことを繰り返してきたから、将来に夢も希望も持てず、働いて何かいいものを買おうという気持ちは湧《わ》かなくなっていた。

そこに舞《ま》い込んできたのが議員秘書という仕事だったのだ。

いったい自分のどこが気に入られたのだろう、と佳織は何度か考えた。取《と》り柄《え》といえば誠実さだけだ。そこがいい、と緒形は思ったのか。あるいは、と佳織は考えた。まさか、緒形の好みに合っていたとか、そういう理由で採用されたのだろうか。

だが勤め始めてから、そんなことは杞憂《きゆう》だというのがすぐにわかった。緒形は佳織が想像していたような、野卑《やひ》な政治家ではなかった。年齢《ねんれい》のわりにはコンピューターやネットワーク、セキュリティー関係の知識が豊富で、それらを自分の武器にしている人物だ。セクハラ、パワハラまがいのことをする場面は一度も見た記憶《きおく》がない。「粘着《ねんちやく》議員」などと揶揄《やゆ》されるとおり、いろいろなことに執着《しゆうちやく》しすぎる部分はあったが、それは何事にも熱心だからだろう。

この仕事に期待もあこがれもなかった佳織だが、続けていくうち、やり甲斐《がい》を感じるようになっていた。緒形真樹夫という政治家は、非常につきあいやすい人だと思えるようになった。

——それなのに、私は先生を裏切ってしまった。

警視庁公安部の篠原早紀《しのはらさき》。あの女が現れてから、自分の生活はおかしくなったのだ。弱みを突かれ、緒形のことをあれこれ話してしまった。このことを緒形に知られたら、自分はどうなるだろう。目をかけてもらっていた分、自分の罪は大きい。このままスパイを続けていいものかどうか、ひとり悩《なや》むことになった。

そんな中、佳織は自宅で拉致《らち》された。昨日の夜、この場所に連れてこられたのだ。

佳織はぐるりと周囲を見渡す。

打ちっ放しの寒々しいコンクリート壁《へき》。天井に設置された、飾《かざ》り気のない電灯。窓のない牢獄《ろうごく》のような部屋に、佳織は閉じ込められている。八畳《じょう》ほどの広さがあり、入り口の近くにトイレがあったが、シャワーの設備はない。

がらんとした部屋には四人掛《が》けのテーブルセットとソファベッド、あとはテレビ、冷蔵庫、ごみ箱があるぐらいだ。

テーブルの上にはペットボトル入りのお茶と、パン、おにぎりがいくつかある。好きに食べろと言われたが、こんな状態では食欲も出ない。それでも喉《のど》は渇《かわ》くから、何度かお茶だけは飲んでいる。

ワイドショーの途中で、ニュースが始まった。佳織はテレビの画面を見つめた。総理大臣が地方の式典に出るという話、株価がまた下がったという話、外国で発生したテロ事件、高速道路で起こった交通事故などが報じられたが、福本佳織という女性が行方《ゆくえ》不明になったという事件は、報道されていない。

当然だな、と思った。人ひとり行方不明になってもニュースにはならないだろう。そもそも、佳織が失踪《しっそう》したことを警察は知らないのではないか。

――いや、そんなことはないはずだ。

佳織は首を振《ふ》った。自分は警視庁公安部の協力者なのだ。朝、昼、晩と連絡を入れるよう、篠原早紀に命じられている。メールではなく、直接電話をかけろと言われた。

早紀の言ったことが、今になって理解できた。メールなら別の人間が送信できるが、声を似せるのは難しい。長時間佳織からの電話がなければ、何かあったとわかるわけだ。

公安部は動いているのだろうか、と佳織は考えた。スパイである佳織の安否《あんぴ》を気づかって、捜査員《そうさいん》を出しているのではないか。もう、家を調べるぐらいのことはしたかもしれない。そこでおかしいと気がつけば、さらに捜査の手を広げるのではないか。

今ごろ早紀はどうしているだろう、と佳織は考えた。

ドアの外に誰《だれ》かやってきたようだ。リモコンを手に取り、佳織はテレビを消す。

錠《じょう》を外す音が聞こえ、ドアが開いて、ひとりの男が姿を見せた。佳織がこの部屋にやってくることになったのは彼のせいだった。

男はテーブルの上の食料品に目をやったあと、椅子《いす》を引いて、佳織の正面に腰《こし》を下ろした。

「なぜ食わないんだ?」男は訊《き》いた。「毒でも入っていると思ったか」

「そんなこと……」佳織は、相手の表情をうかがいながら答える。「食欲がないの」

「俺《おれ》が食ってみせようか」

男は菓子《かし》パンをひとつ手に取り、袋《ふくろ》を開けて一口食べた。

「安心して食え。おまえがここで倒《たお》れたりしたら、困るのは俺だ」

「あとで食べるから」

佳織がそう言うと、男は突然テーブルの表面を叩《たた》いた。ペットボトルが揺《ゆ》れて、倒れそうになる。佳織は思わず息を呑《の》んだ。

「俺を怒《おこ》らせるな」男は佳織を見つめた。「ただでさえ、いらつくことが多いんだよ。これ以上、厄介《やっかい》なことを増やすんじゃない」

男に睨《にら》まれ、佳織はぎこちなくうなずいた。手を伸ばしてパンの袋を破り、もそもそと食べ始める。

「それでいい」男はそう言って、椅子に背を預けた。

ペットボトルのお茶でパンを流し込んだあと、佳織はおそるおそる尋ねた。

「私、いつまでこうしていれば……」

黙ったまま、男は腕時計を見た。「いらつくこと」を思い出したのか、それとも「厄介なこと」が頭に浮かんで気が滅入《めい》ったのか。舌打ちをしてから、彼は立ち上がった。

「おまえ、俺の言うとおりにしないと死ぬぞ。自分の立場をよく考えることだ」

男は部屋から出ていった。外から施錠《せじょう》することは忘れなかったようだ。

佳織は考えていた。自分の立場。そうだ、自分は警察のスパイなのだ。情報を集め、早紀に伝える立場でありながら、こんなところで時間を過ごしている。何の役にも立っていない人間を、公安部はわざわざ捜《さが》して助け出そうとするだろうか。

――助けるメリットがないのなら、切り捨ててしまうのでは？

そのほうが話は簡単だろう。考えてみれば、自分はまだいくらもスパイ活動をしていない。早紀のほうも、佳織にはそれほど金をかけていないはずだ。だとしたら、いなくなった佳織を無理に捜したりしないのではないか。

ゆうべあの男は佳織のポーチを調べ、発信器が埋《う》め込まれていると指摘《してき》した。それは佳織自身も知らないことだった。男はポーチを捨ててしまったが、今ここにあれがあったら、状況はどう変わっていただろう。

椅子に腰掛けたまま、佳織はひとり考えを巡《めぐ》らしていた。

2

十月九日、十二時五十五分。警視庁本部の執務室《しつむしつ》で、早紀はパソコンに向かって資料を取りまとめていた。やらなければならないことが山ほどあった。昨日、自分が運営していたエス——福本佳織が行方不明になった。自宅で拉致され、連れ去られたのだ。そんなことが起こるとは想像もしていなかった。

早紀は佳織に、緒形真樹夫の情報収集を命じていた。もしそれがばれたとして、佳織を拉致しようとするのは誰だろう。緒形自身が部下に命じたのか。それとも緒形に敵対するどこかの勢力が、佳織に目をつけたのか。

——もしかしたら、ベラジエフのスパイが?

アレクセイ・グリンカのパソコンからは緒形真樹夫だけでなく、秘書たちの画像データも発見されている。その中には福本佳織も含まれていたのだ。

まもなく、緊急の打ち合わせが始まるところだった。

責められるだろうな、と早紀は思った。予想できない出来事だったとはいえ、福本佳織を管理していたのは自分だ。佳織の身に何かが起これば、それは早紀の責任ということになる。

加納《かのう》班のメンバーたちがそれぞれ打ち合わせの準備をしている中、執務室のドアが開いた。入ってきたのは常川《つねかわ》課長だ。いつになく険しい顔をしていた。

「加納、話がある」

呼ばれて、加納係長は席から立った。隅《すみ》にある応接セットでふたりは向かい合い、小声で話し始める。表情は変わらないものの、大柄《おおがら》な加納の背中がいくぶん小さくなっているように見えた。おそらく、よくない話なのだろう。

そのうち、常川はこちらを向いて手招《てまね》きをした。

「おい風間《かざま》、篠原。ちょっと来い」

来た、と早紀は思った。とにかく丁寧《ていねい》に説明して、そのあと詫《わ》びなくてはならないだろう。多少理不尽《りふじん》なことを言われても、それは仕方のないことだ。

律子とふたり、ソファに近づいた。礼をして腰を下ろす。

「わかっているだろうが、福本佳織の件だ」常川は言った。「福本が行方不明になったことに気づいて、衆議院議員の緒形真樹夫が警視庁に苦情を入れてきた。公安部が動いていたせいだろうと、厳しく追及されている」

え、と早紀は声を出してしまった。緒形は、佳織が警察に協力していることを知っていたのだろうか。

常川は顔をこちらに向け、早紀を見つめた。

「運営していたのはおまえだな。何か下手《へた》を打った可能性はないのか。福本の様子はどうだった？」

「説得して、彼女が知っていることを聞き出しました。あとは、資料の写真を撮《と》ってもらいたいと依頼しました」

「それじゃないのか」常川は眉《まゆ》をひそめた。「素人《しろうと》にやらせると、思わぬところでミスをするぞ」

「そうかもしれませんが……」

早紀が言い淀《よど》むと、常川は急に声を荒《あら》らげた。

「本来そういうことは、事前にきちんとレクチャーしてから実行させるものだ。いきなりやらせるからトラブルが起こるんだ」

「しかし……」

言いかけて、早紀は言葉を呑み込んだ。先日、律子《りつこ》はマンションの管理人に命じて、グリンカの部屋の内部を撮影させている。あの管理人が、それほどの教育を受けていたとは思えない。

だが、それを言えば、常川は矛先《ほこさき》を変えて律子を叱責《しっせき》するかもしれない。そのあと加納係長も責められることになるだろう。直属の上司や先輩《せんぱい》の非を、ここで明かすわけにはいかなかった。

「言いたいことがあるなら言ってみろ」と常川。

「いえ、失礼しました」

早紀はそう答えて口をつぐんだ。今はただ、嵐《あらし》が去るのを待つしかない。

「これで福本が殺されでもしたら大問題だ。緒形は『粘着議員』と呼ばれる男だぞ。うちが一般人を使っていたことを追及してくるかもしれない。あるいは、マスコミにリークする可能性もある。どうするんだ？」

常川が感情的になっているようなので、早紀は驚いていた。どちらかというと、彼は裏で手を回す策士タイプだと思っていた。

――いや、これも策のうちかもしれない。

早紀は思い直した。このやりとりは今、加納班の全員が見ている。久保島《くぼしま》のような口うるさい部下は、大きな声で威圧《いあつ》したほうがコントロールしやすいのではないか。だから常川は、こんな上司を演じているのではないだろうか。

今まで黙《だま》っていた律子が口を開いた。

「緒形真樹夫は福本がエスだったことを、本当に知っているんでしょうか」

「なんだと？」

律子は眼鏡《めがね》の位置を直しながら続けた。

「福本に接触《せっしょく》した公安部員は、篠原だけではありません。一昨日《おととい》、加納係長と根岸《ねぎし》さんが緒形に事情を聞きに行きました。そのとき福本にも会ったと聞いています」

律子の隣《となり》で、加納が身じろぎをした。だが彼は表情を変えることもなかったし、口を挟《はさ》むこともなかった。

「公安部が聞き込みに来たあと、福本佳織が行方不明になった。それで緒形は、公安部が何か知っているかもしれない、と考えたんじゃないでしょうか。今日の苦情の中で、具体的に篠原という名前は出ていないんですよね？」

「たしかに、名前は出ていない」

「だったら単なる揺さぶりでしょう。受け流しておけばいいと思います」

常川はうなずく。

常川はしばらく考える様子だったが、やがて深呼吸をした。それで気持ちを切り換《きか》えたようだ。

「向こうは自由民誠党の議員だから、適当にあしらうわけにはいかない。だが、まずは様子を見ることにしよう」

「ありがとうございます」律子は軽く頭を下げた。

加納係長がメモ帳を開いて、テーブルの上に置いた。常川の顔を見ながら、彼はくぐもった声で言った。

「今後の方針ですが、福本が何者かに拉致された可能性と、自分の意思で行方をくらました可能性、このふたつを考えて捜査を行います」

「自分の意思でという線はないと思うが、まあいいだろう」

「福本の家の周りで情報を集めます。それから緒形真樹夫の周辺を調べ、グリンカの行方を追い、そのほかベラジエフの動きがないか、引き続き情報収集を続けます」

そうしてくれ、と常川は言った。ソファから立ち上がり、早紀たちの顔を見回す。

「とにかく福本佳織を無傷で救出しろ。それが最優先だ」

わかりました、と加納は答えた。

常川課長が去ってから、加納班の打ち合わせが始まった。

普段口数の多い久保島も、今日はよけいなことを喋《しゃべ》らない。先ほどの課長の様子を見て、みなぴりぴりしているようだ。

咳《せき》をしてから、加納が話し始めた。

「福本佳織の家を調べたが、特に手がかりは見つかっていない。靴跡《くつあと》を見つけたのは久保島だったな」

「計測したところ、二十六センチのスニーカーだとわかりました。福本佳織は二十四センチですから、間違いなく他人が屋内に侵入《しんにゅう》しています。靴のメーカーが特定できましたので、各自資料を見ておいてください」

「刑事部《けいじぶ》の動きはどうです？」

加納にそう訊かれて、根岸は首を横に振った。

「今のところ大きな動きはありませんが、いずれ緒形真樹夫が行方不明者届を出すかもしれません。そうなれば、一般人が拉致された事件として捜査を始めるでしょう」

刑事部はいつでも堂々と捜査することができるから、秘密裡《ひみつり》に活動している公安部にとっては厄介な存在だ。

一通り情報交換《こうかん》が終わると、普段、影《かげ》の薄《うす》い岡《おか》がこんなことを口にした。

「身代金《みのしろきん》の要求はないですかね」

早紀ははっとした。そうだ。今まで考えてもみなかったが、金目当ての誘拐《ゆうかい》事件だという可能性もある。

「いや、それはないだろう」貧乏《びんぼう》ゆすりをしながら久保島が言った。「福本佳織に近しい親戚《しんせき》はいない。誰に身代金を要求するんだよ」

「緒形真樹夫がいます」と岡。

数秒考えてから、久保島は腕組みをした。

「緒形は金を払わないんじゃないか？　おい新人、そのへんはどうなんだ」

「私も、緒形が金を出すことはないと思います」早紀はうなずいた。

「だったら、やはり身代金目当てということはないだろう」

行動予定の確認《かくにん》を済ませると、加納は打ち合わせを終わらせた。早紀たちは早速《さっそく》、捜査に取りかかった。

早紀はタクシーの後部座席から、沿道の様子に目を走らせていた。

最近は国会議事堂の周辺で、毎日のように集会が行われている。デモも増えてきた。今日も何かの団体が集まって声を上げているようだ。

議員会館の前で車を降りると、律子は携帯電話《けいたいでんわ》を取り出した。相手と二、三、言葉を交わしたあと、彼女は早紀のほうを向いた。

「ここで待っていてくれって」

今律子が架電《かでん》した相手は、緒形真樹夫の公設秘書だろう。警視庁を出る前に一度連絡してあり、緒形が今日議員会館にいることはわかっていた。少し話をうかがいたいと律子は申し入れ、議員会館に着いたらもう一度電話するように、と言われたそうだ。

早紀と律子は議員会館の前で待機した。

ときどき風に乗って、市民団体のシュプレヒコールが聞こえてくる。世の中にはさまざまな考え方があり、さまざまな形の抗議《こうぎ》行動がある。早紀たちがいるのは、常にそうした活動の外側だ。

「あの人たちからすると、私たちはどんな人間に見えるのかしらね」

律子がそんなことを言ったので、早紀は意外に思った。

「何かの営業レディーという感じじゃないでしょうか」

「なるほど。信じられないような高い買い物をさせる、やり手の営業レディーね」

何と答えていいのかわからず、早紀は黙っていた。

ふたりはそのまま待ったが、十分たっても緒形はやってこない。

「いったい何をしてるのかしら」

律子は催促《さいそく》の電話をかけたようだ。だが通話を切って、顔をしかめた。

「準備ができたら行くって」

さらに十分がたった。さすがにこれは長すぎると言って、律子はあらためて電話をかけた。相手と話をするうち、律子の声に苛立《いらだ》ちが混じってきた。

電話を切って、彼女は舌打ちをした。

「急な用事が出来て、時間がとれなくなったそうよ」

「え？　でも、ここに来ることは先に連絡してあったんですよね？」

「嫌がらせのつもりでしょう」律子は電話をポケットにしまった。「まあ、そういう人間ってどこにでもいるわよね。権威を見せつけて相手を服従させる男。ヒエラルキーの中でしか自分を保てない、憐《あわ》れな奴《やつ》よ」

強い口調ではないものの、言葉はかなり辛辣《しんらつ》だ。怒っているんだな、と早紀は思った。

まだ律子が激昂《げきこう》したところを見たことはないが、一度そうなれば、あらゆる手を使って相手を追い詰めていきそうな気がする。彼女はサディストだと、以前溝口《みぞぐち》も話していた。

議員会館の敷地《しきち》を出ようとしたところで、律子の携帯に着信があった。しばらく話してから、彼女は早紀を見た。

「溝口くんから情報よ。ベラジエフで男が処刑される映像があったでしょう」

「あの、東洋人が撃《う》たれた映像ですね」

「銃殺されたとみられる男は、寺内達哉《てらうちたつや》、三十三歳だとわかった。職業はフリーライター。ベラジエフには年に四、五回渡航していたとか」

「ずいぶん多いですね」早紀は眉をひそめた。「どこかでアレクセイ・グリンカと接触していた可能性も……」

ええ、と律子はうなずく。

「寺内は一年前ベラジエフに渡ってから、消息不明らしいわ。加納さんの指示で、私たちはこれから寺内の自宅に向かう」

早紀と律子は、地下鉄の駅へと急いだ。

3

寺内達哉の自宅は、練馬《ねりま》区石神井《しゃくじい》の住宅街にあった。こぢんまりした一戸建ての借家で、かなり古いもののように見える。

早紀たちは近所に住む大家《おおや》を捜し出し、話を聞いた。

「何か、文章を書く記者みたいな仕事をしている、と言ってましたよ」

大家は七十歳を超えていそうな女性で、トレーナーにエプロンという恰好《かっこう》だった。手には箒《ほうき》を持っている。

「いつから寺内さんがお留守なのか、ご存じですか」

早紀が訊くと、大家の女性は記憶をたどる表情になった。

「たしか、一年ぐらい前からですよ。外国に取材に行くって話だったけど、いつになっても戻《もど》ってこなくて……」

「その間、誰も出入りしていませんよね」

「ええ、もちろん」

それまで辺りを見回していた律子が、横から大家に尋ねた。

「一年分の家賃は未払いですか?」

「いえ、出発する前に半年分は払ってくれました」大家はモップを置いて、ハンカチで手を拭《ぬぐ》った。「寺内さんには長く住んでもらっていたし、疑うようなことはしなかったんですけどねえ。警察が来たってことは、あの人、何か事件に巻き込まれたんですか？」

「それはまだ何とも……」

早紀が言いかけると、律子がそれを制した。

「じつは行方がわからなくなっていまして、ご家族から、捜索してほしいという話が出ているんです」

そんな話はないのだが、律子は平気な顔をしている。少し声を低めて、こう続けた。

「それで、大家さんにお願いがあるんです。家の中を調べて手がかりを見つけたいんですが、立ち会っていただけないでしょうか」

大家は興味を持った様子だった。

「それは大変よね。私も寺内さんのこと、気になりますから……。警察の方がそう言うのなら、鍵《かぎ》を持ってきます」

彼女は一旦《いったん》奥《おく》に引っ込んだが、一分ほどすると鍵を持って戻ってきた。

サンダルを履《は》いて、大家は玄関《げんかん》から外に出てくる。三人は住宅街を少し歩き、寺内の家に移動した。

鍵はかなり古いものだ。鍵穴に挿《さ》してもすぐには回らないようだったが、しばらくいじっているうちに、錠が外れた。

「ありがとうございます、助かりました」律子は頭を下げた。「中を調べてきますので、大家さんはここで待っていてもらえますか」

「あの……私は行かなくていいの？」

「はい、ここにいてください」

捜索の邪魔《じゃま》になるからだろう、と早紀は思ったのだが、律子の考えはもっと生々しいものだった。玄関で靴を脱ぎながら、彼女は小声でこう言ったのだ。

「何が出てきても驚かないようにね」

「え？」早紀はまばたきをした。「それは、どういう……」

「外国で殺されて、おまけに動画を公開されるなんて、どう考えてもまともな人間じゃないわ。家の中に、何を隠しているかわからないでしょう」

たしかにそのとおりだ。早紀はぎこちなくうなずいて、律子のあとに従った。

ふたりは白手袋《しろてぶくろ》を嵌《は》めて、廊下《ろうか》に上がった。

日当たりが悪い立地なので、屋内は薄暗い。律子は先に立って、ためらうことなく廊下を進んでいく。

まずは各部屋の状況を、ざっと確認していった。寺内の寝室、居間、仕事部屋、台所、風呂場《ふろば》、トイレ。二階に上がると、段ボール箱や使わない家具を置いた、倉庫のような部屋がふたつあった。だが、不審《ふしん》な人物が潜《ひそ》んでいる気配はなかったし、おかしなものが見つかることもなかった。

律子と早紀は一階に戻り、今度は各部屋を詳細《しょうさい》に調べていくことにした。まずは居間だ。デジタルカメラで室内の写真を撮ったあと、律子は指示した。

「机とパソコンは私が調べる。あなたは押し入れを」

「了解です」

所轄《しょかつ》時代にも家宅捜索をしたことはあるが、あれはすべて、正式な手続きを踏《ふ》んだ上でのことだった。今自分たちがやっていることはどうなのか、とかすかな疑問が頭をよぎる。

――でも、寺内達哉は一年もこの家に戻ってきていないわけだし……。

それに、あの処刑映像のこともある。まだ表面化していないが、寺内が何らかの事件に巻き込まれ、死亡していることは容易に想像できた。

ほかの部署では難しいことでも、公安部では強引に実行してしまうのかもしれない、と早紀は思った。グリンカのアジトを調べたときや、福本佳織の自宅を確認したときも同様だった。

もともとそういう人たちが集まっている部署なのか、それとも、この部署にいるうち、みなそうなってしまうのか。早紀には、どちらとも判断がつかない。

「どうも変ね」机の中を調べながら、律子が言った。「物の配置がおかしいような気がする。もしかしたら、誰かが家捜ししたあとなのかも」

「本当ですか？」

いったい、どういうことなのだろう。早紀は首をかしげる。

押し入れを調べているうち、プラスチックの書類ケースが見つかった。開けてみると、何十枚ものコピーを束《たば》ねた資料がいくつか出てきた。

「風間さん、これを……」

律子は作業の手を止め、こちらにやってきた。早紀から資料を受け取り、手早くページをめくっていく。

「コンピューターやネット関係の資料ね。セキュリティーのことも載《の》っている」

システムのフローチャートのようなものが記載《きさい》されているが、専門用語が多くて早紀には理解できない。

「わかるんですか、その内容？」

早紀が訊くと、律子は口元を緩《ゆる》めた。

「よくわからない、ということだけは私にもわかるわ。あとで詳《くわ》しい人に見てもらいましょう」

律子は、手提《てさ》げの付いた紙バッグを取り出した。その中に資料をしまい込んでいく。

続いて律子はデータ記録メディアを挿し、パソコンからファイルをコピーした。あとでデータ分析《ぶんせき》担当の溝口に渡すのだろう。

ほかの部屋も順次調べていき、メモ類や購入品《こうにゆうひん》のレシートを紙バッグに収めた。また、指紋《しもん》を採取するために、文房具《ぶんぼうぐ》も持っていくことになった。これで捜索は終了だ。

早紀は、玄関で靴を履こうとしゃがみ込んだ。そのとき下駄箱《げたばこ》の脇《わき》に視線が行った。

何か嫌な感じがする。ここは犯罪と関《かか》わりのある場所ではないのか？

「風間さん、ここ……」早紀は壁《かべ》に右手を伸ばした。

「壁には何もないでしょう」と律子。

「この玄関、狭くて暗いですよね。なんというか、あまり長居したくないような場所です。そのせいで見落としてしまうものがあるのかも……。犯罪者側から見たら、ここは何かを隠すのに最適な場所じゃないでしょうか」

「またオカルト？　あなたの犯罪家相学は、たしかに当たりそうな気がするけど……」

「いえ、そんな、たいそうなものじゃないんですが」

言いながら早紀は、壁の低い位置にあるコンセントパネルをつついた。壁面から浮いているように見えて、気になっていたのだ。

案の定、パネルはぐらぐら動いた。注意しながら外してみる。

「やっぱり……」

中に電気の配線はなく、そこには立方体の小さなスペースがあった。コンセントに見せかけた収納場所だ。

早紀はそのスペースから、折りたたんだメモ用紙を取り出した。開いてみると、二次元コードが印刷されている。

「これ、もしかしたら高梨純《たかなしじゅん》が持っていたものと同じかも……」

「高梨？　誰なの」

早紀は八月に殺害された少年のことを説明した。律子は真剣な顔でその話を聞いていた。

携帯電話を取り出して、早紀はコードを読み取ってみた。過去の資料を確認すると、やはりそうだ。純が持っていた二次元コードの内容と同じ、数十桁《けた》の数字だった。

「やっぱり同じコードだ。……寺内と高梨純の間には、つながりがあったようです。でもこの数字はいったい何なのか……」

早紀と律子は顔を見合わせる。今はわからないが、何かの手がかりになりそうだという気がした。

ふたりは靴を履き、薄暗い家から外に出た。

「どうでした、中の様子は」

門の前で待っていた大家は、ふたりを見ると声をかけてきた。屋内の様子が気になって仕方がないのだろう。

「これだけ預かっていきます」律子は形式的に、紙バッグの中を相手に見せた。「もしかしたら、またご連絡を差し上げるかもしれません。そのときはよろしくお願いします」

律子が頭を下げると、大家はうなずいた。

「それで、寺内さんのこと、何かわかったんですか?」

「まだ何とも言えません。今後、もし誰かが訪ねてきたら私にご連絡いただけますか。電話番号はこちらです」

律子は名刺《めいし》を差し出した。公安部とは書かれていない、非公式の名刺だ。大家は神妙《しんみょう》な顔をして、その名刺を受け取った。

礼を述べて、律子と早紀は辞去した。

寺内宅で集めたものを溝口に渡すため、一旦、桜田門に戻ることになった。駅に向かいながら、早紀は律子に話しかけた。

「グリンカはIT企業の社長たちと交流がありました。自由民誠党の緒形真樹夫もコンピューターやIT関係に強いという話です。そして行方不明になった寺内達哉も、システム関係の資料を持っていた……。何かありますね」

「そうね。寺内達哉にも、IT企業に知り合いがいたかもしれないし」

「あの二次元コードは、そのことと関係あるんでしょうか」

律子は首をかしげて何か考える表情になった。ややあって、彼女は言った。

「私たちも少し、ＩＴの勉強をしたほうがいいかもね」

携帯電話に着信があったようだ。律子は電話を取り出し、相手の名を確認してから通話ボタンを押した。

「はい、私です。……ええ、今、寺内の家を出ました」律子は腕時計を見た。「十八時ですね。わかりました。そちらに戻ってブツを渡したあと、準備をします。……そうです、篠原さんとふたりで」

電話の相手は加納係長だろう。自分と律子に、何か新しい指示が出されたに違いない。

携帯電話をポケットにしまった律子に、早紀は尋ねた。

「今度は何ですか？」

「篠原さん、いいところに連れていってあげようか」

「……え？」

「今夜赤坂のホテルで、ＩＴ企業主催《しゅさい》のパーティーがあるんですって。政府の関係者も呼ばれているみたい」

「もしかして緒形真樹夫も？」

「そのとおり。私たちも参加して情報収集することになった」

「わかりました」うなずいたあと、早紀は小声で尋ねた。「パーティー、ですよね？　私、そういうのは初めてなんですけど、どんな恰好をしていけばいいんですか」

大丈夫よ、と言って律子は微笑《びしょう》を浮かべた。

「自分に合った恰好をすればいいの。最初の一時間は新製品発表会で、パーティーはそのあとですって」

「ああ、そうなんですか」

ならば、普通にパンツスーツで行けばいいだろう。ほっとした。

「楽しみでしょう。美味《おい》しいものがたくさん出るわよ。……まあ、ゆっくり食べている暇《ひま》はないと思うけどね」

いたずらっぽい目をして、律子は言った。

4

赤坂にあるそのホテルに入るのは、初めてのことだった。

ロビーはひとつ上のフロアまで吹き抜けになっていて、見上げると、映画に出てくる宇宙船のようなシャンデリアがぶら下がっている。一泊《ぱく》二万何千円もするホテルだが、宿泊客は多いようでフロントは混み合っていた。場所柄、外国人客の姿もある。

早紀はいつものパンツスーツを着て、少し化粧《けしょう》を整えてやってきた。大きなバッグはやめようかと思ったが、もしかしたらこのあと尾行《びこう》や張り込みがあるかもしれない。だから普段どおり、あれこれ詰め込んだバッグを肩に掛けてきた。

ロビーに立ち、腕時計を確認してから辺りを見回す。

深い青にワンポイントの付いたドレスが目に入った。高いヒールを履いた女性が歩いてくる。ブランドもののハンドバッグを持ち、旅行用のキャリーケースを引いていた。エレベーターに向かうのかと思っていたら、その女性は早紀のそばで足を止めた。

モデルのようにスタイルがよく、芸能人のように華《はな》のある顔立ちだ。長い髪《かみ》をうしろで束ね、銀色の髪飾りを付けている。

早紀が目を逸《そ》らそうとすると、その女性は咳払《せきばら》いをした。

「ちょっと篠原さん。なんで無視するのよ」

「えっ？」

驚いて、早紀は相手の顔を凝視《ぎょうし》した。今の声には聞き覚えがある。だが目の前にいるのがあの先輩だとは、どうしても思えなかった。

「風間さん……ですか？」

「ひどいわね、相棒の顔を忘れるなんて」

「いや、でも、これは……」早紀はあらためて、律子の体を上から下まで見た。「どうしてそんな恰好をしてるんですか」

野暮《やぼ》ったい眼鏡もかけていないし、いつもは鬱陶《うっとう》しい髪も、今はすっきりまとめてある。どこから見ても別人だ。

「あら。自分に合った恰好をすればいいって、言わなかったっけ？」

「たしかに似合っていますけど、今日は仕事ですよね？」

「仕事だから、ちゃんとした服で来たんじゃないの」

「ええと……私はこの恰好でいいんでしょうか」

「うん、大丈夫」律子はうなずいた。「ビジネスで来る人も多いんだし、会社員のような顔をしていればいいから」

「じゃあ、風間さんのうしろにいることにします」

「そうなの？　まあいいわ。……そろそろ時間だから、行きましょう」

律子はキャリーケースを引いて歩きだした。歩き方までモデルになったようで、いつもの彼女とは明らかに違う。

「眼鏡なしで、視力は大丈夫なんですか」

「今日はコンタクトよ。慣れなくて、ちょっと痛いんだけどね」

エレベーターで宴会場《えんかいじょう》のあるフロアに上がり、クロークへ荷物を預けた。律子は旅行にも使えそうなキャリーケース、早紀のほうはいつものバッグだ。ふたりとも、番号の書かれたプラスチックの預かり票を受け取る。

律子がハンドバッグからふたり分の招待状《しょうたいじょう》を取り出し、受付に提出した。

会場に入ると、高い天井の下、演壇《えんだん》に向かって五百ほどの座席が用意されていた。すでに半分以上の席が埋まっているようだ。律子と早紀は、うしろのほうの席に腰を下ろした。

午後六時ちょうどに、新製品発表会が始まった。主催したのは早紀も聞いたことのある、SCテクノロジーというソフトウエア開発会社だ。

今日の聴衆はほとんどが業界の人間らしく、多くの女性客はスーツを着ている。おや、と早紀は思った。これなら、むしろ浮いているのは律子のほうではないか。

司会の女性に紹介され、SCテクノロジーの社長が挨拶《あいさつ》をした。続いて演壇に上がったのは、衆議院議員の緒形真樹夫だ。早紀はその顔をよく知っている。アレクセイ・グリンカが所持していた画像の中に、彼が何枚も写っていたのだ。

「ただいまご紹介いただきました、自由民誠党の緒形でございます。本日はみなさま、ご多忙《たぼう》のところ……」

額が広く、目つきが鋭《するど》い緒形は、見ようによっては少し冷たい人間のように感じられる。だが彼の講演は堂に入ったものだった。ユーモアを交えて聴衆をリラックスさせたあと、技術的な話をする。退屈《たいくつ》してきたころには身近な話題で気分転換を図る。

専門用語も多かったが、話に置いていかれることはなく、十分ほどの講演を最後まで理解することができた。さすがに慣れたものだ、と早紀は思った。だてに政治家を長くやっているわけではないようだ。

そのあとSCテクノロジーの製品について営業、技術の担当者がそれぞれ説明を行い、五十分ほどで新製品発表会は終了した。


場所を変え、別の宴会場で午後七時からパーティーが開かれた。

会場に入ってみて、早紀は驚いた。あちこちにドレス姿の女性が見える。発表会には出席せず、このパーティーのみ参加するという人が多いのかもしれない。

会場にはすでに多数のテーブルが配置され、料理が並べられていた。客たちは知り合い同士あちこちに集まり、雑談を始めている。

ウエイターやウエイトレスが盆《ぼん》を片手に、飲み物を配っているのが見えた。早紀たちのそばにもやってきて、いかがですかと勧《すす》めてくれる。仕事中にアルコールを飲むわけにもいかないから、ふたりともオレンジジュースをもらった。

七時を二分ほど過ぎたころ、SCテクノロジーの社長がマイクを持って現れた。彼が挨拶をしたあと、来賓《らいひん》のひとりが乾杯《かんぱい》の音頭をとった。しばらくご歓談ください、と司会者が告げ、参加者はそれぞれ挨拶をしたり、別の飲み物を取りにいったりした。

パーティーは立食形式だ。テーブルにはローストビーフや海老《えび》のゼリー寄せ、スモークサーモンなどの料理が用意されている。別のテーブルを見ると日本そばや寿司《すし》などもあった。壁際《かべぎわ》には、天ぷらやオムレツを作る屋台もあるようだ。

早紀が感心しながらそれらを見ていると、そばで律子が言った。

「ちょっと情報収集しましょうか」

ふたりはコンピューターやIT関係の事業者から、情報を集めることにした。

「SCテクノロジーの春山《はるやま》さんですよね？　初めまして、風間と申します」

事前にウェブサイトなどで顔を調べていたのだろう、律子は参加者のひとりに声をかけた。相手はぴっちりしたスーツに身を包み、セルフレームの眼鏡をかけ、顎《あご》ひげを生やしている。

「どうも、初めまして」春山は会釈《えしやく》をした。

ドレスアップした女性たちの中でも、律子の容姿は群を抜《ぬ》いている。にこやかに話しかける彼女を見て、相手もまた笑顔になった。

春山が差し出した名刺には、ネットワーク統括部《とうかつぶ》部長という肩書きがある。まだ三十代だと思われるが、会社自体が若くて勢いがあるのだろう。

律子はある企業の社内システム部の名刺を差し出した。電話番号は実在のもので、公安部外事五課につながるようになっている。いつも留守番電話だから、メンバーの誰かが間違った対応をする心配はない。

「私、これから会社でセキュリティー関係の仕事をしなくちゃいけないいんですが、あまり経験がないものですから、いろいろご教示いただければと」

「ああ、それは大変だ。何でも訊いてください」

「どうもありがとうございます。じつは……」

律子の話し方には品があった。以前溝口が、彼女は資産家の娘だと言っていたが、そういう噂《うわさ》もまんざら嘘《うそ》ではなさそうに思える。

――ドレスはこのためだったのか。

早紀は感心した。その一方で、自分には律子のような真似《まね》は絶対できないな、と思った。そもそも、早紀はこんなドレスを持っていない。

アルコールが入っているせいもあるだろうし、律子の容姿や話術に惹《ひ》かれたということもあるだろう。春山は楽しそうに知識を披露してくれた。

そんな調子で、律子と早紀は何人かの男性から話を聞くことができた。やがて情報収集が一段落すると、律子は会場の中を見回した。視線をあちこちへ走らせ、やがて目的の人物を見つけたようだ。

「行くわよ。緒形のところに」

「あ……はい。いよいよですね」早紀は深くうなずく。

客たちの間を縫《ぬ》って、ふたりは会場の一角に向かった。緒形真樹夫は壁際に立っていた。公設秘書ふたりを連れている。

緒形はプロバイダーの営業部長と名刺交換していたが、律子と早紀が近づいていくと、すぐに気づいたようだった。部長との話を切り上げて、こちらを向いた。

緒形の視線は早紀を素通《すどお》りして、律子の顔で止まった。早紀のことは、お付きの者ぐらいにしか見えていないのだろう。

「緒形真樹夫さんですね」律子は穏《おだ》やかな口調で言った。「警視庁の風間です。こちらは篠原」

早紀は黙ったまま会釈をした。緒形はこちらをちらりと見て、すぐに律子へと視線を戻した。

「どこかでお会いしましたか?」

澄《す》ました顔で彼は言う。律子は首を横に振ったあと、緒形に答えた。

「今日、議員会館にお邪魔しましたが、二十分も下で待たされた挙げ句、キャンセルされてしまいました」

「それは残念なことでした。見知らぬ方を自分の部屋へ通す気にはなれなかったもので、あんな場所でお待たせしてしまったんですがね。最近、物騒《ぶっそう》ですから」

「では、次からは大丈夫ですね」動じることなく、律子は微笑を浮かべた。「今度お邪魔したときには、ぜひ先生のお部屋を見せてください」

「いや、次はないでしょう。こう見えても、私は忙しい身ですから」

「あら、先生は私どもにご用があって、苦情の電話をくださったんじゃないんですか？」

はらはらするような会話だ。早紀は、律子と緒形の顔を交互に見た。年齢も性別も違うが、どうやらこのふたりは似たタイプのようだ。どちらも、他人に嫌みを言うことを楽しんでいる。

「てっきり、この前の人が来ると思っていたんですよ。何といったかな。ええと、外事五課のカンノさんか」

「加納です」律子は即座に訂正した。

「ああ、そんな名前だったかな。……で、今日あなた方がここに来たのはどういうわけです？　私はパーティーを楽しみたいんですがね」

周りの客たちが、怪訝そうな顔でこちらを見ている。こんなパーティー会場で緒形を急《きゅう》襲《しゅう》したことが、はたして吉《きち》と出るか凶《きょう》と出るか、経験の少ない早紀には想像もつかない。

だが、周囲の雰囲気《ふんいき》を気にすることもなく、律子は質問を始めた。

「最近、福本佳織さんに変わった様子はありませんでしたか」

「まだ私の質問に答えてもらっていませんよ。なぜあなた方はここに来たんです？　職権を乱用して入ってきたのなら、問題にしますよ」

緒形がそう言うと、公設秘書たちがそれぞれ一歩前に出た。ボディーガードというわけではないだろうが、ふたりとも早紀たちより背が高いし、それなりに体も鍛《きた》えているようだ。

「緒形先生、何か聞かれてはまずいことがお有りですか？」挑発《ちょうはつ》するように律子は尋ねた。「私たちは福本佳織さんのことを心配しているんです。正直な話、先生ご自身のことにはあまり興味がありません」

ふん、と緒形は言った。彼は口元に笑いを浮かべた。

「いいだろう。質問をしなさい」

これは意外だった。下手をすればここで一問着《ひともんちゃく》あるだろうと覚悟《かくご》していたのに、緒形は受けて立つと言うのだ。政治家として場数を踏み、自信を持っているせいだろうか。

律子は質問を始めた。

「福本さんが最近、何かに悩《なや》んでいたとか、頻繁《ひんぱん》に誰かと電話していたとか、そういうことはなかったでしょうか」

「特にありませんでしたね」

「遅刻《ちこく》や欠勤が多かったとか、仕事でミスが増えていたということは？」

「ありませんね」

「病気や怪我《けが》をしたとか、お金の使い方が変わったことは？」

「まったくありません」

緒形は、何もなかったと答えるばかりだ。表面上、捜査に協力しているように見えても、実際には何も答えていないのと同じだった。これではいくら質問を重ねても意味がない。

「そろそろいいでしょうか。次の予定があるものでね」

さすがの律子もこれ以上は難しいと考えたらしく、ため息をついている。

その横で、早紀は口を開いた。

「あの……私設秘書というのは、車の運転もするんでしょうか」

「え？」驚いたという顔で、緒形はこちらを見た。「彼女には運転なんてさせていませんが」

「福本さんは運転免許を持っていましたか」

緒形は振り返って、公設秘書たちを見た。ひとりが首を横に振って答えた。

「持っていなかったはずです」

「そうなのか……」緒形は意外そうな顔をしてから、再び早紀のほうを向いた。「で、免許がどうかしましたか？」

「いえ。ありがとうございました」

早紀と律子は頭を下げ、緒形たちから離《はな》れた。

ひとけのない会場の隅に行くと、律子がこう尋ねてきた。

「さっきの免許の話、どういうこと？」

「福本佳織は大学生のとき交通事故を起こしていますよね。その後は運転が怖《こわ》くなったようで、免許の更新をしていないんです」

「そのことを、緒形は知らなかったわけね」

「ええ、あれは嘘をついている顔ではありませんでした。……もし緒形が福本佳織と男女の関係にあったのなら、事故のことを知っているかもしれない、と思ったんです。まあ、そこまで深い関係ではないとしても、親しい間柄だったのなら、免許を持っていないことぐらいは知っているんじゃないでしょうか」

「あなた、そんなことを考えていたんだ……」

「裏を取る必要はありますが、たぶん緒形は、福本のことはそれほど知らないんだと思います。今日はここに来た甲斐《かい》がありました」

「篠原さん、なかなかやるわね」

ありがとうございます、と早紀は頭を下げた。


ふたりはパーティー会場でもう少し情報を集めた。

会場にはまだ緒形真樹夫と公設秘書たちもいたが、律子は巧《たく》みに距離《きょり》をとっていたから、ニアミスが起こることはなかった。緒形たちも律子の正体を吹聴《ふいちょう》することはなかったようで、その点は助かった。おそらく緒形も、福本佳織が行方不明になった件を表沙汰《おもてざた》にしたくはないのだろう。

そのうち携帯電話に着信があったので、早紀は液晶画面を確認した。そこに表示された名前を見て、はっとした。時刻はもう夜八時半を回っている。しまった、と思った。

「風間さん。すみません、ちょっと電話をしてきます」

振動《しんどう》し続ける電話を手にして、早紀は足早に会場から出た。周囲に誰もいないのを確認したあと、通話ボタンを押す。

「はい、篠原です」

「今夜はパーティーだそうだな。浮かれて飲み食いしていたのか？」

相手は常川課長だった。朝、昼、晩と連絡を入れることになっていたが、夜の報告は仕事のあとでよかったはずだ。

「この会場を出たら、ご連絡しようと思っていたんですが……」

「パーティーならそれを利用しろ」

「え？」

「風間も情報収集に忙しいはずだ。そういうときは守りが薄くなる。風間の所持品を調べてみろ」

「わかりました。努力します」

早紀は電話を切った。そうだ、自分にはやるべきことがあった。直接の仕事もそうだが、常川から命じられていたことがある。律子がモグラではないかという疑いについて調べ、報告しなくてはならないのだ。

気持ちを引き締《ひし》めて会場に戻った。律子はまた別の会社員を見つけて話をしていた。初対面だろうに、旧知の仲のように親しげだ。そのうち、料理を取っていた人が律子の背中に軽くぶつかった。すみません、とふたりは互《たが》いに詫びている。

早紀は律子に近づいていき、小声で話しかけた。

「風間さん、背中が汚れていますよ。料理が付いてしまったみたいで」

「本当？　嫌だわ、この服高いのに」

「トイレに行って落としましょうか。おしぼりか何かもらってきますから」

ウエイトレスに頼んで、蒸《む》しタオルを用意してもらった。女性用のトイレに入り、鏡の前でドレスの背中を拭《ふ》く。もともと汚れが付いていたわけではないので、処置はすぐ終わりにした。

「けちも付いたし、今日はこれで引《ひ》き揚《あ》げましょうか」と律子。

腕時計を見ると、もう午後九時近くになっていた。パーティーもそろそろお開きになる時刻だ。

ちょっと待っててね、と言って律子は個室に向かった。しめた、と早紀は思ったが、あいにくハンドバッグは持っていくようだ。当たり前といえば当たり前の話だ。

「あの……風間さん。私、荷物を受け取ってきましょうか」

「そうね。じゃあお願い」

律子はハンドバッグから預かり票を出して、早紀に手渡した。

クロークで自分のバッグと律子のキャリーケースを受け取ったあと、早紀は階段室に向かった。ドアを閉め、キャリーケースの中を調べる。律子の着替えの服と、いつも仕事で使っているバッグが入っていた。

早紀は、手早く律子のバッグを調べた。仕事の資料の下からメモ帳が出てきた。

デジカメを用意し、メモ帳のページをめくっていく。時間がないので、すべてを撮影するのは無理だ。新しい書き込みから順に、何ページか遡《さかのぼ》って写真撮影していった。

作業の途中、早紀は眉をひそめた。気になることがメモされていたのだ。

《10月7日　エスと接触。会食一回目。情報収集》

《10月8日　エスと会食二回目。情報収集。謝礼10》

早紀が福本佳織に接触したことの記録だった。律子にはその都度報告しているから、彼女がメモしていてもおかしくはない。だがひとつ引っかかるのは、こう記されていたことだった。

《10月1日　来月、中学校の同窓会》

たしかに来月、中学校時代の同窓会が開かれる予定になっている。しかし、早紀はそのことを律子に話しただろうか。いや、彼女には話していないはずだ。十月一日というと、早紀が公安部に配属された日、まだ仕事に慣れなくて精神的にも落ち込んでいた時期だ。あの日、何があっただろうか。

記憶をたどるうち、早紀ははっとした。何度か考え直してみたが、やはり間違いない。メモ帳を律子のバッグにしまい、そのバッグをキャリーケースに収める。早紀はドアを開けて階段室から出た。

律子はまだトイレの鏡の前にいた。軽く化粧を直しているようだった。

「悪いわね。どうもありがとう」

律子はキャリーケースのハンドルに手をかける。

「あの……」早紀は言いかけたが、その言葉を呑み込んだ。

「どうしたの?」

「いえ、大丈夫です。なんでもありません」

早紀は首を振ってみせる。律子から目を逸らして、洗面台の鏡を見た。そこには地味なスーツを着た、顔色の悪い自分の姿が映っていた。

5

中目黒の駅から自宅まで、普段なら七分かかるところを今日は五分で戻った。

午後十時二十分、自宅マンションに戻ると、早紀はドアの前で呼吸を整えた。鍵を挿してゆっくりと回転させる。かちり、と小さな音がして錠が開いた。

中に入り、明かりを点《つ》けたあと、素早くドアを施錠した。靴を脱いで部屋に上がる。台所と居間の間に立ち、自宅をぐるりと見回してみた。テーブルの上には領収証やレシート、ダイレクトメール、小銭、ボールペンなどが置いてある。床の上には読みかけの雑誌が何冊も積んである。

特に変わったことはない、いつもの自分の部屋だ。飾りらしい飾りもなく、ここで女性が暮らしていることを示すものといえば、箪笥《たんす》や洗濯機《せんたくき》の中にある衣類ぐらいだろう。

バッグをテーブルに置く。少し考えたあと、早紀は白手袋を嵌めた。

最近、外から持ち帰ったものはなかっただろうか、と考えた。これといって思い出せるものはない。

早紀はバッグを見つめた。これは毎日警視庁本部に持っていくし、外出時も持ち歩いている。何か作業をするときには肩から下ろす。その隙《すき》に誰かが触れることは容易だろう。

早紀はバッグの中身を取り出して、テーブルに並べていった。捜査資料、メモ帳、化粧ポーチ、ハンドタオル、着替えの下着、薬、文具入れ、ミニ裁縫《さいほう》セット、その他細々《こまごま》としたものが入っている。だが、気になるものは何もない。

だとすると、部屋の中だろうか。早紀は机やカラーボックスの裏側、見えにくい隙間などを確認し始めた。テレビのうしろやクローゼットの中もチェックしたが、異状はない。

さらに床の上を見ているうち、ふと気がついた。コンセントが足りなくて、電源タップを挿しているのだが、見慣れないものがある。

早紀は電源コードの配線を確認したあと、そのタップをコンセントから抜いた。

プラスドライバーを持ってきて、そっと分解してみる。タップの中に小さな銀色の装置が取り付けられていた。これは発信器だ。早紀は唇を噛《か》んだ。

――盗聴《とうちょう》されていた！

この部屋での出来事は、外部に漏れていたのだ。

壁際を調べていくと、もうひとつ見慣れない電源タップがあった。分解すると、そちらには白い発信器が仕込まれていた。内部でコードを固定するためだろう、灰色のビニールテープが使われている。ご丁寧なことに、この部屋にはふたつも盗聴器が仕掛けられていたわけだ。

自分は監視《かんし》されていたのだ。十月一日に母から電話があり、中学校の同窓会に関するメッセージが録音された。その内容は盗聴され、律子に伝わったと考えられる。

ここで早紀は思い出した。以前、鶏《とり》料理の店で律子のバッグを調べたとき、小さなドライバーのセットと灰色のビニールテープが見つかっている。あれは、この発信器を取り付けるとき使ったものだったのではないか？

律子の顔が頭に浮かんできた。まさかあの人がこんなことをするとは――。

早紀は先月まで所轄《しょかつ》の生活安全課にいた、ごく普通の警察官だ。突然公安部に異動になったことは不思議だったが、風間律子のことを調べるには、自分のような平凡《へいぼん》な人間が合っているのだと思っていた。常川にはたしかに、そう言われたのだ。だが現実は違っていた。早紀の家には何者かの手で盗聴器が仕掛けられ、電話の内容や生活音などが外に漏れていたのだ。

なぜ自分がターゲットになったのだろう。

もしかしたら、と思った。律子が本当にモグラだとすれば、早紀の動きを察知して、逆に早紀のことを調べ始めたのかもしれない。その可能性は高いように思われる。

あるいは、常川課長は新米の早紀が外部のスパイだと思っているのだろうか。だから律子に命じて盗聴器を仕掛けさせたのか。

――違う。それは説得力がない。

早紀は自分に言い聞かせた。常川が早紀を疑っていたのなら、わざわざ早紀に接近し、律子を監視するよう命じたりするはずがない。内部にモグラがいると伝えれば、手の内を早紀に明かすことになるからだ。スパイ容疑のかかっている人間に、そんなことを話すわけがない。

だとすると、盗聴を決めたのは加納係長だろうか。そのほかのメンバーについて、早紀は考えを巡らした。根岸は人がよさそうだが、それだけに腹に一物ありそうな気がする。久保島はおそらくあのチームではもっとも有能で、さまざまな仕事をこなしている。技術もあると思う。ただ、彼は一度神保町でグリンカを失尾《しっぴ》している。もし久保島がグリンカと通じていたのであれば、あの場面で逃走を手助けした可能性がある。

残りのふたりはどうだろう。データ分析担当の溝口は比較的親しみの持てる存在だが、データを扱《あつか》っているだけに、裏でいろいろと手を回すことができそうだ。そして岡。彼は口数が少ないし、ひとりで行動することが多いから、何をしているのか早紀にはよくわからない。誰がモグラだとしても、おかしくはないように思える。

そのとき、ポケットの中で電話が振動した。

はっとして、早紀は携帯電話を取り出した。液晶画面に表示されている番号は、自分の知らないものだ。どうしよう、と思った。迂闊《うかつ》に出ないほうがいいのではないか。だがこの行き詰まった状況下で、何か手がかりがほしいという気持ちも強かった。

早紀は通話ボタンを押した。

「篠原か。俺だ、加納だ」くぐもった声が聞こえた。

加納係長の無表情な顔を思い出しながら、早紀は声を絞《しぼ》り出すようにして尋ねた。

「あなただったんですか？」

それには答えず、加納は続けた。

「これからおまえの家に行く。そこから動くな」

加納係長は今、早紀が家にいることを知っているのだ。電源タップが分解される音を、盗聴器を通じて聞いていたに違いない。

深呼吸をしてから、早紀は言った。

「この白い盗聴器は加納班で使っているものですよね。係長は『秘聴《ひちょう》』をして、私の動きを探っていたんですね？　それだけじゃない。もしかしたら、ときどき私の家を監視していたんじゃないですか」

「落ち着け。まずは岡を向かわせている」

その言葉を聞いて、思いついたことがあった。

早紀は携帯電話を持ったままベランダに出た。室内の明かりが漏れて、コンクリートが白く照らし出される。しゃがんで床を調べると、靴跡が見つかった。よく見ると、ベランダの手すりにも同じ靴跡が付いている。

サイズははっきりしないが、男物のわりには小さめだ。背の低い岡なら、ちょうどこれぐらいではないだろうか。溝口の話では、岡は猿《さる》のように身軽だということだった。

「岡さんは私を監視していたんですね？」電話を握り締めて、早紀は問いかけた。「屋上からロープか何かで、ベランダに降りてきたんでしょう？　あの人はいつも単独行動をとっていました。岡さんだけ、どんな捜査をしているのかわからなかった……」

　電話を持つ手が震《ふる》えていた。スパイを追っていると思っていたのに、追われていたのは自分だったのだ。憤《いきどお》りと同時に、早紀は気味の悪さを感じていた。

　――いったい、あの班は何をしようとしているの？

　新しく配属された人間の家に盗聴器を仕掛け、日々その行動を監視していたのだ。そんなことをする理由がまったくわからない。だから恐怖を感じる。

「篠原、そこにいろ。俺もそこに行くから、おまえは……」

　話の途中で、早紀は電話を切ってしまった。

　高校時代の親友だった山崎若菜《わかな》の件で、早紀は常川から脅しを受けた。そのあと自分は「作業」として福本佳織の過去を暴《あば》き、無理やり従わせた。そんなふうに、人の弱みに付け込んで公安部はスパイを増やしている。自分たちの手は汚《よご》さず、エスたちに法を犯すことを命じ、いざとなれば切り捨ててしまうつもりなのだろう。

　早紀は携帯のアドレス帳から、別の番号を選んだ。発信ボタンを押すと、二コール目で相手が出た。

「どうした。何か報告することがあるのか？」

　低い声が聞こえてきた。電話の相手は常川課長だ。

「課長は知っていたんですか。加納係長が、私の家に盗聴器を仕掛けていたことを」

　数秒、間があった。常川は慌てた様子もなく、こう答えた。

「よけいなことを考えるな。おまえが頼《たよ》れるのは私しかいないんだ」

常川から釈明《しゃくめい》の言葉がひとつでも出れば、彼とじっくり話そうと思っていた。だが早紀の望みは絶たれた。常川はあくまで、早紀を駒《こま》として見ているだけだ。だから釈明はもちろん、詳しい説明など一切するつもりはないのだ。

早紀は通話を切り、携帯をポケットにしまった。

公安部のやり方に嫌悪感《けんおかん》を抱いた。このままでは自分の立場はさらに悪くなるのではないか、という気がする。岡や加納に捕らえられたあと、どうなってしまうのだろう。ひどい目に遭《あ》わされ、それをネタにしてさらに脅され、二度と抜《ぬ》け出せなくなってしまうのではないか。

こんなはずではなかった。自分は犯罪者を捕らえるために警察に入ったのだ。そもそものきっかけは、少年たちに拉致された若菜のような子を守りたい、ということだった。だから生活安全課に配属されたときは、本当に嬉《うれ》しかったのだ。それなのに今、自分は泥沼《どろぬま》のような場所にいる。

――私は、好きで公安なんかに来たわけじゃない！

早紀はバッグの中にいろいろなものを詰め始めた。預金通帳、銀行印、現金、地図帳、下着類。

玄関で靴を履き、一度振り返って部屋の中を見た。

込み上げてくる気持ちを抑《おさ》えて、早紀は玄関のドアを開け、外に出た。

6

飲食店の並ぶ駅前の道を、早紀は歩いていた。

全国チェーンの居酒屋から、酔《よ》って足下《あしもと》の怪《あや》しくなった会社員たちが出てきた。何が可《お》笑《か》しいのか、げらげらと笑いながら駅に向かっていく。ひとりが早紀にぶつかったが、こちらを見ることもせず、そのまま去っていった。

早紀は腕時計を見た。午後十一時二十分を過ぎたところだ。まもなくあちこちの飲み屋で営業が終わり、この辺りは閑散《かんさん》とした状態になるだろう。そんな中を女性がひとりで歩いていたら、それだけで不審に見えるに違いない。

これからどうすればいいのか、考えがまとまらなかった。

一時的に知らない場所へ身を隠すか。だが、それはいつまで続くのだろう。見知らぬ土地であらたに生活基盤《きばん》を築くのは大変なことだ。その土地に根を下ろすなら住まいを決めなくてはならないが、保証人なしで部屋が借りられるだろうか。仕事はなんとかなるとしても、怪我をしたり病気になったりしたとき医療保険は使えない。何かあったときに頼れる人もいない。

感情のまま飛び出してきてしまったが、間違いだったのだろうか。今から自宅に戻ったほうがいいのか。おそらく今、中目黒の自宅には岡や加納係長が向かっているはずだ。もう到着しているかもしれない。一度逃げ出したことは認めた上で、詫びを入れ、加納たちへの服従を誓《ちか》うべきなのか。

それは受け入れがたいことだった。こちらには何ひとつ非がないのに、早紀は自宅に盗聴器を仕掛けられたのだ。それも、同じチームの仲間の手によってだ。何が目的なのかはわからないが、容易に許せることではなかった。

——とはいえ、どうすればいいのか……。

常川課長の顔が脳裏に浮かんだ。早紀の想像の中で、常川は凄《すご》んでいた。ただでは済まさない、とこちらを睨《にら》んでいた。彼なら本当に何かするかもしれない、と思った。

悪いほうへ悪いほうへと想像が膨《ふく》らんでしまう。誰かの声が聞きたくなり、早紀はシャッターの閉まった不動産会社の前で、携帯電話を取り出した。

遅い時刻だったが、長野にある実家に電話をかけてみた。もう寝《ね》てしまったかな、と思っていると、やがて母が出た。

「夜遅くにごめんなさい、早紀ですけど……」

その言葉が終わらないうちに、母が尋ねてきた。

「あんた、いったい何をしたの？　さっき警察の人が来て、あんたのことをいろいろ訊かれたわよ」

「警察って……どんな人？」

「お巡《まわ》りさんじゃなくて、背広の男の人。長野県警の警備部って言ってたけど」

あまりの早さに、早紀は驚いていた。全国の道府県警の警備部には公安捜査員がいて、彼らは警視庁公安部の指示で動くことになっている。早紀がマンションを出てからまだ一時間もたっていないのに、常川はもう実家までチェックさせていたのだ。

「その人たち、なんて言ってた？」

「早紀の行方がわからないから捜しているって。何か連絡があったら教えてくれ、と言われたけど」

「お母さん、その人たちには連絡しないで」

「ねえ早紀、あんた本当に何をしたの？」

「何もしてないよ。とにかく、私から連絡があったことは黙っていて」

「だけど、これからどうするのよ。何か悪いことをしたのなら、早く上の人に謝《あやま》って、許してもらうように……」

最後まで聞かずに、早紀は電話を切った。

携帯電話をポケットにしまおうとして、はっとした。公安部の人間なら、携帯電話会社に問い合わせて位置情報を取得することも可能だろう。

今後はできるだけ携帯電話を使わないほうがいい。早紀はボタンを押して電源をオフにした。

ため息をついてから、今夜はどうしようかと考えた。ビジネスホテルに泊《と》まるべきだろうか。だが早紀を捜すのなら、常川たちはまずホテルに当たる可能性が高い。

早紀はバッグを探って、アドレス帳を取り出した。携帯を使うようになってからあまり見ることもなかったが、持ち歩いていたのは正解だった。ページをめくって、何年か前に書き込んだ電話番号を見つけ出す。

通りを少し歩いて公衆電話を見つけた。最近は、これもほとんど使わなくなっている。早紀は硬貨《こうか》を投入し、アドレス帳を見ながらボタンを押していった。

「もしもし……」

警戒するような声が聞こえてきた。深夜だし、こちらが公衆電話だから、先方は不審に思ったのだろう。

「夜分すみません、篠原ですけど」

「あれ、早紀？　どうしたの、携帯なくしちゃった？」

相手は高校時代の友人、大谷千香《おおたにちか》だ。会社勤めをしながらシナリオを勉強していて、刑事の出てくる話を書きたいと話していた。

「携帯電話、ちょっと調子が悪いみたいで……」早紀は言葉を濁《にご》したあと、こう続けた。

「あの、じつは千香にお願いがあるの」

「なに？」

「急で悪いんだけど、今晩泊めてもらえないかな」

え、と言ってから、千香は声を低めた。

「何かあったの？　借金取りに追われているとか？」

「そういうわけじゃなくてね」咄嗟《とっさ》に、早紀は嘘をついた。「うちのマンションで火事があったのよ。今夜だけ外に泊まらなくちゃいけなくなって……」

「大丈夫？　被害は？」

「ボヤでね、うちは直接被害がなかったんだけど、同じ階だったものだから。……どうかな、迷惑《めいわく》だと思うけど一晩だけ泊めてもらえないかな」

「そういうことなら、どうぞ。ちらかってるけど、そこは目をつぶってよね」

助かった、と早紀は思った。やはり持つべきものは友達だ。

「ありがとう、千香。何か買っていくけど、食べたいものある？」

「じゃあ、コンビニに寄ってくれる？　ビールとサラダ、あと何かつまめるものを買ってきてくれると嬉しいな」

わかった、と言って電話を切った。これで今夜の宿泊《しゅくはく》場所は確保できた。

明日のことは明日また考えればいい。そう自分に言い聞かせながら、早紀は中目黒の駅に向かった。

　大谷千香の住む賃貸《ちんたい》マンションは自由が丘にある。終電になる前に移動することができたのは幸いだった。

　午前零時半、早紀はバッグを肩に掛け、コンビニの袋を提げて千香を訪ねた。

「大変だったね。さあ、上がって」

　千香は昔から小柄で、二十七歳になった今も身長は百五十センチぐらいだ。グレーのトレーナーを着て髪をまとめている姿を見ると、高校生のころを思い出す。

「お世話になります」頭を下げながら、早紀はコンビニの袋を差し出した。「これ、多めに買ってきたからどうぞ」

「悪いね」袋を受け取ったあと、千香は居間のソファベッドを指差した。「早紀は居間でいいかな。寝間着はある？　トレーナーを貸そうか」

「大丈夫、持ってきてるから」早紀はバッグから、グレーのトレーナーを出してみせた。

「お、色までお揃《そろ》いだね」千香は笑った。「シャワーを浴びるなら、使ってね」

「ありがとう。先に食事をしてもいいかな」

「ああ、どうぞどうぞ」

　パンツスーツ姿のまま、早紀はローテーブルのそばに腰を下ろした。

缶《かん》ビールを一本ずつ開けて乾杯する。買ってきた弁当を食べ終わると、少し気持ちが落ち着いてきた。

ふたりであれこれ話すうち、高校時代の話題が出た。

「私ね、今までずっと気になっていたことがあるの」千香はビールのグラスを揺らしながら言った。「若菜のことなんだけど」

「うん……」早紀はうなずいた。「忘れられないよね」

高校二年の夏休み、若菜を見捨てるような形になってしまった件だ。

「本当に、どうして警察を呼ばなかったんだろうって、私何度も後悔《こうかい》したんだ」千香は続けた。「若菜のことがあったから、早紀は警察に入ったんでしょう？　それはすごく立派なことだと思うの。早紀を見ていると、私も何かしなくちゃっていう気になる」

「何かするって……それは、若菜に対して？」

「若菜はもう、私たちには会いたくないだろうと思うのよ。だから、何か別の形で罪滅《つみほろ》ぼしできないかと……。今は私、自分の仕事で手いっぱいだけど、いつかね、女性を守るためのＮＰＯ団体とか、そういうところに入りたいなと思って」

なるほど、と早紀はうなずいた。

「そういう話が聞けて、嬉しいよ。なんとなく、あのことには一生触《ふ》れちゃいけないような気がしていたから。……もっと早く、千香と話せばよかった」

「いずれどこかで会えるといいね、若菜と」

しんみりした空気の中、ふたりはそれぞれのグラスを傾けた。気のせいだろうか、ビールが少し苦くなったように思えた。

午前一時過ぎ、早紀が洗面所に入ってメイクを落とそうとしていると、家の奥のほうからぼそぼそと喋る声が聞こえてきた。早紀はドアを開け、耳を澄ました。

千香はベランダに出ているようだ。交際相手と電話でもしているのだろうと思ったが、話している内容を聞いて、早紀はぎくりとした。

「……はい、そうです。連絡をいただいたとおりでした。……今、早紀はここにいます。……ええ、しばらく引き止めておきますから……はい、お願いします」

まさか、と思った。早紀は洗面所を出て、千香の部屋に向かう。

千香はちょうどベランダから室内に戻ったところだった。早紀を見て、はっとした表情になった。

「どこに電話していたの？」咎《とが》める調子で、早紀は訊いた。

「あ、うん。知り合いのね……」

「警察に言われたんでしょう。私から連絡があったら知らせるようにって」

常川課長か加納係長の指示で、誰かが千香に電話してきたに違いない。それは、早紀がここに到着する少し前だったのではないだろうか。早紀を捕らえるため、すでに捜査員がこのマンションに向かっている可能性がある。

早紀はバッグをつかんで玄関に歩いていった。

「違うの！　早紀、ちょっと待って」

うしろから千香が追ってきたが、早紀は無視した。

「ねえ早紀、いったい何をしたの？　このままじゃ大変なことになるって、警察の人が言ってたよ。だから……」

「私は何もしていない」早紀は、靴を履いてから顔を上げた。「お邪魔しました。千香、さようなら」

「待ってよ。私、早紀と一緒に若菜のことを考えたくて……。あのころみたいに、また三人で会おうよ。なつかしい話をしようよ」

「ごめんね千香。私にはもう、そんな余裕はないの」

追いすがろうとする千香の前で、早紀はドアを閉めた。

非常階段で一階に下りる。人影がないことを確認したあと、エントランスから表の通りに出た。

早紀は住宅街の中を走った。ひとつ角を曲がったところでうしろを振り返ったが、千香が追ってくる気配はない。それでも油断はできないと思った。交差点を見つけるたび、ジグザグに道を進んでいった。

千香の顔が頭に浮かんだ。たぶん彼女に悪意はなく、警察から偽《にせ》の情報を吹き込まれただけなのだ。何か事件を起こして早紀が逃走している。今なら重い罪にはならないから引き止めておいてくれ。身柄《みがら》を引き渡してくれれば、あとは警察でなんとかする。おそらく、そんなふうに言われていたのだろう。

——もう、誰も頼れない。

どこに公安部の手が伸びているか、わからなかった。こうなると、親族も知人も信用することができない。

大通りに出て、早紀はタクシーを拾った。顔を隠すようにして後部座席に乗り込む。それから、運転手にこう告げた。

「渋谷《しぶや》までお願いします」

ビジネスホテルからは情報が伝わりやすい。だから早紀は、渋谷駅の近くにあるインターネットカフェに一泊することにした。

こういう店には、終電を逃《のが》した会社員や遊びに来た若者などが大勢いる。地方から上京して宿泊費を浮かそうとする者や、ここを定宿にしている労働者などもいるだろう。狭い空間に押し込められていながら、利用者同士は一切干渉《かんしょう》し合うことがない。今の早紀にとっては、じつに都合のいい場所だった。

一般にこの手の施設《しせつ》は身分証の呈示《ていじ》を求められるものだが、早紀は自分の知識を悪用していた。生活安全課の仕事をしていた関係で、身分証が必要ないインターネットカフェを知っていたのだ。この店を選んだ背景には、そういう理由もあった。

朝までのパックを利用することにして、早紀は個室に入った。部屋の中にはリクライニング式のシートと液晶《えきしょう》テレビ、パソコンなどが用意してある。足下にはダイヤル式のロッカーも設置されていた。壁は安っぽい造りだが、それでも他人の目を気にせずに済むのはありがたい。

バッグを下ろし、シートに腰掛けて深いため息をついた。千香の家で缶ビールを一本飲んだのだが、とうに酔いは覚めていた。これからどうしよう、という不安がまた大きく膨らんでくる。

警察官でありながら仲間に追われるなど、まるで映画かドラマのストーリーのようだ。濡《ぬ》れ衣《ぎぬ》、という言葉が頭に浮かんだ。だがよく考えてみれば、今の自分は濡れ衣を着せられているわけではない。ただ訳もわからず、所属する組織に追われている状態だ。

何かの間違い、勘違《かんちが》いではないか、という気がしてきた。しかし自分が追われていることは事実であり、その事実に早紀は恐怖《きょうふ》を感じている。これまで五年ほど警察の仕事を続けてきたが、今の状態は危険だと、捜査員の勘が知らせていた。早紀は過去、この勘に何度か助けられてきた。だからこうして身を隠しているのだ。

腕時計を確認すると、午前二時半になっていた。ただぼんやりしていても仕方がない。早紀はパソコンを起動させ、ウェブブラウザから自分のメールボックスを開いた。これは個人用のアドレスで、警察関係者には知らせていない。情報確認の意味で、メールをチェックしていった。

ほとんどはメールマガジンや販促《はんそく》用のメールだ。だがその中に一通、見慣れないタイトルがあった。《篠原早紀様》とある。差出人は《AAA》となっていた。

マウスを操作してメールを開いてみた。本文には《困ったときは連絡を》とあり、署名には《Иван》と記してある。これはどういう意味なのだろう。

その四文字をコピー・アンド・ペーストして、ネット上の辞書で検索してみた。結果を見て、早紀は目を見開いた。

――「イワン」だ！

これはアレクセイ・グリンカのことを調べているときに出てきた名前だった。ベラジエフの猟奇《りょうき》殺人に関係しているという噂もあるそうだ。そんな人物から、なぜ早紀にメールが届いたのだろう。いや、もしかして、これはイワンを名乗っているだけの第三者なのか。

キーボードを引き寄せ、早紀はイワンへのメールを打った。

《あなたは誰ですか？》

それだけ書いてメールを送信する。そのまま十分ほど待つと、返信があった。

《助けを求めるなら、私はおまえを救ってやる》

イワンと称《しょう》する人物は、日本語で返事を書いてきた。日本人なのだろうか。そうとも限らないな、と早紀は思った。翻訳《ほんやく》ソフトを使えば、これぐらいの文章はいくらでも書ける。では、何かの罠《わな》なのだろうか。そうだったとして、イワンを名乗る人物の目論見《もくろみ》はいったい何なのだろう。早紀を自分の側に取り込んで、スパイに仕立てようというのだろうか。その可能性はあった。もし自分がベラジエフの人間で、警視庁内部に協力者を作りたいと思ったら、早紀の弱みに付け込むことを考えるはずだ。

もう一度返信しようか、それとも様子を見ようか。早紀は決めかねていた。

少し気分を変えるため、店内のシャワーを浴びることにした。足下のロッカーにバッグを入れ、扉《とびら》を閉めてダイヤルを回す。これでロックはOKだ。貴重品はポーチに入れて、持っていくことにした。

シャワー室は中から施錠できるので安心だ。ただ、思ったよりかなり狭くて、体を洗うのに苦労した。温度調整しようとしたのだが、なかなかお湯の温度が上がらない。ストレス解消のためにシャワー室に来たのに、かえってストレスが溜《た》まることになるとは思わなかった。

下着は替えたが、衣服はパンツスーツのままだった。グレーのトレーナーは、千香の家に置いてきてしまったのだ。

タオルとポーチ、下着の入ったレジ袋を持ってシャワー室を出た。自分の個室に戻ってみて、早紀ははっとした。足下にあるロッカーの扉が開いていたのだ。顔を近づけて見ると、何か道具を使ってこじ開けた形跡がある。中に入れておいたバッグは消えていた。

やられた、と早紀は舌打ちをした。

持っていたポーチの中を確認してみた。警察手帳、仕事で使うメモ帳、財布《さいふ》などはポーチに入れてあったから無事だ。バッグの中身はどれも重要なものではなく、取り替えは利《き》く。それだけは幸いだった。

それにしても、と早紀は考え込んだ。盗んだのはいったい誰だろう。店内に防犯カメラは設置されているだろうか。ほかの客の目撃証言は得られるだろうか。今ならまだバッグは処分できていないだろうから、見つかればそれが証拠になる。すぐにカウンターの店員を呼んできて——。

そこまで考えて、早紀は首を横に振った。ここで騒《さわ》ぎを起こしたら、困るのは自分だ。バッグひとつのために警察を呼ばれたりしたら、かなり厄介なことになる。

このままあきらめるしかないだろう。

早紀は個室のシートに座り込み、しばらくぼんやりしていた。たかがバッグひとつの話だ、被害は大きなものではない。そう自分に言い聞かせようとするのだが、それを拒絶する自分がいた。

夕方、ホテルで律子のメモ帳を見てからというもの、自分にとって悪い夢のようなことが続いていた。あまりにも連続して起こったものだから、こうしていても考えが追いつかない。理性が置き去りになり、やがて感情の大きな波がやってきた。

——どうして私ばかり、こんな目に……。

誰も見ていない個室の中で、早紀は唇を噛み、体を震わせた。涙が出てくるかと思ったが、不思議なことにそれはなかった。予想外の出来事が多すぎて、悲しいという思いはどこかに消えてしまっている。早紀はただ、理不尽なことの数々に怒りを感じていた。

午前四時、手続きをしてインターネットカフェを出た。まだパックの時間は残っていたが、もうこの店にはいたくなかったのだ。

こうなったら、朝一番の電車で東京を離れよう、と思った。東京駅に行けば、ベンチぐらいはあるはずだ。そこで仮眠をとり、朝になったら新幹線に乗ることにしよう。北へ行くか、それとも南へ行くか。行き先は、あらかじめ決めておかないほうがいいかもしれない。自分にもわからない場所なら、公安部の人間が気づくはずもない。

空はまだ真っ暗だったが、さすがに渋谷は日本有数の歓楽街《かんらくがい》だ。この時刻でもまだ、ところどころに営業している店がある。路上をうろつく外国人らしい姿も見える。

パンツスーツという場違いな恰好の早紀に、好奇の目を向ける若者たちがいた。何か卑《ひ》猥《わい》なことを言っているようだ。早紀は聞こえないふりをした。

パーカーを着た外国人の男がやってきて、こちらに何か話しかけた。無視したのだが、彼は早紀に並んで歩きだした。手振りを交え、よくわからない言葉で話し続ける。ノー、ノー、と言って早紀は首を横に振った。それを見て、男は気分を害したようだ。甲高い声で何か叫ぶと、早紀の右腕をつかんだ。

「何をするの」

男の手を振り払おうとした。だが相手の腕力は強い。男は早紀の腕をつかんだまま、暗い路地に連れ込もうとする。

「やめて！」

声を上げたが相手は動じない。さらに抵抗《ていこう》すると、男は早紀を羽交《はが》い締《じ》めにしようとした。

そのときだ。いくつかの靴音が近づいてきたかと思うと、男は急に呻《うめ》き声を上げた。ふたつの人影が、外国人の男を暗がりに連れていく。数秒後、重いものが倒れるような音がした。それで終わりだった。

暗い路地から出てきた人物を見て、早紀は眉をひそめた。

大柄なほうは、能面のような顔をした加納係長。小柄なほうは、耳の大きな岡だった。

咄嗟に、早紀は逃げ出そうとした。

「待て」

加納の腕が伸びて、早紀の右肩をつかんだ。そのまま早紀は薬局のシャッターに押しつけられ、逃げ場を失った。

「私をどうするつもりですか！」早紀は声を荒《あら》らげた。「人を呼びますよ。一般市民が見ている前で、私を拉致できますか？」

「拉致などしない」加納は早紀の両肩を押さえつけ、低い声で言った。「おまえは我々の仲間だ。そのことを説明するために、俺は来た」

7

加納と岡に連れられて、早紀はワンボックスカーに乗り込んだ。加納たちはこの車で、早紀の行方を追っていたらしい。

「全部説明していただけるんですよね？　私の周りで何が起こっていたのか」

咎めるような調子で早紀は尋ねた。どう見ても上司と話すときの態度ではないが、今は気にしなかった。とにかく、はっきりさせてほしいことが山ほどある。

加納は何度か咳をしたあと、話し始めた。

「グリンカは——つまりベラジエフは、ずっと篠原に目をつけていたんだ。おまえには申し訳ないと思ったが、盗聴器は奴らの情報をつかむために仕掛けた。我々はデコイとして、おまえを使わせてもらった」

「デコイ？」

囮《おとり》という意味の言葉だ。なぜ自分が、と早紀は首をかしげた。

「どうしてです？　私に、囮としての価値なんてあったんですか」

「八月に、篠原は所轄の生活安全課で、高梨純という少年に関わっただろう」

急にその名が出て驚いたが、加納の言うとおりだ。早紀は純が起こしたと思われる強盗《ごうとう》未《み》遂《すい》事件を捜査していた。その途中、純が何者かに殴《おう》打《だ》されて転倒し、脳出血で死亡してしまったのだ。

「高梨純は半グレの仲間たちと組んで、窃盗《せっとう》を繰り返していた。八月十七日、純はベラジエフのスパイから荷物を盗んだ可能性がある」

え、と言って早紀は加納の顔を見つめた。

「高梨純も、何らかのスパイ行為をしていたんですか？」

「いや、それはない。純がベラジエフスパイから荷物を盗んだとすれば、それは偶然のことだろう」

「そんなことがあるでしょうか。外国のスパイが、未成年にバッグを盗まれるなんて」

「グリンカは日本に来たばかりで土地鑑《とちかん》がなかった。それに、日本人を軽く見ていたんじゃないかと思う」

たしかに、東欧の人間が初めて日本の繁華街を見たら戸惑《とまど》うだろう。小さな建物が軒を連ねているし、店の裏口から細い路地に抜けられるケースもある。純はそういうことを知っていて、バッグを盗んだのではないか。

「だが、グリンカもぼんやりしていたわけじゃない。すぐに追跡したはずだ。それで純は、グリルナインというハンバーガーショップに押し入ったんだと思う」

「……え？」

「追いつかれそうになったから慌てて店に飛び込み、強盗の真似をしたあと、裏口から逃げたわけだ。騒ぎになったため、グリンカは純を追いかけることができなくなった」

そういうことだったのか、と早紀は納得した。

純が持っていたバッグには、いったい何が入っていたのだろう。それはグリンカにとって重要なものだったはずだ。だとすると、彼はその後も高梨純の追跡を続けていたのではないか。

考えるうち、早紀は気づいた。

「一週間後、八月二十四日に高梨純を襲ってバッグを奪《うば》ったのは、グリンカだったんですか？」

あのとき早紀は襲撃犯《しゅうげきはん》の顔を確認できなかった。日本人か外国人かもわからなかった。

「そのとおりだ」加納はうなずいた。「我々が調べた結果、あれはグリンカ本人だと判明している」

「ちょっと待ってください」早紀は眉をひそめた。「刑事部にその情報は伝わっていませんよね？」

「グリンカは公安部が追っているターゲットだ。事情を知らない刑事部の人間に邪魔されては困る」

「でも、高梨純は殺害されているんです。やったのはグリンカなんでしょう？」

早紀は加納の顔を見つめた。加納はゆっくりと首を左右に振った。

「篠原、我々はもっと大きな目的のために仕事をしている」

「だからといって、殺人犯を野放しにするというのは……」

「殺人犯である前に、グリンカはベラジエフのスパイなんだ」

その言葉がすべてを表していた。公安で捜査をするというのは、そういうことなのだ。ほかの警察官のように正義感だけで仕事ができるわけではない。大きな目的のためには、小さなことに目をつぶらなくてはならない。だが——。

「自分はこんなことをするために、警察官になったんじゃない……」突然、岡が口を開いた。「そう言いたいのか、篠原」

心を見透《みす》かされたようで、早紀は言葉に詰まった。岡はつまらなそうな顔をして、こう続けた。

「おまえ、警察に入って何年になるんだよ。きれいごとじゃ済まないっていうのは、わかってるだろう」

「それはそうですが……」

パワハラ、セクハラ、事件への対応ミスや揉《も》み消《け》し。早紀もいろいろな不祥事《ふしょうじ》の噂を聞いている。だがそれでも、警察官はこうあるべきだという理想像が、自分の中にはある。

「篠原、今自分が何をしなくちゃいけないか、よく考えろ」加納が言った。「文句を言うのはあとだ。おまえは今回の出来事について、説明を聞きたいんじゃなかったのか」

早紀は黙り込み、すう、と息を吸い込んだ。それで少し気分が落ち着いた。

「わかりました。話を聞かせてください」

うなずいて、加納は説明を続けた。

「グリンカはバッグを取り戻した。だが中を調べても、ブツがなかったんじゃないだろうか。それでグリンカは、あの公園での出来事を思い出したんだと思う。奴は逃げる途中、おまえが純から何かを受け取るのを見ていたんだろうな」

「鍵ですね？　そうか。高梨純はブツをロッカーかどこかに隠して、鍵だけ持っていた。それを私に托《たく》した……。でも私はその鍵を、捜査一課に渡しましたよ」

「グリンカは、おまえがまだ鍵を持っていると思ったんだろう。だから篠原の部屋に、盗聴用の発信器を仕掛けた。それは九月の初旬《しょじゅん》、おまえが所轄にいたころのことだ」

「……そんなに前から？」

「ああ。それがわかったから、我々もおまえの家に盗聴器を仕掛けたんだ」

白い発信器は外事五課で使っているものだった。だがよく考えてみれば、早紀の部屋には銀色の発信器も仕掛けられていた。あれはグリンカが用意したものだったわけだ。

「そのあとうちの上層部は、おまえを外事五課に引っ張ってきた。公安に異動となれば俺《おれ》たちもおまえを見守りやすい」

「それと同時に、グリンカを騙《だま》すにはちょうどいい方法だったわけですね？」早紀は加納をじっと見つめて尋ねた。「『やっぱりあいつは公安の手先だったんだ』と、グリンカに思い込ませることができる。グリンカは公安部員である私の生活音を盗聴し、公安部の情報を盗もうとしていた。でも私には、重要な情報は何も与えられていなかった。半人前の単なる囮だったんだから当然です。どれだけグリンカが努力しても、大事な情報なんてひとつも出てくるはずはなかった……」

「そこまで卑下《ひげ》することはない。おまえは、ただの囮にしておくにはもったいない人材だ」

何を今さら、と早紀は苦々しく思う。

「もしかして、ネットカフェで私のバッグを持っていったのも加納係長たちだったんですか？」

「店内で監視はしていたが、バッグを盗んだのは俺たちじゃない」加納はくぐもった声で答えた。「あれはおそらく、ベラジエフのスパイだろう。グリンカではなかったが」

「私の荷物が盗まれるのを、黙って見ていたんですね」

「連中を追跡するためには仕方がなかった」

早紀のバッグが盗まれたのは、スパイたちが、中にブツが入っていると思ったからだろう。実際には、早紀はそんなものをまったく知らないというのに。

「用心深い男だったから、途中で尾行は困難になった。だが篠原のバッグの生地の中には、GPSの発信器が仕掛けてある」

「いったい、いつの間に……」

バッグは普段持ち歩いていたが、執務室や監視拠点《きょてん》にいるときには目を離すことも多かった。そういうときを狙って、誰かが発信器を仕掛けたのだろう。結局、最初から最後まで早紀は囮として使われていたのだ。

「昨日までずっと、岡さんは私をつけていたんですか？」

早紀が視線を向けると、岡はうなずいた。

「加納さんの指示でね。二十四時間、見張っていたわけじゃないけど」

「だとすると岡さんは、私の家にブツがないのを知っていたのに、ずっと監視していたことになりますよね」

「まあ、そういうことだな」

「ひどい話ですね。仲間だと思っていたのに」

早紀が非難するように言うと、岡は首をすくめてみせた。

「仲間っていうか……。俺、こういう人間なんで」

からかっているわけではないだろう。だがその言い方はいかにも軽いもので、早紀は不快感を抱《いだ》いた。これまで岡は謎《なぞ》めいた存在だったが、今はっきり言えるのは、自分は彼のような人間が好きではないということだ。

携帯電話の振動する気配があった。電話を取り出したのは加納だ。

「俺だ。どうだった？　なに、失敗？」

いつものように加納の表情は変わらない。だが、何かまずい事態になったことは間違いなかった。

通話を終えて、加納は舌打ちをした。

「悪い話ですね？」岡が尋ねる。

「篠原のバッグはもう二十分以上、動いていないそうだ。場所は中央区の児童公園」

「やられましたね」岡は首を左右に振ってみせた。「たぶん捨てられたんです。発信器に気づかれたんでしょう」

加納はひとつ息をついてから、携帯電話をポケットにしまった。

「次の一手はどうするか。難しいところだな」

そうつぶやいて、彼は腕組みをした。


まだ暗い桜田《さくらだ》通りを抜けて、ワンボックスカーは警視庁本部に到着《とうちゃく》した。

加納と岡は、応接用のソファで打ち合わせをしている。データ分析担当の溝口は、机に突《つ》っ伏《ぷ》して眠《ねむ》っていた。彼も、昨夜からずっと仕事をしていたのだろう。

早紀は自分の席で、これまでのこと、これからのことについて考えを巡らした。

加納に対して失礼な態度をとってしまった、という反省があった。だがそう思う一方で、いまだに納得できないこともある。

――風間さんは、何事もなかったようなふりをするんだろうか。

加納と岡は、行方のわからなくなった早紀を追いかけ、見つけ出してくれた。そのあと加納は早紀の行動に一定の理解を示し、過去の経緯を話してくれた。

だが、相棒としてこれまで早紀のそばにいた律子は、今どこにいるのかわからない。本来なら、一番に駆《か》けつけてくれてもいいのではないか。事情を説明し、申し訳なかったと頭を下げてくれてもいいのではないか。客観的に考えても、早紀がされたことは相当ひどい仕打ちだと思える。

缶コーヒーを飲みながら、早紀はひとりため息をついた。

高校時代に若菜の事件があってから、自分は警察官になろうと決めた。女性が犯罪に巻き込まれることを防止したい、少年犯罪を減らしたいと思って採用試験を受けた。数年は交番勤務だったが、じきに念願かなって生活安全課の少年係に配属された。

生安《せいあん》の仕事も決して楽ではなかった。少年たちは大人という存在を嫌っているし、強い反感を持っている。精神的に未熟な面があるから、ひどい言葉をぶつけてくる。それでも事件を解決して礼を言われたりすると、ああよかったと思うことがあった。それがやり甲斐にもつながった。このまましばらく生安にいれば、仕事に自信を持つこともできるのではないか。そういう期待があった。

それなのに、高梨純と関わったという理由だけで、公安部に異動させられてしまったのだ。ここは自分のいるべき場所ではない、という気がする。

——仕事、辞《や》めようかな。

そんな気持ちが強くなってきた。

早紀はチームの仲間に監視されていたのだ。盗聴器を仕掛けられていたという事実があるのだから、もう常川課長も強引に脅すことはできないのではないか。思い切って警察を辞めてしまえば、何もかもすっきりするのではないだろうか。

早紀は、これまで世話になってきた人たちのことを思い出した。交番勤務をしている富《とみ》永耕三《ながこうぞう》の顔が頭に浮かんだ。そういえば、と早紀は思った。前に電話をしたとき、あの人に何と言われたのだったか。

そうだ、富永はこう言っていた。「いろいろ心配だろうが、自分の中に大きな木を生やしておけば大丈夫だ」と。それから、こうも言っていた。「枝や葉っぱは、ばさばさ揺れるだろう。でも揺れているうちは案外折れないもんだ。そうやって嵐が過ぎるのを待てば、木はもっと丈夫になる」と。

嵐をまともに受けていたら吹き飛ばされてしまう。ときには体をしならせ、したたかに生きるのも大事だということなのだろう。そうやって頑張《がんば》っているうちに、やがて自分の好きな仕事ができるようになるかもしれない――。

ここで早紀ははっとした。今まで自分のことばかり考えていたが、大事なことを忘れていた。

席を立ち、早紀は応接用のソファに向かった。あの、と声をかける。加納と岡が、揃ってこちらを向いた。

「これから私はどうなるんでしょうか。捜査から外れることになりますか？」

岡は口を閉じたまま、まばたきをしている。加納はひとつ咳をしてから、逆に尋ねてきた。

「おまえはどうしたいんだ。この捜査から抜けたいのか」

「私は……」一呼吸おいてから、早紀は続けた。「正直な話、加納班の人たちが信じられなくなりました。でも私はエスを――福本佳織を見捨てるわけにはいきません。彼女を救出するために、捜査を続けさせてください」

加納は顎に手を当て、少し考える様子だった。ややあって、彼は早紀に言った。

「今すぐ俺たちを信じろと言っても、それは無理だろう。だがおまえが獲得したエスは、最後までおまえが面倒を見てやってくれ。サポートは俺たちに任せてほしい」

「わかりました。……ありがとうございます」

公安部への疑念が払拭《ふっしょく》されたわけではない。だが、このまま逃げてしまうわけにはいかなかった。仕事として行ったこととはいえ、早紀は福本佳織を巻き込んでしまった。拉致され、苦しんでいるであろう彼女を放っておくことはできない。

早紀はあの夏のことを思い出した。少年たちに連れられ、どこかへ去っていった若菜。何か言いたそうだった彼女の目。本当は声を上げ、助けを求めたかったはずだ。自分は、彼女を放置してはいけなかったのだ。

――もう後悔はしたくない。

それ以外に、難しい理由は必要なかった。

第四章　解析

1

　メールを確認《かくにん》し終わると、アレクセイ・グリンカは低い声で唸《うな》った。目に見えない相手に向かって、恨《うら》みの言葉を吐《は》く。それから煙草《タバコ》に火を点《つ》け、パソコンに向かってメールの返信を打ち始めた。

　腕時計を見ると、午前九時を過ぎたところだった。

　——まったく、本国の奴《やつ》ら、好き勝手なことを言いやがって。

　例のブツはまだ手に入らないのかと、連日のように急《せ》かされているのだ。言うほうは簡単だろう。だが現地で仕事をしている身にもなってほしい、とグリンカは思った。あれは何と言ったか。ウサギ小屋か。日本人はよくもまあ、あんな狭《せま》い物置のような家に住めるものだ。しかもその家を三つにも四つにも区切って、中に何人も何人も入っているのだ。手品や、サーカスのショーじゃあるまいし！

実際、慣れない日本の町でグリンカは最初のミスをした。持っていたバッグを、子供に奪《うば》われてしまったのだ。のちにバッグは取り返したものの、例のブツはまだ見つかっていない。

そう、あれはたしかに自分のミスではあった。だがそもそもの話をすれば、きっかけは本国でブツが奪われたことなのだ。ボルスク製鋼の間抜《まぬ》けどもがいけない。その尻拭《しりぬぐ》いのために、自分はこの国へ出向くことになったのだ。

グリンカは煙草のけむりを吐き出しながら、遺体発見現場の光景を思い浮かべた。

今年の一月のことだ。

凍《こご》えるような寒さの中、グリンカたちは車で雪道を走っていた。携帯電話《けいたいでんわ》で連絡をとり合い、情報交換《こうかん》をしながら移動した。行方《ゆくえ》がわからなくなったのは、ニコライ・ミハイロフ。ボルスク製鋼で研究員をしていた男だ。小心者だったが酒に目がなく、飲むと気が大きくなる。ギャンブルが好きで、賭《か》け事《ごと》を始めると無茶な勝負を何度も続け、大損していたらしい。そんな調子だったから、誰《だれ》かに取り込まれてしまう危険は最初からあったのだ。

そして危惧《きぐ》していたとおり、ミハイロフは大変な問題を起こした。

やがて、ミハイロフの遺体を発見したという情報が入り、グリンカたちは現場に車を向かわせた。

幹線道路から離《はな》れた農道。大樹《たいじゅ》の陰《かげ》になった道端《みちばた》に、ミハイロフの遺体はあった。辺りの雪は血を吸ってひどく汚れている。グリンカたちはしゃがみ込んで現場を調べた。

木の根方に遺体が倒《たお》れている。そこから五メートルほど離れた場所に生首が転がっていた。ノコギリか何かで切断されたようだった。頭部には両耳がなく、鼻はそぎ取られ、両目もえぐり取られていた。

いったい誰がこんなことをしたのか。裏稼業《うらかぎょう》の長いグリンカでも、これほど凄惨《せいさん》な現場を見るのは滅多《めった》にないことだった。

数日後に犯人の目星がつき、グリンカはその人物を追った。犯人はあるブツを持って逃走している。なんとしてもそれを取り戻《もど》せというのが、上からの命令だった。その後、紆《う》余曲折《よきょくせつ》を経てグリンカは犯人の足跡《あしあと》をたどり、ここ日本にまでやってきたのだった。


本国にメールを送信してから、グリンカは立ち上がってテーブルのそばに行った。

革手袋《かわてぶくろ》、ロープ、針金、カッターナイフ、アーミーナイフ。テーブルの上には物騒《ぶっそう》な品々が並んでいる。日本では大振《おおぶ》りのナイフを持ち歩いているだけで犯罪になるというから、ずいぶんおめでたいことだと思う。自分の身を守れるのは、自分だけだろうに。

メモ帳を開いて、グリンカはこれからの計画を再度確認した。

ブツを見つけて持ち帰る。それが最優先事項《じこう》だ。それ以外についてはグリンカの裁量に任されていた。最終的に、ブツを持っていた人間をどう始末しようが、本国から咎《とが》められることはないはずだ。

——まあ、それぐらい楽しみがないとな。

グリンカはナイフの柄《え》を握《にぎ》り、軽く振ってその感触《かんしょく》をたしかめた。

2

仮眠《かみん》をとったあと、早紀《さき》は八時半に執務室《しつむしつ》に戻った。

すでに加納班のメンバーは集まり、パソコンの前で仕事を始めている。おはようございます、と先輩《せんぱい》たちに挨拶《あいさつ》しながら、早紀は自分の机に近づいていった。

隣《となり》の席には風間律子《かざまりつこ》がいた。昨夜は華《はな》やかな青いドレスを着ていたが、今朝《けさ》はいつものように、地味な事務員のような恰好《かっこう》をしている。例によって髪《かみ》は洗ったままという感じだし、野暮《やぼ》ったい黒縁眼鏡《くろぶちめがね》をかけ、たいして化粧《けしょう》もしていなかった。どちらが本当の姿なのか、早紀にはわからない。だが、その落差で相手を騙《だま》すのが律子の手なのだ、ということはよく理解できた。

「風間さん」

あえて隣に立ったまま、早紀は声をかけた。律子は顔を上げてこちらを見た。

「ああ、おはよう。ゆうべは大変だったみたいね」

世間話をするような喋《しゃべ》り方に、早紀は苛立《いらだ》った。一言いわずにはいられない。

「私は囮《おとり》にされていたって、加納《かのう》係長から聞きました。私が監視《かんし》されていたこと、風間さんも知っていたんですよね？」

「加納係長から、黙《だま》っているよう釘《くぎ》を刺《さ》されていたのよ。……それにしてもあなた、よく気がついたわね。すごいじゃないの」

感心したような顔で律子は言う。その様子がまた、早紀の感情を逆撫《さかな》でした。声を低めて、早紀は訊《き》いた。

「それだけですか」

「え？」

あらためて律子はこちらを向く。そのあと、何かに気づいたようだった。

「ああ……。あなたがこの仕事に向いていないかも、と言ったのは取り消すわ。篠原《しのはら》さん、いいセンスをしていると思う。これからもその調子でね」

「そうじゃありません」早紀は相手の顔を見つめた。「謝《あやま》ってはくださらないんですか」

「何を？」

「盗聴器《とうちょうき》のことですよ」

早紀の言葉を聞いて、久保島《くぼしま》や根岸《ねぎし》が顔を上げた。キーボードを叩《たた》く手を止めて、溝口《みぞぐち》もこちらを見ている。

「それは私が謝ることじゃないわ」律子は首を横に振った。「私も久保島さんも根岸さんも、みんな知っていた。知っていたけど、黙っているよう命じられていた。誰かひとりでもあなたに喋ってしまったら、計画はおしまいになってしまうから」

「でも結局、私の家に盗聴器を仕掛けても、グリンカを捕《と》らえることはできなかったんですよね？」

「結果的にそうだったけれど、あれは手がかりをつかむためのチャンスだったのよ」

「任務のためというのはわかりますが、問題はそのあとです。悪かったと一言いってもらえれば、私だってこんな……」

「がたがたうるせえ奴だな」

そう言ったのは久保島だった。神経質そうな顔で、彼は早紀を睨《にら》んでいた。

「おい新人、公安に来ればこんなことはいくらでもあるんだ。嫌《いや》なら警察を辞めろ」

「辞められるものなら、とっくに辞めてます」

「なんだと？」久保島は気色《けしき》ばんだ。「誰もおまえを止めたりしないぞ。さっさと辞表を書けばいいだろう」

「クボちゃん、ちょっと落ち着いて」

根岸のおかげで、大きな騒《さわ》ぎにはならずに済んだ。だが早紀はまだ納得できずにいる。いっそここで常川《つねかわ》課長の名を出してしまおうか、とさえ思った。メンバーの中にモグラがいる。そんな疑惑《ぎわく》があるとわかったら、久保島も平常心ではいられないだろう。

早紀は椅子《いす》に腰掛《こしか》け、資料ファイルを開いた。律子はしばらくその様子をうかがっていたが、やがて小声で言った。

「私も最初のころは、いろいろやられたのよ。ここの仕事って、そういうものなの。だからあなたも、そうかっかしないで」

律子にしては珍《めずら》しく、早紀に気をつかっているように見えた。きちんと詫《わ》びてくれたわけではないが、律子も譲歩《じょうほ》したということだろう。これ以上突《つ》っ張《ぱ》って、業務に支障が出るのはまずい。

深呼吸をしてから、早紀は律子のほうを向いた。

「失礼なことを言ってすみませんでした。風間さん、福本佳織《ふくもとかおり》を助け出すため、私に力を貸してもらえませんか？」


班の打ち合わせが終わったあと、早紀と律子は捜査《そうさ》に出かけた。

肩に掛《か》けているバッグは、昨日盗まれたあと溝口が回収してきてくれたものだ。けちがついた品だから捨てたいのだが、急に代わりのバッグも用意できず、今日のところはこのまま使うことにした。

今、グリンカの事件に関して捜査人員が足りていないことは明らかだった。だが公安捜査員の場合、よほどのことがない限り、他のチームの応援《おうえん》を求めることはしないらしい。

「チームごとの秘密事項もあるし、何よりプライドが許さないんでしょうね」

駅に向かって歩きながら、律子はそう言った。

「プライド、ですか……」

「海外からは何百人というスパイが潜入《せんにゅう》しているから、すべての動きを把握《はあく》することはできないのよ。もともと、やろうとしていることが無理なの。だけどあきらめてしまったら、日本は今まで以上に外国の標的にされてしまう。だから、これと決めた事件だけは、なんとしても解決しなくてはいけない」

「それが、今回のグリンカの事件なんですね？」

「プライドを裏返せば、そこにあるのは恐怖《きょうふ》よ。ミスをして公安部に批判が集まるんじゃないかという恐怖。いずれスパイたちが日本を食い物にしてしまうんじゃないかという恐怖。そして、いつか協力者たちに復讐《ふくしゅう》されるんじゃないかという恐怖……」

最後の言葉は予想外のものだった。

「協力者たちに復讐される？」

「あなただって、やったでしょう。私たちは人の弱みを突いて、協力者に仕立て上げている。相手が隠《かく》していることをわざわざ調べて、いろいろな脅《おど》しをかける。やっていることは、どこかの犯罪者と変わらないわ。たぶん、ろくな死に方をしないでしょうね。私も、あなたも」

律子が協力者について、そんなことを話すのは初めてだった。あまりに悲観的すぎるのでは、という気もする。だが、協力者たちが運営者を快く思っていないことはたしかだろう。今は金でコントロールできているとしても、もしそれが途切れたら、残るのは協力者たちの深い恨《うら》みだけではないのか。協力者といえば聞こえはいいが、公安部は彼らを利用し、その人生を大きくねじ曲げているかもしれないのだ。

警察官になったばかりの新米ではないから、理想論では済まない、というのはよくわかる。だが人の弱みに付け込むというやり方にだけは、今でも納得《なっとく》できない部分があった。

だからこそ早紀は思うのだ。

――佳織さんは、必ず助け出す。

許してはもらえないかもしれない。だが、まずは救出して彼女と話がしたい。自分の進退について考えるのはそのあとだ。

駅への階段を下りていこうとしたとき、律子の携帯電話に着信があった。用が済むまで、早紀はそばで待つことにした。

律子はしばらく誰かと話していたが、やがて携帯電話をポケットにしまうと、意外なことを言った。

「しばらく別行動にしましょう」

「え？」早紀はまばたきをした。「どういうことですか」

「あなたは福本佳織について、聞き込みを続けてくれる？　こっちの準備ができたら連絡《れんらく》するから、あとで合流しましょう」

「誰かと会うんですか？」

「悪いけど、他人には教えられない情報ルートがあるの。同じ班にいても、結局はみんな個人営業だからね。あなたも早く、そういう協力者を増やすことね」

客を降ろしていたタクシーを見つけ、律子は後部座席に乗り込んでしまった。早紀は慌《あわ》てて周囲を見たが、あいにく空車はやってこない。戸惑《とまど》っているうち、律子を乗せたタクシーは交差点を曲がってしまった。

まさか、こんなことになるとは思わなかった。この事態を、常川課長に何と報告すればいいのだろう。

しばらく肩を落としていたが、じきに早紀は気を取り直した。ぼんやりしている暇《ひま》はない。たとえひとりでも、この事件の捜査を続けなければならない。

メモ帳を出して、今問題となっていることを整理してみた。大きく分ければ、次の六つになる。

第一に、アレクセイ・グリンカはどこにいるのか。

第二に、イワンというのは誰なのか。なぜ早紀にメールしてきたのか。

第三に、フリーライターの寺内達哉《てらうちたつや》は、なぜベラジエフに行ったのか。

第四に、福本佳織はどこにいるのか。誰に連れ去られたのか。

第五に、緒形真樹夫《おがたまきお》はベラジエフスパイと関係があるのか。

第六に、グリンカが探しているブツは何か。今どこにあるのか。

これらのうち、いくつかの項目はIT企業というキーワードでつながっていそうな気がする。だが、福本佳織が個人的にITに関《かか》わっていたという話は出ていない。何か隠していたことがあったのだろうか。

第六の問題であるブツについては、高梨純《たかなしじゅん》が真相を知っていた可能性が高い。彼が持っていた鍵《かぎ》のことは捜査一課が調べているはずだが、いまだにロッカーは見つかっていないようだ。どこか特殊な場所の鍵なのだろうか。

早紀は福本佳織の知人を捜《さが》して、聞き込みを始めた。佳織の家を見張っている者はいなかったか。通勤する道で不審者《ふしんしゃ》が目撃《もくげき》されたことはなかったか。彼女から、何か相談を受けたことはなかったか。

ひとつ気になったのは、学生時代の友人による証言だった。

「三カ月ぐらい前かな、佳織がロシアのことを調べていたんです」その女性は、記憶《きおく》をたどりながら言った。「それまでロシアに興味があるなんて話していなかったから、ちょっと不思議でした。向こうに知り合いがいるわけでもないだろうし」

「ロシア語を調べていたんですか？　それとも会話を習っていたとか？」

「東欧《とうおう》の町とか、文化とか、工業なんかを調べていたみたいです。観光に行くのかと訊いたら、そういう予定はないけど興味があって調べている、と言っていました」

気になる話だ。その女性と別れたあと、早紀はネットでベラジエフについて調べてみた。

使われている言語はロシア語が六割以上、残りはベラジエフ語だという。

細い糸ではあるが、これで福本佳織とベラジエフがつながるかもしれない。だが、彼女が何のためにそれらを調べていたのかは、まったくわからなかった。

午前十一時半を少し過ぎたころ、早紀の携帯電話に着信があった。律子からだ。

「風間さん、今どこにいるんですか？」

「いい情報が入ったの」律子の声はいつになく弾《はず》んでいた。「篠原さん、今から大手町スクエアビルに来てくれる？　帝都《ていと》スチールという会社があるから」

「帝都スチール？」

「タクシーを使っていいわ。大至急ね」

「待ってください。帝都スチールって製鉄会社ですよね。なんでそれが……」

「事件の鍵を握る人物と、話ができそうなのよ。詳《くわ》しいことはこっちで話すわ」

今回の事件の鍵を握る人物。それはいったい誰なのか。帝都スチールと関係があるということなのか。そういえば、グリンカが接触《せっしょく》していたのはボルスク製鋼という製鉄会社だったはずだ。キーワードは「製鉄」なのだろうか。

「すぐに移動します」

そう伝えて、早紀は電話を切った。

3

ＪＲ東京駅の北側を抜け、タクシーは大手町駅に差し掛かった。

この辺りは交通の便が良く、地上には高層ビルが建ち並んでいる。銀行や新聞社をはじめ、大手企業の本社が集まっていることで有名だ。

午前十一時三十七分、早紀は大手町スクエアビルのロビーにやってきた。受付に行けばいいのかと戸惑っていると、エレベーターのほうから声が聞こえた。

「篠原さん、こっち」

律子が手招《てまね》きしているのが見えた。彼女の横に、グレーのスーツを着た四十歳《さい》ほどの男性が立っていた。少し猫背《ねこぜ》気味で、気弱そうな印象がある。今まで会ったことのない人物だった。

早紀が近づいていくと、律子が男性を紹介《しょうかい》してくれた。

「こちらは帝都スチール、課長の守橋《もりはし》さん」

それから男性のほうを向いて、早紀のことを自分の部下だと紹介した。

「じゃあ、上に行きましょうか。守橋さん、二十二階ですよね？」

「そうです。あ、風間さん、高層階行きのエレベーターのほうが速いので……」

「ああ、そうなの？」

「会議室を用意してあります。そちらへご案内します」

エレベーターのかごの中で、早紀はふたりの関係について考えた。先ほどタクシーの中でネット検索《けんさく》してみたが、帝都スチールはグループ全体で従業員が二万人以上もいるそうだ。守橋はその本社の課長だというから、そこそこ地位の高い人物だろう。それなのに、律子に対してはかなり気をつかっているように見える。

二十二階に上がり、三人は廊下《ろうか》を進んで会議室に入った。室内には大きな机があり、周囲に二十人分ほどの椅子が配置されている。壁を背にして、ふたりの男性が座っていた。ひとりは縦縞《たてじま》のスーツ姿で、年齢《ねんれい》は守橋より上、おそらく五十代だろう。もうひとりは早紀も知っている人物だ。

衆議院議員の緒形真樹夫だった。

「お待たせしました、緒形先生」

そう言いながら、律子は椅子に腰掛けた。早紀もそれにならう。守橋課長は緒形や縦縞スーツの男性のそばに行って着席した。

緒形とは昨夜のパーティーで会ったばかりだが、早紀の感覚ではもう何日もたっているように思われた。昨夜、非常に多くの出来事があったせいだ。しかし早紀と加納たちの間に何が起こったのか、緒形は知りもしないだろう。早紀のほうも、何事もなかったかのような顔で対応しなくてはならない。

「国を守るために警察という組織は必要です」緒形は言った。「だが個人的には、警察官というのが大嫌《だいきら》いでね。あなた方は他人の迷惑《めいわく》など少しも考えずに行動する。遠慮《えんりょ》というものが、かけらもない」

怒《おこ》っているのだな、と早紀は思った。このことから、緒形が自分の意思でここに来たのではなく、警察の要請《ようせい》に応じたことがわかる。

「お忙しい中、申し訳ありませんでした」律子は眼鏡の位置を直しながら言った。「でも先生、興味がお有りだから来てくださったんでしょう?」

「風間さん、もしあなたが嘘《うそ》をついて私をここに呼び出したのなら、それなりの対応をとらせてもらいますよ。こういうことは言いたくないが、こちらにもいろいろコネクションがある」

「でも、今日はひとりで来てくださったんですよね。先生のほうにも、事を荒立《あらだ》てたくない理由があるのでは?」

「私はひとりではありませんよ。別室に秘書を待機させている。今は席を外すように言ってあるだけです」

緒形はそう言って、冷たい目で律子を見た。

なるほど、と律子は言った。

「では、始めましょうか」座ったまま、律子はみなを見回した。「あらためて自己紹介します。警視庁公安部外事五課の風間律子と申します」

そのあと彼女は早紀のことも紹介した。早紀は軽く会釈《えしやく》をした。

続いて、縦縞のスーツを着た男性が口を開いた。

「帝都スチール、システム開発部の部長、志賀《しが》です」

それから部下の守橋を紹介した。守橋もシステム開発部の所属で、志賀の直属の部下だということだった。

「緒形先生は以前から、この帝都スチールに出入りしていらっしゃいましたよね」

律子が尋《たず》ねると、緒形は不機嫌そうに答えた。

「今さら答えるまでもない。もう調べてあるんでしょう?」

「じつは私のほうも、少し前から帝都さんに接触を図っていました。最初は、緒形先生のことを調べていたわけではないんです。別の目的があって、情報を集めていました」

「ベラジエフ共和国……ですか」と緒形。

律子はすぐにうなずいてみせた。

「より正確にいうとベラジエフ共和国の製鉄会社、ボルスク製鋼について調べていたんです」律子は早紀のほうを向いた。「ボルスク製鋼のことは話したわよね。私が帝都スチールに接触した理由がわかる？」

「同じ製鉄会社だから情報を得やすい。……そういうことですよね」

「半分は正解。でもそれだけでは不足している」

どうやら律子は、早紀を相手にすることで、話をわかりやすくしようという考えらしい。早紀は聞き手役に徹《てつ》することにした。

「業種が同じということ以外に、何か共通点があるんですか？」

「どちらも、システムの開発技術が抜群《ばつぐん》に優《すぐ》れているのよ。あまり知られていないけど、製鉄所の工程管理には古くからコンピューターが使われていたの。日本でも五十年ぐらい前から、大手鉄鋼メーカーで独自のシステムが開発されていた」

「五十年も前から？」

まったく知らないジャンルの話だ。早紀は製鉄についても詳しくないし、コンピューターのこともあまり知らない。

「昔はメインフレームといって、汎用《はんよう》大型コンピューターを使っていたんだけど、今ではパソコンを複数使って管理するようになっているの。パソコンを使い始めれば、当然ネットワークを研究しようということになる。システム開発部には大勢の社員がいるから、何か別の事業もできるんじゃないかという話が出てきた。そうですよね、部長」

律子が訊くと、志賀部長は重々しい口調で説明した。

「まだインターネットが存在しなかったころから、我々はオンラインでデータのやりとりをしていました。製鉄工場で一番怖いのは事故です。トラブルが起こらないよう、システムで厳重に管理を続けてきました。そういう技術を長年蓄積《ちくせき》してきたから、システム開発部の優秀《ゆうしゅう》さには定評があった。製鉄以外の企業から、システムの仕事を請け負うことも増えてきています」

「同様にボルスク製鋼も、レベルの高いシステム開発部を持っていた」律子は資料ファイルを開いた。「ただ、あの会社は国営企業なの。方向性を決めるのはベラジエフ政府ということになる。密命を受けて、システム開発部のメンバーの一部は、ある任務につくことになった」

何かきな臭《くさ》い話になってきた。早紀は声を低めて訊いた。

「ある任務、というと……」

「彼らはクラッカー集団になったのよ」

「ネットワーク経由で犯罪行為《こうい》を働いているわけですか？」

ええ、と律子はうなずく。

「直接的な攻撃としては、敵のサーバーに過剰《かじょう》な負荷《ふか》をかけてシステムをダウンさせることもある。でも基本的には、外部のシステムに侵入《しんにゅう》して機密データを盗むのがおもな仕事。ベラジエフは、レベルの高い日本の製鉄会社に関心を持っていた。だからグリンカは日本の製鉄所について調べていた」

その言葉を聞いて、早紀は思い出した。以前グリンカの部屋を調べたとき、日本で刊行された工場の写真集が見つかっている。おそらくあの中に、製鉄所も多数含まれていたのだろう。

「クラッカー集団はただクラッキングをするだけじゃない」律子は続けた。「逆に自分たちのシステムの防御力を高めるよう、セキュリティー関係の研究も進めていたはずよ。帝都スチールでも、そうだったんじゃありませんか?」

志賀部長と守橋課長は顔を見合わせている。やがて、仕方ないな、という様子で志賀は認めた。

「おっしゃるとおりです。スタンドアローン型のコンピューターなら、そんなことは考える必要がなかった。でも今は、どこからウイルスが侵入してくるかわかりません。メールやウェブサイトからの感染《かんせん》もあるし、踏《ふ》み台《だい》を利用したネットワークからの攻撃《こうげき》もある。さらには、データ記録メディアからウイルスが入ってくる可能性もあります」

「いつも言っていることですが」緒形真樹夫が口を挟《はさ》んだ。「ボルスク製鋼のような組織がその気になれば、日本の中枢部《ちゅうすうぶ》にある機密データはごっそり奪われてしまうかもしれない。日本は危機意識が低すぎるんです」

「それで緒形先生は、帝都スチールと関係を築いたわけですね」早紀は尋ねた。「先生が情報セキュリティーに詳しいという話は聞いています。IT企業の社長たちとも会っているとか。コンピューターやネットワーク関連で、何かお考えになっていることがあるんでしょうか」

緒形はこちらに視線を向けた。ここに来て初めて、早紀と話をする気になったようだ。

「普通の人間は、金になるかどうかで自分の行動を決めます。だが私は違う。無防備すぎる日本のネットワーク環境を、刷新しなければいけないと思っている。これは信念の問題です」

冷たい印象を与える人物だが、緒形は今、何かに突き動かされているように見えた。早紀には政治家と接した経験がほとんどない。だから政治家にはこういう人が多いのか、それとも緒形が特殊《とくしゅ》な部類の人間なのか、まったく見当がつかなかった。

「私は帝都スチールに協力を求めて、ベラジエフの情報を集めるようになったの」律子が説明の続きを始めた。「そのことは、加納班の同僚にも話していないわ。調査を始めてからひと月ぐらいたったころかな、緒形真樹夫先生もこの会社に出入りしていることを知った」

「直接会ったのは、昨日が初めてでしたがね」緒形はネクタイに手をやり、結び目を直した。「はっきり言いましょう。警察には本当に失望させられます。福本佳織に接触していたのなら、どうして彼女の身を守れなかったのか」

早紀ははっとした。佳織がエスになっていたことを、緒形はもともと知っていたのだろうか。いや、おそらく佳織が失踪《しっそう》したあとに調べたのだと思われる。

「風間さん、次は挽回《ばんかい》してくれるんでしょうね？」

緒形は律子の顔を睨んでいる。その視線を受け止めて、律子はうなずいた。

「全力を尽《つ》くします」

「世間は私のことを『粘着議員』などと呼ぶようだが、私が一番大事にしているのは情と恩義です。福本佳織は私の恩師の娘さんなんですよ」

佳織が緒形の恩師の娘だった、という話は今初めて聞いた。

「そのことを、福本さんは……」

「本人は知らないはずです」緒形は真顔になっていた。「いいですか、彼女を無傷で助け出してください。必ずです」

口に出しはしなかったが、彼の目は明らかにこう語っていた。もし救出に失敗すれば、そのときは容赦《ようしゃ》しない、と。

「どんな事件であっても、私たちは解決のために全力を尽くします」律子は澄《す》ました顔で言った。「ですから、捜査への協力をお願いします」

「もとより、そのつもりだ」緒形は腕組みをして、椅子に背を預けた。

律子が合図をすると、守橋課長がプロジェクターの準備をした。正面のスクリーンに、パソコンの画面が表示される。守橋がキーボードを操作すると、動画を再生するソフトが起動された。

「テレビ会議用のシステムです」律子はみなを見回した。「これから、私たちはある男性と話をします。昨夜、彼は私のところに連絡してきました。彼の名はイワンです」

驚《おどろ》いて、早紀は律子の顔を見た。イワンは自分のところだけでなく、律子にも連絡してきたということか。なぜ、イワンのほうから接触してきたのだろう。

律子は電話をかけ、相手と二、三、言葉を交わしたあと、「どうぞ」と守橋に告げた。

スクリーンに白い壁と、簡素《かんそ》な作りの椅子が映し出された。足音が近づいてきて、ひとりの男性が椅子に腰を下ろす。その顔を、早紀は見たことがあった。やや面長《おもなが》で髪は短め。顎《あご》に何かの傷がある。

あ、と早紀は声を上げそうになった。

——寺内達哉だ！

一年前にベラジエフに渡ったまま、行方がわからなくなっていた男性だ。彼はベラジエフで銃殺《じゅうさつ》されたと思われていた。そして昨日《きのう》、早紀たちは彼の自宅を捜索している。

寺内達哉は生きていたのだ。

「イワンさん。いえ、寺内達哉さん。連絡をくれたことに感謝します」

律子が話しかけると、スクリーンの中で相手が反応を示した。

「こんな形ですまないが、俺《おれ》は追われている立場なのでね」

寺内は手を伸ばして、画面の位置を調整したようだ。

「あなたから、私たちに説明したいことがあるそうですね」律子は促《うなが》した。「この場で聞かせてもらえますか」

「今から俺は大事な話をする」寺内は咳払《せきばら》いをした。「警視庁公安部外事五課のある捜査員が、上司に隠したまま俺を運営していた。俺は金をもらって、その人物にさまざまな情報を渡した。最初はうまくいっているように見えた。ところが今年の一月、俺はその捜査員に裏切られた」

息を呑《の》んで、早紀は話を聞いていた。寺内達哉が公安部のエスだったなど、一度も聞いたことがない。もしそれがわかっていれば、早紀たちの捜査はまったく別の行程をたどっていた可能性がある。

「その運営者は俺の敵になったわけだ。だから俺は、日本に戻ってから、誰か信用できる人間はいないかと公安部の動きを調べた。皮肉な話だが、スパイとして一通りの教育を受けていたから、公安部に探りを入れることができたんだ。

そのうち俺は、風間律子と篠原早紀、ふたりの捜査員を見つけた。俺はふたりにメールを送った。あいにく篠原からはきちんとした返答がなかったが、風間は俺に興味を持ってくれた。これはあらかじめ予想できたことだったよ。風間がボルスク製鋼を探っていることはわかっていたから、食いついてくると思ったんだ。メールのやりとりをしたあと、俺は風間を信用することにした」

「ありがとう。私はあなたを裏切るような真似《まね》はしないわ」

ふん、とテーブルの向こうで緒形が鼻を鳴らした。それには気づかない様子で、律子は言った。

「では寺内さん、ベラジエフの話を」

「そうだな。……去年の十月、俺は公安捜査員に指示されてベラジエフに渡った。表向きはフリーライターとして活動しながら、内部の人間に接触して、ボルスク製鋼の情報を手に入れようとしたんだ。

俺は研究員のリーダーだったニコライ・ミハイロフと親しくなり、ギャンブルで大きな借金があるというので、金を出してやると約束した。それと引き換えに、ボルスク製鋼が開発したソフトやウイルス、ワクチンを入手することになった。

ただし、やり方が難しかった。ソフトを持ち出すときにはログイン記録や、データのコピー記録などが残ってしまう。するとミハイロフが裏切ったとわかってしまって、彼の命が危なくなる。そこで、深夜何者かに脅されて研究室に入り、ソフトをコピーするよう強要された、というシナリオを考えた。ミハイロフも被害者のひとりにするわけだ。

ところが、なかなかうまくいかないものだな。実行するときトラブルが起こった。ミハイロフは不審者と間違えられて、警備員に撃《う》たれてしまったんだ。俺はミハイロフを車に乗せて逃げた。安全な場所に着いてから手当てをするつもりだったが、気がついたときには、彼はもう死んでいた」

寺内はここで言葉を切った。彼はスクリーンの中でペットボトルを手に取り、コーラか何かを飲んだ。

「その一週間後、俺の潜伏先《せんぷくさき》がベラジエフの情報局に襲撃《しゅうげき》された。なんとか脱出して別のアジトに身を隠し、しばらくおとなしくすることにした。半年ぐらいはじっとしていたな。七月になってから、俺は信頼できるベラジエフ人に処刑シーンを撮影させ、ネットで流すよう頼《たの》んだ。そこまで手の込んだ偽装《ぎそう》をすれば、ベラジエフの情報局も日本の公安部も、騙せるだろうと思ったんだ。そして八月十日、俺は偽《にせ》のパスポートを用意し、偽名で日本に戻ってきた」

「ひとつわからないんですが……」律子は首をかしげた。「ミハイロフの遺体を損壊《そんかい》したのは誰です？　寺内さん、あなたがやったんですか？」

早紀も不思議に思っていた。今までの話が事実なら、寺内がミハイロフを恨む理由はない。ソフトを盗む計画が失敗したから怒りにまかせて死体損壊をした、ということだろうか。しかしスクリーンに映る姿を見る限り、寺内がそんな猟奇性《りょうきせい》を持っているとは思えなかった。

「あの、質問があります」早紀は小さく右手を挙げた。「アレクセイ・グリンカというベラジエフ人に、イワンという知り合いがいました。イワンは白人の男性です。あなたのことではないですよね？」

「ああ、そのことか。……ふたりが会っていたことは、俺も突き止めていた。警察がイワンを捜していることも知っていた。だからイワンという名前でメールを送れば、あんたたちが興味を持つと思ったんだ。俺は名前を借りただけだよ」

早紀は少し落胆《らくたん》した。本物のイワンは、今も正体不明のままということだ。

「では、高梨純という少年を知っていますか？」早紀は質問を変えた。「彼はグリンカからバッグを盗んで殺害されたと思われますが、その件について、寺内さんは何か情報を持っているんじゃありませんか？　あなたの自宅から二次元コードが見つかっています。それは高梨純が持っていたものと同じでした」

寺内は少し考えたあと、ゆっくりと首を振《ふ》ってみせた。

「そういうことはモグラに訊いてみるんだな」

「え？」

「あんたたちの組織にはスパイがいるんだよ。俺を運営していた人物だ」

やはりそうだったのだ。常川課長が自分に命じたのは、そのモグラを見つけ出すことだったわけだ。

早紀がひとり納得していると、律子が話しかけてきた。

「課長はそのことを察して、私を監視するよう、あなたに指示したんだと思う」

驚いて、早紀は相手の顔を凝視《ぎょうし》してしまった。しばらくそうしていたが、やがて声を低めて尋ねた。

「風間さん、知っていたんですか？」

「当然でしょう。自分の身は自分で守らないとね」

やはりこの人は怖い、と早紀は思った。何もかも見抜いた上で、知らないふりをするのだから質《たち》が悪い。

微笑《びしょう》したあと、律子はスクリーンに映っている寺内に問いかけた。

「そのモグラというのは誰なんです？」

「あんた公安の人間だろう。自分で調べる、と言ってほしいところだがな」

「私にすべてを伝えたかったんじゃないんですか？　あなたはメールに書きましたよね。『助けを求めるなら、私はおまえを救ってやる』って」

同じ文面のメールを早紀も見ている。たしかに寺内は、何かを伝えたくて接触してきたように思える。

ここで、緒形真樹夫が口を開いた。

「君、寺内といったな。ベラジエフスパイのアジトを知っているのなら、今すぐ教えてもらいたい。福本佳織という女性が、拉致《らち》されている可能性があるんだ」

スクリーンの中で寺内は、おや、という顔をした。

「あんたは誰だ？」

「衆議院議員の緒形真樹夫という者だ」

「ああ、あんたが……」寺内は何度かうなずいた。「悪いけど、あんたに教える義理はないな。情報も、ただじゃないんでね。じゃあ、そろそろ切るぞ」

彼はペットボトルをテーブルに置き、パソコンに手を伸ばそうとした。

「寺内さん」慌てて早紀は問いかけた。「あなたはこれから、何をしようとしているんです？」

寺内は何か言いかけたが、そのまま通話を切ってしまった。スクリーンは真っ暗になった。

緒形真樹夫はかなり苛立っているようだった。席を立ち、帝都スチールの志賀部長に詰め寄っていく。

「志賀さん、今すぐ寺内の居場所を割り出していただきたい。通信ログを調べて、わかることをすべて報告してくれ」

「全力を尽くします」

志賀は緊張した表情で、会議室の隅《すみ》に行った。内線電話でどこかに連絡をとっている。若手の技術者を呼んで、ログの調査をするよう命じているらしかった。


四十分後、寺内がアクセスしてきた場所は西新宿だとわかった。スクリーンを見た感じではどこかの屋内だったたが、あれは彼のアジトだろうか。これまでの経緯から、寺内は強い警戒心《けいかいしん》を持っていると想像できる。だとすれば、すでにあの場所からは逃走してしまっているのではないか。

「寺内はいったい何を考えているんだ」緒形は眉間《みけん》に皺《しわ》を寄せていた。「風間さん、奴はあんたに助けを求めてきたんじゃないのか？」

「わかりません。ただ、あれだけ詳しい情報を流したわけですから、我々公安部を動かそうとしている可能性が高いですね」

「公安部を動かして何をしようというんだ？」

「今はまだわかりません」

呼吸を整えてから緒形は言った。

「あの寺内という男は、ベラジエフから何かを奪って日本にやってきた。それはおそらく、スパイたちが血まなこになって追っているものだろう。下手《へた》をすればどこかで銃撃戦《じゅうげきせん》が行われるかもしれないし、そうなれば一般人《いっぱんじん》が巻《ま》き添《ぞ》えを食うかもしれない。実際《じっさい》、これまでに少年がひとり死んでいるんだろう？」

「そのとおりです」と律子。

「すぐに対応してもらわなくては困るんだ。あなたたちは誤解しているかもしれないが、これは福本佳織ひとりの問題ではなく……」

「福本佳織さんは必ず取り戻します」早紀は言った。

それを聞いて、緒形は意外そうな顔をした。早紀は言葉を継《つ》いだ。

「彼女は私の協力者です。私が救出します」

早紀を見つめたまま、緒形はうなずいた。それ以上は何も言わず、帝都スチールの社員たちと技術的な相談を始めた。

律子は腕時計を見て、何か考えている様子だった。早紀は彼女に尋ねた。

「風間さん、別行動だと言っていたのに、どうして私をここに呼んでくれたんですか？」

すると、律子は口元を緩《ゆる》めた。眼鏡の奥で、目がいたずらっぽく笑っている。みなに聞こえないよう、彼女はささやくように言った。

「わからない？　ここまで知ったら、もう常川課長のスパイでいる必要はないわよね。あなた、二重スパイになりなさい」

「二重スパイ？」驚いて、早紀はまばたきをする。

「そうよ。課長のスパイをやりながら、その情報を私に流すの。できるでしょう？」

「でも、そんな……」早紀は戸惑い、ためらった。

「あなたの高校時代の秘密、私も知っているのよ」

ぎくりとして、早紀は相手の顔を見つめた。

「風間さんの『共犯者』になれ、ということですか？」

「なによ、人聞きの悪い……。でもそうね、私たちはふたり揃って嘘《うそ》をつき、他人を騙している。まさに共犯者なのかもしれない。あなたも私も、たぶんろくな死に方をしないでしょうね」

律子は笑みを浮かべている。彼女がいったい何を考えているのかわからず、早紀は動揺《どうよう》していた。

4

午後一時四十五分、早紀と律子は警視庁本部に戻った。

「今聞いてきた情報は、慎重《しんちょう》に取《と》り扱《あつか》わないとね」律子は言った。「まず加納係長に報告しましょう」

彼女は加納に声をかけ、報告事項があると伝えた。少し待つよう指示され、律子と早紀は資料を持って別室に向かった。五分ほどたったころ、ドアが開いた。入ってきたのは加納だけではない。そのうしろには常川課長もいた。

常川がやってきたのは、早紀にとってまったく予想外のことだった。

——ここで報告してしまって、いいんだろうか。

早紀はスパイをするよう、常川に命じられている。だがそれを見抜《みぬ》かれ、二重スパイになるよう律子に言われてしまった。そのふたりがいる場所で寺内というエスの話をし、班の中に問題を起こした者がいると伝えなくてはならないのだ。律子が早紀の正体を暴露《ばくろ》するようなことはないはずだが、微妙《びみよう》な空気になることは避《さ》けられないだろう。

それに班の誰かが勝手な行動をとっていたとなれば、加納の監督《かんとく》不行き届きということになる。本人の前で失態を常川に報告するなど、普通《ふつう》なら考えられないことだ。

だが、そうしたことには気がつかないのか、あるいはすべて割り切っているのか、律子は淡々《たんたん》と報告を始めた。話を聞いて、加納は眉《まゆ》をひそめた。

「寺内がうちのエスだった？」

普段表情を変えない人だが、今回ばかりは相当驚いたようで、頬《ほお》の筋肉が引きつっている。加納のこんな顔を見るのは初めてだ。

「誰が運営していたか、わからないのか」

重々しい口調で常川が尋ねた。律子はうなずいて、

「寺内は、肝心《かんじん》なことを隠したまま通信を切ってしまいましたから……」

「そこを明確にしなかったということは、その情報は罠《わな》かもしれない」と加納。

「しかし、罠だという前提《ぜんてい》で行動するのは危険です」

律子の言うとおりだった。加納は腕組みをして唸っている。黙り込んでしまった加納の横で、常川が口を開いた。

「寺内のことは、まだ誰にも話すな」

「はい」律子は短く答えた。

「加納の許可があるまでは、絶対に口外しないようにしろ。……加納、それでいいな?」

わかりました、と答えてから加納は腕時計に目をやった。

「そろそろ班のメンバーが集まるころです。二時から打ち合わせをしますから、そのとき帝都スチールの件を伝えます。もちろん寺内のことは伏せておきます」

「そうしてくれ」

うなずいて常川は椅子から立ち上がった。これで報告は終わりだ。

廊下へ出ようとしたとき、早紀は常川に呼び止められた。足を止め、早紀はぎこちない動きで振り返る。いったい何を言われるのだろう。

「篠原、仕事のほうはどうだ？」

「全力を尽くしています。まだ成果は出ていませんが……」

「慣れない職場で大変だろうが、報告はきちんとな」

「……はい。気をつけます」

律子のスパイ容疑とは無関係だが、帝都スチールで得られた情報は重要なことばかりだった。なぜ事前に報告してこないのかと、常川は不快に思ったのだろう。時間がなくて電話ができなかったのだが、常川はそんな釈明《しゃくめい》には耳を貸さない人物だ。

加納はそのまま、常川とともに廊下を去っていった。もしかしたらこのあと、ふたりで善後策を検討するのかもしれない。

律子と早紀は執務室に戻った。室内には久保島、根岸、岡、データ分析担当の溝口が揃《そろ》っている。

「溝口くん、さっき電話で話したデータ、持ってきたわ」

律子はデータ記録メディアを差し出した。溝口はそれを受け取り、自分のパソコンに接続する。マウスを操作して、彼はコピーしたファイルを開いた。

「おお、マジですか！」のけぞるような恰好をしたあと、溝口は画面に顔を近づけた。「帝都スチールが、ここまでボルスク製鋼のことを調べていたなんて。ええと、ちょっと待ってください。こいつだな」さらに溝口はデータを確認していく。「えっ。風間さん、ヤバいですよ。これ、ボルスク製鋼のサーバーに侵入してデータを抜いたんじゃ……」

「今は、入手経路のことはいいから」律子は平然とした顔で言った。「私も篠原さんも、何も聞かなかったことにする。たぶん久保島さんたちも、何も聞いていないはず」

「ああ、聞いてないよ」資料を調べていた久保島が言った。「まったく、いつもいつも危ない橋を渡りやがって」

「風間はそういうのが得意だからな」根岸は苦笑いを浮かべている。

「溝口くん、その中にメールのデータがあるかどうか調べてくれる？　日本に来ているスパイから、ベラジエフ本国へ報告が行われている可能性があるの」

「何か重要なデータが送られてるってことですか？」

「アジトがどこにあるか知りたいのよ。それが難しければ、この先スパイたちが何をしようとしているか、計画がわかるとありがたいわね」

「それって当然、日本語じゃないですよね」

「たぶんロシア語」

「まいったな。俺、フランス語もドイツ語もぺらぺらなんですけど、ロシア語だけは駄目《だめ》なんです」

「冗談《じょうだん》言ってないで早く取りかかって。翻訳《ほんやく》ソフト、あるでしょう？」

溝口は猛烈《もうれつ》なスピードでキーボードを叩き始めた。ときどき手を止め、考え込む様子だ。

「これ、暗号化されてますね。復号する鍵が見つかればいいんですけど……」

そのとき、ドアの開く音がした。加納係長が執務室に入ってきたのだ。

「全員戻ってきたな。よし、情報のすり合わせだけしておこう。みんな、そのままでいいから聞いてくれ」

「係長、溝口くんには急ぎの仕事を頼んでいますので……」と律子。

わかっている、と言って加納はうなずいた。久保島、根岸、岡、律子、早紀の五人は自分の席に座ったまま、加納のほうを向いた。

「先ほど、風間・篠原組からいくつかの情報が入った。寺内達哉は生きていて、ひそかに日本へ帰国していた。彼は国内であれこれ情報収集していたようだ」

別室でふたりが報告した内容を、加納は久保島たちに説明した。ただし、寺内が公安部の協力者だったという事実だけは伏《ふ》せた。

話を聞き終わると、久保島は腕組みをした。

「寺内は何度もベラジエフに渡航していた……。とすると、奴がベラジエフのスパイだったという可能性もありますね」

「そうだな」加納は考えながら答えた。「このあと我々がしなければならないのは、次の三つだ。まず福本佳織を捜して保護すること。次にアレクセイ・グリンカを見つけて、高梨純の殺害などについて事情聴取すること。今の状況では、グリンカを逮捕《たいほ》することまではできないから、任意で話を聞くことになる。奴のところに福本佳織が監禁《かんきん》されていれば、その場での逮捕も可能だと思うが……」

「たしかに、現行犯なら確実ですね」と根岸。

「そして三つ目は寺内達哉を見つけることだ」加納は続けた。「寺内には何かの疑いがかかっているわけではないが、訊きたいことは山ほどある」

「福本佳織のことですが、緒形真樹夫が何か隠している可能性はないんでしょうか」

久保島の問いに、加納は首をかしげた。

「それはどういう意味だ？」

「自分は今でも疑っているんですが、福本と緒形は出来ていたんじゃないですかね。それを知ったグリンカが福本を拉致した。緒形に何かやらせたいことがあるとか、逆に、やってもらっては困ることがあったとか、そういう理由で……」

加納は岡のほうに目を向けた。

「緒形については風間たちのほかに、岡にも調べさせたんだ。どうだった、何か気になる点はあったか？」

「いえ、何も」

岡がぼそりと言うと、久保島は眉をひそめて彼を見た。

「おまえ、何か見落としたんじゃないのか」

「何も見落としてませんよ。俺、自信ありますから」

疑うような顔で、久保島は岡を見つめている。岡は不機嫌そうに目を逸《そ》らした。

「福本に関して、緒形は誰からも脅されてはいないと思います」律子が言った。「もし脅されているのなら、私たちと会ったりはしなかったでしょう。福本を無傷で助け出せ、と言ったときの緒形の顔は、駄目な部下を叱《しか》りつける上司そのものでしたよ」

久保島は低い声で唸った。それから貧乏《びんぼう》ゆすりを始めた。

「高梨純の件なんですが……」根岸が口を開いた。「グリンカに襲われたのは、純がスパイのバッグを奪ったからだと考えられていますよね。そのことと寺内と、何か関係があるんでしょうかね」

それを聞いて、久保島は何かに気づいたようだ。

「たとえば、ベラジエフからバッグを持ってきたのが寺内だったとしたらどうでしょう。寺内はベラジエフのスパイだった。彼はバッグをグリンカに渡したが、グリンカはそれを受け取ったあと高梨純に盗まれてしまった、とか」

「そういう可能性も、ないわけではないが……」

加納は歯切れの悪い返事をした。寺内は公安部のエスだったのだから、敵対するグリンカと通じていたとは考えられない。だが、今は寺内の正体を隠しているため、彼に関する説明はどうしても曖昧《あいまい》になってしまうのだ。

早紀は高梨純の顔を思い浮かべた。調べが進むにつれて事件の規模は大きくなり、国際的なものとなってしまった。だが早紀がこの事件に関わるきっかけとなったのは、高梨純がハンバーガーショップに押し入った強盗未遂の一件だった。まさか純も、自分がスパイに殺害されるなどとは想像もしなかっただろう。

ここで早紀は、ふと思い出した。

「高梨純から受け取った鍵は、まだ捜査一課が持っているんですよね？」

早紀がそう訊くと、加納が答えてくれた。

「そのはずだ。あちこち捜しているが、どこの鍵なのかまだわかっていないらしい」

「高梨純はいったい何を隠したのか。それがわかれば、グリンカたちの目的もはっきりするんでしょうけど……」

さらに記憶をたどっていくうち、早紀ははっとした。

「そういえば、高梨純の鍵にはプラスチックカードが付いていて、二次元コードが印刷されていたんです。寺内の家からも同じコードが見つかっています」

「二次元コード？」久保島が顔を上げた。

「読み取ってみたんですけど、何十桁《けた》もある数字が出てきただけで、意味はわかりませんでした」

早紀はメモ帳を開いて、書き取った数字をみなのほうに向けた。

「篠原、それ見せてくれる？」

パソコンから離れて、溝口がこちらにやってきた。早紀からメモ帳を受け取り、じっと見つめる。ちょっと借りるぞ、と言って溝口はパソコンの前に戻っていった。

しばらくキーボードを操作していたが、やがて彼は声を上げた。

「やった！　復号の鍵だ。これでデータが見られるようになりますよ」

早紀と律子、加納は一斉《いっせい》に立ち上がった。溝口のそばに行って、パソコンの画面を覗き込む。

「こいつと、それからこいつか」溝口はマウスを操作した。「たぶん、グリンカがベラジエフに送ったメールです。十月十日、つまり今日の十六時、誰かとブツを取引するようです。場所は有明《ありあけ》の倉庫ですね」

早紀は腕時計を確認した。午後二時五十七分。取引の時刻まで、あと一時間ほどしかない。

「風間と篠原は有明の地図をチェックしろ。久保島と根岸さんは現場での段取りを計画してくれ。溝口と岡はデータの解析を。俺は課長に話して、応援の手配を頼んでくる」

はい、と返事をして、早紀たちは自分の作業に取りかかった。

――これを逃《のが》したら、もうチャンスはないかもしれない。

監禁された佳織の姿が、頭に浮かんできた。彼女が無事でいるようにと、早紀は祈《いの》った。

5

午後三時四十五分、早紀たちは江東《こうとう》区有明の倉庫街に到着《とうちゃく》した。

取引の時刻まで時間がなかったため、充分な段取りができたとは言えない。だが、これがグリンカと接触するための貴重なチャンスであることは間違いなかった。時間と人員が限られている中、早紀たちはできる限りの準備を行った。

加納班の七名に加えて、応援人員が五名到着していた。

指揮《しき》を執《と》るのは加納だ。内部に進入するのは部下の六名で、応援人員には倉庫の外側を固めてもらうことになった。

「こちら指揮車」

耳に付けたイヤホンから、加納の声が聞こえた。指揮を執る都合上、普段より声を強めているようだ。

「現在、倉庫内に誰がいるかは不明。このあと取引の相手が現れたとしても、手出しはするな。取引相手が倉庫に入ったら、指揮車から進入の指示を出す。もし取引相手が現れなかった場合も、こちらから進入を指示する。各員、そのまま待機しろ」

早紀と律子は、倉庫の正面から五十メートルほど離れた場所にいた。今は近隣《きんりん》の建物の陰《かげ》に身を隠している。律子は単眼鏡を使って、倉庫の正面や窓を観察しているところだった。早紀は道路を走るトラックや一般車に注意を払っていた。

午後四時に取引が行われるのなら、相手はこれからやってくると考えるのが普通だろう。だが早紀たちは倉庫をずっと見張っていたわけではないから、取引相手がすでに中にいるということも考えられる。そうした事態は、当然加納も考えているはずだった。

早紀は手元のコピー用紙に目を落とした。これは、以前倉庫を所有していた会社が提供してくれたものだ。

見取り図を細部までしっかり記憶しようと、早紀は努力した。正面の出入り口、裏にある通用口、通路の状況、内部の部屋割り。上部には、昔使っていた天井クレーンもあるはずだ。

図面を見ているうち、なぜか頭の奥がちりちりと痛んできた。嫌な寒気がする。

早紀が顔をしかめていると、「どうかした?」と律子が尋ねてきた。

「いえ、すみません」早紀は深呼吸をした。「何か嫌な感じがするんです。この廃倉庫《はいそうこ》はいかにも犯罪者が好みそうな場所です。隣は駐車場と空き地でしょう? そして建物の中の様子が……」

「あなたの『犯罪家相学《はんざいかそうがく》』に何か引っかかるということ?」

早紀は図面を相手に見せた。

「部屋の配置がとても複雑なんです。誰かを閉じ込めておくには最適ですよね。その様子を想像すると、気分が悪くなってきます」

「そうね。悲鳴を上げても外には届きにくい。……若菜さんのことを思い出したのね？」

律子の顔を見てから、早紀はこくりとうなずく。

そのとき、イヤホンから声が聞こえた。

「指揮車より連絡。十六時になったが取引相手は現れていない。このまま指示を待て」

早紀は見取り図をポケットにしまった。

相手はすでに倉庫の中にいるのだろうか。そうだとしたらずいぶん長い時間、取引が行われていることになる。いや、今日の取引が中止されていたとしたらどうだろう。じつは、あの倉庫の中には誰もいないのではないか。

早紀と律子は、黙ってイヤホンからの指示を待った。三分ほどたって、また加納の声が聞こえた。

「一分後に進入を開始する。A班、B班とも配置につけ」

周囲の様子を確認したあと、早紀たちは道路を渡って倉庫に近づいていった。久保島・根岸組と落ち合い、正面出入り口の前で進入のタイミングを待つ。

午後四時七分、早紀たちは廃倉庫に進入した。

高い位置に明かり取りの窓があったが、光量が不足していて内部は薄暗《うすぐら》い。先ほど図面で見たとおり、広いスペースを細かい部屋に分けて使っていたようだ。通路の両側にはドアが並んでいて、そのままでは個々の室内を見ることができない。

久保島と根岸、律子と早紀という二組に分かれて、それぞれドアを開け、中の様子を確認していった。ドアの向こうには誰かがいるかもしれず、そう考えるとひとつひとつの動作を慎重に行う必要があった。

二組で十部屋ほど調べたあと、通路をひとつ曲がる。そこで突然、襲撃を受けた。

根岸が突き飛ばされて転倒《てんとう》し、久保島が羽交《はが》い締《じ》めにされた。相手は白人の男性ひとりだ。久保島は床を蹴《け》り、敵に体重を預けた。揉《も》み合《あ》いながら、ふたりは後方へよろめいていく。

背中が壁にぶつかったとき、男は苦悶《くもん》の声を上げた。壁から突き出ていた金具が、背中を傷つけたのだ。力が緩んだのを見て、久保島はするりと敵の腕から逃れ、足払いをかけた。男が床に倒れると、久保島は相手の腹に渾身《こんしん》の一撃を加えた。薄闇《うすやみ》の中に呻《うめ》き声が聞こえた。

久保島はポケットから手錠《てじょう》を取り出す。壁際にあったスチールラックの柱を通して、後ろ手に男を拘束《こうそく》した。律子がバッグからガムテープを出して、相手の口と目をふさいだ。

「こいつはジーマ・フォーキンだ」久保島はささやいた。「やっぱりグリンカの仲間だったんだな」

記憶をたどるうち、早紀は思い出した。ベラジエフ人で、神田神保町の航栄堂という古書店に出入りしていた男だ。グリンカの仲間であることは間違いない。この廃倉庫の奥にはグリンカもいる可能性が高かった。

久保島と律子、早紀はスチールラックの部屋から廊下へ出た。すまない、と根岸が手振りで謝っていた。

「こちら指揮車」加納の声が聞こえた。「裏口のB班から連絡があった。バリケードが造られていて、裏からの進入は困難。A班はそのまま捜索を進めろ」

「A班より指揮車へ」久保島が応じた。「ジーマ・フォーキンを拘束しました。奥へ進みます」

裏から入れないとなると、挟み撃ちは無理だ。今は早紀たち四人で対応しなければならないということだ。

引き続き、左右の部屋を確認していった。室内に隠れている者はいない。

やがて四人は資材置き場に出た。壁際に高い足場が組まれ、床に何かのケーブルが走っている。それを見て、早紀は悪寒のようなものを感じた。

――ここは駄目だ。危険な場所だ。

だが、そう思ったときにはもう遅かった。

何か仕掛けられていたのだろう、壁に火花が散って、高さ六メートルほどの足場が崩れ落ちてきた。誰かが何かを叫《さけ》んだ。早紀は頭をかばうようにして床に転がった。

倉庫の中に、崩落《ほうらく》の轟音《ごうおん》が響《ひび》き渡った。

大量の埃《ほこり》が舞《ま》い上がり、しばらくは辺りの様子がわからなかった。ようやく視界が開けたとき、根岸と律子が足場の崩落に巻き込まれたことがわかった。

「怪我《けが》は？」

早紀はふたりに駆け寄った。律子はなんとか起き上がれたが、頭を打ったのか、ふらついている。根岸は足をくじいたらしく、立ち上がれなくなっていた。痛みをこらえる表情で、彼はこちらを見た。

「ちくしょう……歳《とし》はとりたくないな。こんな、足手まといに……」

「あとで助けを呼びます。ここで待っていてください」

「無理はするな」

はい、と早紀は答える。

そのとき、背後で鉄パイプの転がる音がした。振り返ると、資材置き場の隅でふたつの人影が揉み合っている。ひとりは久保島。もうひとりは白人で、その顔には見覚えがあった。

「グリンカ！」早紀は声を上げた。

アレクセイ・グリンカが久保島を殴《なぐ》っていた。ふたりの足下にナイフが落ちているのが見える。久保島は、相手の武器を叩き落とすことには成功したようだ。だが、今は不利な状況だった。大柄《おおがら》なグリンカの前で、防戦一方になっている。

そのうち相手の拳《こぶし》が鳩尾《みぞおち》に入り、久保島は呻きながら壁にもたれかかった。

早紀は鉄パイプを握ってグリンカに突進した。だが体力の差はどうにもならず、突き飛ばされて転倒した。律子は立っているのもやっとで、まったく戦力にならない。

グリンカは床の上に目を走らせていた。ナイフを捜しているのだ。

床を蹴って早紀は走った。だがナイフの柄に手が届く直前、グリンカに体当たりされた。建材の散らばる床の上を、早紀は転がった。あちこちに擦《す》り傷が出来たが、そんなことにはかまっていられない。再び体を起こす。

だが、そこで早紀の動きは止まった。目の前にナイフの刃が突きつけられていたのだ。鈍く光る刃を見つめて、早紀は息を呑んだ。

異国の言葉でグリンカは何か言った。おそらくロシア語だろうが、意味はわからない。早紀が黙ったままでいると、彼はあらためて日本語で言った。

「公安の犬ども。死ね」

ナイフの刃が閃《ひらめ》き、早紀は思わず目をつぶった。その直後、グリンカが何か叫ぶ声が聞こえた。

訳がわからないまま、早紀は目を開けて様子をうかがった。革のジャンパーを着た、背の高い男がグリンカと格闘《かくとう》していた。何か心得があるのだろう、グリンカのナイフを避《よ》け、巧《たく》みに打撃を与えている。大きなダメージはないようだが、グリンカが押されていることは明らかだった。

苛立ったのだろう、グリンカは大声を上げて相手に飛びかかった。男を抱《かか》えるようにして、背後に右手を回す。うしろから相手を刺《さ》そうというのだ。

だが男のほうは、それをチャンスに変えた。ナイフをかわして右腕を取り、体を捻《ひね》ってグリンカを床にねじ伏せた。

「おい、何か縛《しば》るものはないか」男が言った。

早紀は慌てて手錠を取り出した。ふたりのそばに駆け寄り、押さえつけられているグリンカの右手にかける。久保島がやったように、壁のパイプを通して後ろ手にグリンカを拘束した。

グリンカはロシア語で何か言った。「黙れ」とつぶやいて、男はグリンカの腹を靴《くつ》で蹴った。

このときになって、ようやく早紀は男の顔をゆっくり見ることができた。

「あなたは、寺内達哉……」

帝都スチールで、通信回線を経由して会話した相手だ。彼もまた、独自に情報を集めてこの場所を突き止めたということか。

「あんたたち、警察官だろう。もう少し体を鍛《きた》えたほうがいい」

澄ました顔で、寺内はそんなことを言う。早紀は尋ねた。

「どうしてここに？」

「グリンカたちの取引相手は俺だったんだ。ブツを返すと約束したら、ここに呼び出された。俺はこの建物の構造を調べて、早めに忍《しの》び込《こ》んでいたんだよ。天井クレーンが設置されている倉庫には、高い位置にメンテナンス用の窓が用意されているケースがある。そこから中に入ることができた」

早紀も倉庫の見取り図を見ていたが、メンテナンス用の窓にまでは気がつかなかった。

「寺内、おまえベラジエフでいったい何をした？」

痛みをこらえながら、久保島が立ち上がろうとした。彼がよろけるのを見て、律子が肩を貸したが、彼女もまだふらついている。ふたり一緒《いっしょ》に、床にへたり込んでしまった。

「ニコライ・ミハイロフの遺体を損壊したのはあなたなの？」

座り込んだまま、律子は尋ねた。寺内はうなずく。

「少し、昔話をしてやろうか。ボルスク製鋼から逃げる途中、ミハイロフは死んだ。ソフトを保存したデータ記録メディアは、どこかに落としてしまった。計画は完全に失敗だった。でも俺は思い出したんだ。ミハイロフのパソコンは厳重なセキュリティーシステムで保護されていて、ロックを解除しなければ誰も起動できない。ボルスク製鋼の人間であっても、開発中の新システムやウイルスは使えないはずなんだ。……あそこのセキュリティーシステムは生体認証だと、ミハイロフから聞かされていた。だから俺はあいつの遺体を損壊し、必要な部分を持ち去った。あとで取引の材料にできると思ったからだ」

そういうことか、と早紀は納得した。猟奇殺人のように見せかけて、寺内は遺体の一部を手に入れていたのだ。

「そのブツを使ってベラジエフと交渉するなら、警視庁や日本政府に任せたほうがいい。俺はベラジエフのある町に身を隠して、日本にいる運営者に報告をした。ところが数日後、俺は潜伏先でベラジエフの情報局に襲撃された。公安部にいる運営者が俺を裏切って、居場所を教えたとしか考えられなかった。なぜその運営者が俺を裏切ったのか、どうしても理由が知りたかった。実際に会って、痛めつけてでも事実を認めさせなければ気が済まなかったんだ」

当時のことを思い出したのだろう、寺内は険しい表情で早紀たちを見た。

「俺は日本に戻って、その運営者について調べ始めた。自分が公安の協力者だということは極秘事項《ごくひ》だったから、ほかの警察官に助けを求めることはできない。ひとりだけで慎重に公安部のことを調べていった」

「そのうちベラジエフの情報局もあなたを追って動きだした……」律子が言った。「グリンカはブツを取り返すため、日本にやってきたわけね」

「そうらしいな。俺は帰国後、高梨純に連絡をとった」

「やっぱり彼と知り合いだったんですね？」と早紀。

「一年ぐらい前、ちんぴらに絡《から》まれていた純を助けたことがあったんだ。それで、あいつには信頼《しんらい》されていた。……俺はブツの容器を純に渡した。ほとぼりがさめるまで安全な場所に預けておくよう頼んだんだ」

「純はその容器を茶色いバッグに入れたんですね？」早紀は寺内を見つめた。「あのバッグは、純がグリンカから盗んだものじゃなかった……」

「そういうことだ。しかしブツを渡すとき、俺はミスをした。純と接触しているところを、ベラジエフのスパイに見られていたようなんだ。そんな失敗をしなければ、純は死なずに済んだはずなのに……」

　寺内はため息をついたあと、ロシア語でグリンカに問いかけた。相手が黙っているのを見ると、また腹に蹴りを入れた。苦しげに呻いたあと、グリンカは質問に答え始める。

　聞き終わってから寺内は顔を上げた。

「グリンカは純の行動を監視していたそうだ。純は何度か尾行され、あるときハンバーガーショップに押し入って強盗のふりをした。さすがのグリンカも、その日はブツの奪還《だっかん》をあきらめた。純は裏口から逃げて、翌日ブツをある場所に預けた。その鍵を持ち歩くことにしたわけだ」

「キーホルダーのプラスチックカードには、二次元コードが印刷されていました」

「俺がミハイロフから受け取ったもので、ベラジェフの通信用暗号を解除する鍵だ。鍵といっても、数字の羅列《られつ》だがね。俺はそれを二次元コードに変換して、ブツと一緒に、純に預けたんだ。グリンカは八月二十四日にバッグを奪ったが、そのとき純があんたに何か渡すのを見たそうだ。それで篠原さん、あんたのことを探り、警察官だと知ったらしい。あとで調べたところ、純のバッグにブツは入っていなかった。グリンカは純の家に侵入したが、やはり何も見つからなかったそうだ。ほら、純の家に誰かが侵入して火事になったことがあっただろう」

たしかに、そういう話を聞いたことがある。まさか、放火したのがベラジェフのスパイだとは思わなかった。

「俺の自宅にも忍び込んだが、やはり何も出てこなかった。それでグリンカは、鍵を持っているであろう篠原さんを監視することにした。盗聴器を仕掛け、家にも侵入したが鍵は見つからなかったそうだ」寺内はグリンカを指差した。「こいつはあんたのマンションを一度、家捜《やさが》ししていたわけだ」

そこから先は寺内も知らないことだろう。加納班はグリンカの動きを察知し、彼の行動を監視し始めた。同時に、早紀のことも監視するようになったのだ。

「緒形真樹夫の私設秘書・福本佳織について、あなたは何か知っていますか？」

早紀は寺内に尋ねた。もともと佳織は一連の事件にまったく関係がなく、ただ巻き込まれただけではないかと思われる。

「福本佳織を連れ出したのは俺だ」

「え？」

早紀は大きく目を見開いた。久保島や律子も驚いているようだ。

「帝都スチールはボルスク製鋼と似たシステム開発部門を持っていた。帝都スチールに出入りしている緒形真樹夫から、何か情報が取れるかもしれないと思って、俺は秘書の福本佳織に接触したんだ。そのうち……まあ、情が移ったというのか、佳織とつきあうようになった。彼女とは一年前に別れたことになっていたが、その後も連絡をとっていたんだ」

そういえば、福本佳織がロシアや東欧について調べていた、と友人が話していた。

「家族のない俺にとって、弱みと言えるのは福本佳織だけだった。だからベラジエフのスパイたちは佳織を狙うんじゃないかと思った。それで俺は、彼女を保護したんだよ。家から連れ出すときは、事件に巻き込まれたような細工をしてね。俺は佳織をある場所に避難《ひなん》させていたんだが、彼女は昨日グリンカたちに拉致されてしまった。それで今日、ブツと引き換えに解放するよう奴らに約束させて、俺はここに……」

そのときだった。どこからか女性の悲鳴が聞こえてきた。

途端に寺内の表情が変わった。辺りを見回してから、彼は通路に向かった。

「今のは佳織さんの声？」早紀は考えを巡らした。「グリンカには、まだ仲間がいたということ？」

寺内のあとを追って、早紀は走った。久保島や律子はついてこられないようだ。

通路を抜けて、倉庫の奥へ進んでいく。角を曲がると、広い作業場に出た。この先に通路はなく、袋小路《ふくろこうじ》のようになった場所だ。頭上には天井クレーンがあり、その下にふたつの人影が見えた。

ひとりは福本佳織。その背後に立っているのは日本人の男性だった。その正体を知って、早紀は愕然《がくぜん》とした。

加納班の同僚《どうりょう》、根岸健太郎《けんたろう》だ。彼は今、福本佳織に拳銃《けんじゅう》を突きつけているのだった。

「根岸さん。あなたがモグラだったんですか？」動揺を隠しながら早紀は尋ねた。「足に怪我をしたというのは嘘だったのだろう。彼は先回りして、佳織を人質にとっていたのだ。

根岸は、細い目をさらに細めて笑った。

「寺内、おまえも甘いな。どうして俺のことを、風間たちに話さなかった？」

「直接会って、たしかめたかったんだ」寺内は答えた。「根岸さん、あんたは俺に言ったよな。『何があっても守ってやる』って。実際、俺のためにあれこれ手を尽くしてくれたこともあった。あんたが俺を裏切るなんて、何かの間違いじゃないかと思った。それなのに……」

「おまえは、やりすぎたんだよ」根岸は吐き捨てるように言う。「自分でどんどん調査を進めて、難しい任務もこなしてしまう。ときには、こちらが指示していないことまでやってしまう。おまえを運営するのは楽だったさ。だがおまえを見ているうち、いつか俺を脅すようになるんじゃないかと思えてきた。おまえはそういう目をしていたんだ」

「勝手なことを！」

寺内は根岸に飛びかかろうとした。だがその瞬間、何かが破裂するような音が響いた。寺内が左足を押さえて床にうずくまる。辺りにぼたぼたと血が落ちた。

根岸が発砲したのだ。

「寺内、ブツのありかを教えろよ。どこのロッカーにしまったか、あのガキから聞いていたんだろう？　俺が責任持ってベラジエフに返しておいてやるからさ。鍵がなくたって、場所さえわかればこじ開ける方法はいくらでもある」

「誰が教えるかよ、くそ野郎」

言葉は荒々《あらあら》しいものの、寺内の声はかなり弱っていた。床の血溜《ちだ》まりは徐々《じょじょ》に広がっていく。

「早くしろ。おまえの女が先に死ぬぞ」

根岸は佳織の頭に、銃口を押しつけた。

「言えよ。ブツはどこにある？」

苦しげな表情を見せたあと、寺内は低い声で答えた。

「江東区の江戸民俗博物館だ。来客用ロッカーの166番に入っている」

「最初から素直に言えばいいんだよ。そうすれば、そんなに痛い思いをせずに死ねたんだ」

根岸は再び、銃口を寺内に向けた。

まずい、と早紀は思った。根岸は寺内を射殺するつもりだ。寺内を撃ったあとはどうするのだろう。この場を脱出するために、いったい何人傷つけるのか。

まだ応援は来ないのだろうか。早紀は素早く辺りに目を走らせた。だが、そこで加納係長からの情報を思い出した。倉庫の裏口から進入しようとしたB班は足止めを食っているのだ。袋小路になったこの作業場に、奥からの応援はやってこない。

——なんとかしないと……。

早紀は記憶をたどり、この倉庫の見取り図を思い浮かべた。

今自分たちがいる位置はどこだ？　周辺の通路の配置はどうなっていた？　この状況下で、何か使える情報はないのか？

かすかだが、空気の動きを感じた。風だ。どこからか風が流れてくる。

そのとき早紀は、あるものを見た。それが意味することに気づいて、咄嗟《とっさ》に自分の役割を理解した。

ゆっくりと、早紀は左へ二歩移動した。

「おい、動くんじゃない！」警戒して根岸が怒鳴った。

早紀は一旦《いったん》止まったあと、今度はうしろに二歩下がった。

「動くなと言ってるだろう」

「根岸さん、私は同じチームの人間ですよ」早紀は、はっきりした口調で言った。「あなたは仲間を撃つ気ですか？」

「おまえなんて、仲間でも何でもない」根岸は首を振る。「課長の気まぐれで呼ばれただけだろう？　ただの厄介者《やっかいもの》だ」

「厄介者にも意地があります」早紀はさらに二歩、左へ動いた。「あなたを捕らえることなんて簡単です。あなたは私のことをよく知りませんよね。私の持っている特別な力のことも」

「おまえ、何を言っている？」根岸は怪訝《けげん》そうな顔をした。

「もうここから逃げることはできませんよ、根岸さん」

「そこまで言うなら、やってみろよ。どうせハッタリに決まって……」

根岸がそう言いかけたとき、早紀は叫んだ。

「今です！」

その直後、根岸の両目が大きく見開かれた。何が起こったのかわからない、という表情だ。顔を歪《ゆが》めて、彼は床の上にくずおれた。

背後から近づいていた人物が、特殊警棒《とくしゅけいぼう》で一撃を加えたのだ。根岸のうしろにいたのは、加納班の岡だった。

岡は手錠を取り出し、根岸の両手首にかける。それから、床に落ちている銃を拾い上げた。

早紀は佳織に駆け寄り、根岸から引き離した。「大丈夫ですか」と尋ねると、佳織はぎこちなくうなずいた。

「岡、おまえ……いつの間に」床に倒れ込んだまま、根岸は頰を痙攣《けいれん》させていた。

「裏口から入ったんですけど、バリケードのせいで進めなくて」岡は抑揚《よくよう》のない声で言った。「無線で中がヤバいとわかっていたから、俺だけ別行動をとったんです」

「岡さんは、寺内さんと同じルートで進入したんですよ」早紀は根岸を見下ろしながら言った。「岡さんが、天井クレーンからロープを伝って降りてくるのが見えました。だから私は、あなたの気を引こうとしたんです」

この作業場は袋小路だから背後に注意する必要はない、と根岸は油断していたのだろう。

そのおかげで、岡は壁際を降下することができたのだ。

以前、岡がマンションのベランダに降下した疑いがあることを、早紀は思い出していた。

「それにしても篠原、よく気がついたよな」岡は早紀のほうを向いた。「俺が天井にいるときから、わかっていたみたいだったし……」

はい、と早紀はうなずく。

「風が流れ込んできましたから。……私、建物の構造を思い出していたんです。天井クレーンのメンテナンス窓があるとしたら、あのへんだろうとか、もしそこから誰かが進入するとしたら、こんな段取りになるだろうとか、あれこれ考えていました。そうやって様子をうかがっているうち、岡さんの姿が目に入ったんです」

「なんだよおまえら、俺の手柄を横取りしやがって」

うしろから久保島の声が聞こえた。振り返ると、壁伝いに彼がこちらへやってくるのが見えた。律子も一緒だ。

「岡、おまえ天井から忍び込んだのか?」久保島があきれたような口調で言った。「あんまり無茶なことをするなよ。本当におまえはどうかしてるな」

「すいません」岡は軽く頭を下げた。「俺、こういう人間なんで」

久保島は、無線で加納に報告をした。至急、救急車を呼ぶよう依頼している。

律子は寺内のそばにしゃがんで、傷の手当てを始めた。ベルトを抜き取り、ふとももの傷の上をきつく縛る。痛みが強いのだろう、寺内はつらそうな顔をした。

早紀は、根岸のそばに行って問いかけた。

「あの拳銃はベラジエフのスパイから手に入れたんですか？　グリンカは持っていませんでしたが……」

「俺のボスはグリンカとは別の部署にいたんだ。ベラジエフの情報局も、けっこう複雑だってことさ」

根岸は頭を押さえながら体を起こした。まだ痛みがあるらしい。岡をちらりと見て、悔《くや》しそうな顔をした。

「どうしてモグラなんかになったんです？　根岸さんは絶対、いい加減な仕事をしない人だと思っていたのに」

「ガキみたいなことを言うなよ」根岸は早紀のほうに目を戻した。「俺はベラジエフに金で雇《やと》われた。ベラジエフを探っているふりをして、じつは公安の情報を流していた。それだけのことだ。寺内から、ブツを手に入れたという連絡が来たときも、加納さんには報告しなかった」

「いつか、ばれるとは思わなかったんですか」

「ボルスク製鋼では、前々から情報の漏洩《ろうえい》が疑われていたんだ。情報の流出先が日本だとわかったから、奴らは公安部の中で俺というモグラを育てた。公安部の捜査情報を吸い上げるって目的もあったんだろうな」

「常川課長は、加納班にモグラがいるんじゃないかと疑っていたんです」

ああ、知っている、と根岸はうなずいた。

「課長が目をつけていたのは俺と風間だった。監視役として俺には久保島をつけ、風間にはおまえをつけた。あそこはそういうことをする組織なんだよ。日本を守る公安だ、と威《い》張《ば》ってみても、ひとりひとりは脆《もろ》い。弱点を突かれれば誰だって簡単に落ちる。所詮《しょせん》、捜査員なんてみんな駒《こま》だしな」

「根岸さん、黙れよ。黙ってくれ」

そう言ったのは久保島だった。彼は先輩捜査員に厳しい言葉を浴びせた。

「俺は、あんたといいコンビを組んでいるつもりだった。そう思っていたのは俺だけか？　もし状況が違っていれば、あんたは俺を殺すつもりだったのか？」

何か言おうとしたが、根岸は言葉を呑み込んだ。そのまま目を伏《ふ》せてしまった。

福本佳織は、負傷した寺内の背中をさすっていた。傷の様子を見ながら声をかけ、励《はげ》ましている。

「寺内さん、しっかりして。もうじき救急車が来るから……」

先ほどまで気丈《きじょう》に振る舞っていたのに、根岸から解放された今、佳織は泣き出しそうな顔になっていた。

早紀は彼女の横に並び、そっと話しかけた。

「すみませんでした。私はあなたを守ると約束していたのに」

佳織は顔を上げてこちらを見た。言葉を探しているようだったが、やがてこう言った。

「篠原さんのせいじゃありません。寺内さんと一緒に逃げたのは、私自身の判断ですから。……それはいいとして、私はこれでもう自由なんですよね？」

「あなたがこれ以上は嫌だと言うのなら、仕方がありません。ただ、私たちの協力者だったことは今後も内密にお願いします」

「わかっています。二度と私に近づかないでください」

そう言って佳織は目を伏せた。それきり、早紀のほうを見ようとはしなかった。

仕方がない、と早紀は自分に言い聞かせた。もともと公安部員と協力者の間に、信頼関係など築けるわけはないのだ。佳織にしてみれば最後まで脅され、ひどい目に遭《あ》ったという不快感しか残っていないだろう。

結局、佳織を救出するという決意は、早紀が自分のために決めた目標でしかなかった。佳織にとってはこの救出劇も、ただマイナスがゼロに戻っただけのことだ。早紀がどれだけ努力をしようと、もはやふたりの関係がプラスに転じることはない。

公安部員でいる限り、自分はずっと、うしろめたい気分で生きていくことになるのだろう。本当に嫌な仕事だ、と早紀は思った。

エピローグ

改札口を抜けて階段を上り、地上に出る。目を上げると、そこには警視庁本部の建物があった。

警視庁本部に勤めているといえば、それは誇《ほこ》らしいことなのかもしれない。だが早紀《さき》にその実感はなかった。自分にとってここは仕事の拠点《きょてん》であると同時に、抜《ぬ》け出すことのできない蟻地獄《ありじごく》のような場所だ。そんな気がして仕方がない。

十月十三日、八時十七分。早紀は外事五課、加納《かのう》班の執務室《しつむしつ》に入っていった。先輩《せんぱい》たちに挨拶《あいさつ》し、自分のパソコンを起動させる。

久保島《くぼしま》はいつものように貧乏《びんぼう》ゆすりをしている。その横で、データ分析《ぶんせき》担当の溝口《みぞぐち》は猛《もう》烈《れつ》な勢いでキーボードを叩《たた》いている。岡《おか》はつまらなそうな顔をして、資料のページをめくっていた。

隣《となり》の席にいる早紀の相棒・風間律子《かざまりつこ》は、ファッション雑誌を眺《なが》めていた。地味な黒縁眼《くろぶちめ》鏡《がね》をかけ、洗ったまま自然乾燥《かんそう》させたような髪《かみ》を、左手でしきりにいじっている。

「この前着ていたようなドレス、ほかにも持っているんですか？」

早紀が尋《たず》ねると、律子は顔を上げて、

「クローゼットに二十着ぐらいあるかな」

「前から訊《き》きたかったんですけど、風間さん、普段《ふだん》はわざとそんな恰好《かっこう》をしているんですよね？」

「聞き込みをするにはこの恰好がいいと思うの。私たちの仕事って、そういうものでしょう」

眼鏡のフレームに指先を当てながら、律子はそう言った。

パソコンの作業が一段落したのだろう、溝口が席を立って、こちらにやってきた。

「篠原、来週都合の悪い日ってある？」

「いえ、特にありませんけど……。張り込みですか？」

「おまえの歓迎会《かんげいかい》をやるんだよ」

「え……。でも、みなさん忙《いそが》しいでしょうし」

早紀がためらった様子を見せると、久保島が口を挟《はさ》んだ。

「いいんだよ。加納さんがやろうって言ってるんだから」

「そうなんですか？」

「新しい人が来たときは必ず歓迎会をするの」律子が言った。「今回はグリンカの捜査《そうさ》が続いていて、すぐにはできなかったけどね」

た。

「岡もちゃんと出席しろよ」

久保島が釘《くぎ》を刺《さ》すと、岡は興味のなさそうな顔をしていたが、「わかりました」と答えた。

「ええと、人数は加納さんを含めて七人……」言いかけて、溝口は表情を曇《くも》らせた。「いや、六人か。日本酒の美味《おい》しいところがいいかな。そうだ、個室の取れるところにしないとな」

そんなことをつぶやきながら、溝口は自分に席に戻《もど》っていく。

早紀は斜め向かいの机に目をやった。あの日以来、根岸健太郎《ねぎしけんたろう》とは一度も会っていない。彼は今、一連の事件に関して取調べを受けているところだった。二十年以上警察に勤めてきた人物だから、抵抗《ていこう》しても無駄《むだ》だとよくわかっているのだろう。質問には素直《すなお》に答えているということだ。もともと彼には借金があり、そこをベラジエフのスパイに利用されたらしかった。

根岸の協力者だった寺内《てらうち》も、別途取調べを受けていた。こちらはなかなか全面自供しないということだったが、それでも少しずつ真相を明かしつつあるそうだ。

現職の公安捜査員が他国のスパイだったとわかって、警視庁上層部には激震《げきしん》が走った。徹底《てってい》した箝口令《かんこうれい》が敷《し》かれ、マスコミ対策も厳重に行われているが、このまま隠《かく》し通せるのかどうか、早紀にはよくわからない。ただ、ほかのメンバーに対しても急遽《きゅうきょ》聞き取り調査が行われ、規則を逸脱《いつだつ》した行為《こうい》がないか、他国のスパイに取り込まれている事実はないかなど、しつこいぐらいに確認が続けられていた。

早紀もあれこれ訊かれたが、常川《つねかわ》課長からスパイを命じられたこと、その後、律子から二重スパイを命じられたことについては黙《だま》っていた。どちらも上司の命令なのだから、今回根岸が抱き込まれた事件とは性質が異なるものだ。それに、中途半端《ちゅうとはんぱ》に説明したりしたら、話がややこしくなるだけだろう。

一方、アレクセイ・グリンカとジーマ・フォーキンについては、少し特殊な扱《あつか》いになるようだった。グリンカは高梨純《たかなしじゅん》を死なせているが、ベラジエフのスパイだとわかっているため、単純に強盗や殺人の罪に問うことはないかもしれない、と律子が話していた。どんな結論が下されるか、早紀は非常に気にしているところだ。

グリンカと接触していたイワンという男の正体は、今もわからないままだった。グリンカもフォーキンも、彼については一言も話そうとしない。イワンは組織の中で、重要な立場にある人物なのかもしれなかった。

「よし、朝の打ち合わせを始めるぞ」

くぐもった声で加納係長が言った。みな資料を持って席を立ち、会議室へと移動した。

事件の裏を取るため、早紀と律子は今日も外出した。

途中、たまたま杉並署の管内に行く用事があり、早紀はなつかしく辺りを眺め回した。

「この先の阿佐谷南交番に、私の尊敬する先輩がいるんです」

「ちょっと挨拶《あいさつ》していく？　情報収集にもなるでしょうし」

ふたりは横断歩道を渡ってそちらに向かった。うまい具合に、富永《とみなが》は交番の中にいた。

彼は早紀を見つけると椅子《いす》から立ち上がり、口元を緩《ゆる》めた。

「シノじゃないか。どうした？」

「先輩と捜査しているところです。近くに来たので、挨拶したらどうかと言われて」

「風間と申します」

律子が頭を下げると、富永は眉《まゆ》をひそめて彼女の顔を見つめた。

「あんた、あのときの……」

言いかけたが、そのまま彼は口を閉ざしてしまった。これは気になる反応だ。

「どうかしたんですか？」

早紀がそう訊くと、富永は首を左右に振った。それからまた微笑《びしょう》を浮かべて、

「なんでもない。そうだ、お茶を淹《い》れてこようか」

「いえ、おかまいなく。私は外で待っていますから」

軽く会釈《えしやく》をして、律子は交番の外に出ていった。

「知っているんですか、風間さんのこと」早紀は声をひそめて尋ねた。

「滅多《めった》にないことだけど、前に公安絡《がら》みの捜査を手伝ったことがあるんだ。そのとき何度か、あいつを見かけた。別の捜査員から噂《うわさ》を聞いたんだが、あいつのお姉さんは公安部の外事に所属していたらしい。十何年か前、仕事中に行方《ゆくえ》がわからなくなったそうだ」

え、と言って早紀は富永を見つめた。十何年か前といえば、律子はまだ学生だったころだろう。

「そのあと、風間さんは警察に入ったということですか」

「そうなるな。ほかにも妙《みょう》な話を聞いた。風間は外事に来る前、所轄《しょかつ》にいたんだが、裏から手を回して上司を嵌《は》めたとかなんとか。その結果、上司はどこかの閑職《かんしょく》に飛ばされたらしい。……いや、あくまでも噂だけどな」

それが事実だとしたら、律子はなぜそんなことをしたのだろう。

早紀は考え込んだ。以前、溝口は律子のことをサディストなどと揶揄《やゆ》していたが、事はそう単純ではないのかもしれない。律子の冷たい態度の裏には、何か重いものが隠されているのではないか、という気がする。

ややあって富永は、思い出した、という表情になった。

「高梨純のことだが、ベラジエフのスパイにやられたそうだな。おまえの部署と何か関係があるのか？」

「ああ……」早紀は口ごもる。「その件については部外秘でして」

「そうか、うん、そうだよな。忘れてくれ、シノ。……いや、篠原さん」

「やめてくださいよ、そんな」

富永との間に、少し距離《きょり》が出来てしまったような気がした。それも仕方のないことなのだろう。公安部に勤めていれば、人に話せないような事案を数多く扱うことになる。

それでも、と早紀は思った。

「私、自分の中の木は大事に育てていきますから」いつか富永から教わったことを、早紀は口にした。「時間がかかるかもしれませんけど、強い木にしてみせます」

「まあ焦《あせ》らずにやればいいよ。そう簡単に一人前になられちゃ、俺の立つ瀬《せ》もないしな」

そんなことを言って、富永は笑った。


午後二時、早紀と律子は警視庁本部に戻り、科学捜査研究所を訪ねた。

昨日の午後、高梨純が隠していたブツが見つかっていた。その分析結果が出たのだ。

あの廃倉庫《はいそうこ》で、寺内は江戸民俗博物館の166というロッカーにブツがあると言った。だがそれは嘘《うそ》だったらしい。昨日ようやく本人が口を割り、台東区にあるレンタル倉庫から問題のブツが見つかった。寺内は純に金を渡して、その倉庫の一部屋を借りるよう指示していたという。

「お待たせしました。これが問題の品です」

科捜研《かそうけん》の研究員が、透明な容器を運んできた。彼はその容器を軽く振《ふ》ってみせた。

「中に満たされている液体は、寺内が供述したとおりホルマリンでした」

その液の中には眼球がふたつ入っていた。ボルスク製鋼のパソコンには厳重なセキュリティーシステムがある。それを解除するための生体認証の「鍵《かぎ》」として、両目の虹彩《こうさい》が必要だったのだ。

「比較対象がありませんが、おそらくニコライ・ミハイロフの両目でしょう」

「寺内はこう話していました」律子が言った。「ロックの解除に必要なのは目だけだった。しかし偽装のために首を切り、耳や鼻も損壊《そんかい》したそうです」

「危険を冒《おか》して、こんなものを日本まで持ってきたんですね」早紀はここで首をかしげた。「でも、ミハイロフのパソコンはベラジエフに残されているんですよね。本人の虹彩がなくても使えるよう、何か方法を考えなかったんでしょうか」

「もちろんボルスク製鋼では、生体認証なしでロックを解除する方法を探っていたでしょうね。でも、時間がかかりそうだったんじゃないかしら。だから、わざわざグリンカに回収を命じたんだと思う」

そうですね、と研究員はうなずいていた。

容器が振られたせいで、ホルマリンの中の眼球はわずかに動いていた。持ち主のないふたつの目は、どこか遠い場所をぼんやりと眺めているように見えた。

科捜研を出て、ふたりは警視庁本部の廊下《ろうか》を歩きだした。先ほど見た眼球が今も頭に浮かんでくる。早紀は思わず顔をしかめた。

警視庁本部を出て、地下鉄の駅に向かう途中、早紀は律子に話しかけた。

「帝都スチールはボルスク製鋼のサーバーをクラッキングしたんですよね。そのことは咎《とが》められないんでしょうか」

「どうかしら。そのへんはもう、私たちには手が出せない世界だから」

緒形真樹夫は、パソコンやネットワーク環境のセキュリティーを強化するよう世間に訴え、政府の諮問《しもん》機関作りを進めているという。自分の息のかかった帝都スチールを中心にして、人選を行うようだ。緒形が何を画策しているのか、早紀たちにはまだわからない。だが、いずれ彼は何か大きなことを始めるのではないか、という気がする。

ここで早紀は気がついた。

「寺内が接触《せっしょく》してきたとき、風間さんは彼からいろいろな事情を聞き出したんじゃないですか？　もしかして、根岸さんが二重スパイだとわかっていたのでは……」

「たしかに事情は聞いていたけど、根岸さんがスパイだという確証はなかった。だから泳がせて様子を見ていたの」

それを聞いて、早紀はさらに考えを進めた。

「じゃあ、寺内が福本佳織《ふくもとかおり》を連れ出したことも聞いていたんじゃありませんか？　それなのに、知らないふりをしていたわけですか？」

「ええ。そうでないと根岸さんが勘《かん》づいてしまうから……。根岸さんも、グリンカとは別ルートでベラジエフから催促《さいそく》されていて、一日も早くブツを手に入れなければならなかったはずよ。だから、寺内に関する情報を教えるわけにはいかなかったの」

　寺内はブツを隠した場所を知っていた。もし根岸がそれに気づいたら、すぐさま寺内を襲《おそ》っていたかもしれない。そういうことだ。

「でも泳がせた結果、根岸さんは拳銃《けんじゅう》を使いました。岡さんが来てくれなければ、誰《だれ》かが命を落としていたかもしれません」

「それは仕方がないわよ」諭《さと》すような調子で律子は言う。「日本にはスパイ行為を処罰《しょばつ》する法律がない。だからあの場合は事件を起こさせて、現行犯逮捕《たいほ》という方法で身柄確保《みがらかくほ》するしかなかった」

「そんな……」

「それが私たちのルールなの」

　どう考えても理不尽《りふじん》だという気がする。しかし、ほかにどんな方法があるのかと訊かれたら、早紀は何と答えればいいのだろう。これは、という回答が見つからない。

「この仕事、嫌いになったでしょう」

気持ちを見透《みす》かされたような気がして、早紀は気まずい思いをした。

「好きだとは言えません。……じつを言うと、机の中には辞表が用意してあるんです」

「そうなの？」

この話は律子にも予想できなかったようだ。彼女に向かって、早紀はこくりとうなずいた。

「正直な話、二重スパイになれと言われて相当迷いました。結局、断れなかったわけですが、いつまでもこんなことを続けられるとは思っていません」

今も早紀は、常川課長に一日三回の報告を行っている。根岸というモグラは排除《はいじょ》できたが、引き続き加納班を監視《かんし》するよう、常川に指示されたからだ。

表面上、早紀は姫蜂《ひめばち》の幼虫として、常川に服従する姿勢を見せている。だが実際には、律子のスパイでもあるのだ。常川とどんな話をしたか、何を指示されたか、すべてを律子の耳に入れていた。

「まあ、ここが好きって人はあまりいないわよねえ」律子は軽くため息をついた。「久保島さんもね、別の部署に行きたがっているのよ」

「え？　本当ですか」

「あの人、手柄《てがら》を立てることにこだわるでしょう。大きな成果を挙げることが異動の条件だって、常川課長に言われているらしいわ。だからいつもムキになって手柄、手柄って言うのよ」

早紀は、久保島の神経質そうな顔を思い浮かべた。いつも貧乏ゆすりをしている彼が、そんな事情を抱えているとは思わなかった。

「そういうわけで、久保島さんはまだしばらく公安部で頑張《がんば》り続けるでしょうね。でもあなたは、もう無理なのかな」

律子は早紀の目を覗《のぞ》き込んできた。その視線を受け止めて、早紀は答えた。

「決して、好きな仕事じゃありません。でも、このままやめてしまうのも嫌《いや》なんです。なんと言えばいいのか……私みたいに自信のない人間も、この組織の良心として役に立つんじゃないかという気がして」

「組織の良心、か」律子は何度かうなずいた。「篠原さん、あなた案外この仕事に向いているかもね。良心なんてものにこだわる変わった人が、うちの部署には必要なのかもしれない」

「そう言う風間さんも、相当変わっていますけど」

早紀が切り返すと、律子は苦笑いを浮かべて「まあね」と言った。

先輩の表情をうかがいながら、早紀はこう尋ねてみた。

「風間さんは、このままずっと公安部にいるつもりなんですか。もしかして、何か目的があるのでは……」

「目的というほどじゃないんだけど」律子は眼鏡のフレームに指先を当てた。「本当はこんな仕事、早く辞《や》めたいと思っているのよ。でも私がこの仕事を辞めたあと、どんな人が代わりに着任するかと思うと、心配で仕方がないの。その人、絶対に私よりうまくはできないはずだから。ということは、今まで私が関《かか》わってきたエスたちを全面的に苦しめることになるでしょう。そんな事態は避《さ》けたいから、いつになっても私は辞められないのよ」

早紀はひとり考え込む。律子が常川課長の情報を集めている理由は何なのだろう。彼女は上司の弱みを握《にぎ》り、公安部の中で有利な立場を得ようとしているのか。それは十数年前に失踪《しっそう》した姉のことと、何か関係があるのか。

いずれにしても、このまま放《ほう》ってはおけなかった。

──私は、風間さんの「共犯者」なんだから。

早紀は律子の相棒なのだ。ならば自分は律子のそばにいて、彼女とともに行動しなければならない。もし律子が暴走するようなことがあれば、なんとしてもそれを止めるべきだろう。

律子は振り返ることなく、地下鉄の駅への階段を下りていく。

彼女に遅《おく》れないよう、早紀は足を速めて歩きだした。

あとがき

デビュー後しばらく、私は「警察もの」ではないミステリーを書いていました。主人公が事件に巻き込まれ、情報を集めて謎解《なぞと》きをするというタイプの小説ですが、書いていて気になったのは「一般人がこんなに情報を集められるだろうか？」ということでした。どうしたものかと考えているうち、主人公を刑事という立場にすれば自然に情報収集できるし、組織捜査も可能だということに気がつきました。

一九九〇年代以降、日本のミステリー界では警察小説の名作・傑作が次々に登場しています。たとえば、優れた捜査小説であると同時に、犯人側の事情にも踏み込んだ高村薫《たかむらかおる》氏の『マークスの山』（一九九三年）。刑事たちの個性と高度なミステリーの技巧が楽しめる横山秀夫《よこやまひでお》氏の『第三の時効』（二〇〇三年）。広がりのある舞台設定の中、SITとSATのメンバーを魅力的に描いた誉田哲也《ほんだてつや》氏の『ジウ』三部作（二〇〇五年—二〇〇六年）。

こうした先輩諸氏の作品に触れて、私も警察小説に挑戦したいと思うようになりました。

しかし後発組としては、先輩たちとは異なる特徴が必要です。そこで考えたのは、ジェフリー・ディーヴァーの『ボーン・コレクター』（一九九七年、邦訳一九九九年）のような物語を日本の警察で描けないだろうか、ということでした。日本では、謎解きを前面に押し出した警察小説はまだあまり書かれていませんでしたから、そこに活路を見出《みいだ》したいと思ったのです。

二〇一一年、私は猟奇的な殺人事件を描いた警察小説シリーズをスタートさせました。

「公安ものを書いてみませんか」という提案をいただいたのは、そのシリーズの四作目が刊行されたころでした。私はあらためて捜査一課ものと公安ものの違いを考えてみました。

殺人事件を扱う捜査一課ものでは、事件が起こってから刑事たちが動きだします。しかし公安ものの場合、派手な事件の捜査からスタートすることはあまり多くありません。公安部では事件の発生を阻止することがおもな目標となるため、大きな事件が起こってしまったら捜査は失敗、ということになるからです。

では、公安ものの小説は他と比べて地味な存在なのでしょうか？　そんなことはありません。諜報《ちょうほう》活動の中にはスリルが生まれるし、「身内に敵のスパイがいるのではないか」というサスペンスも描けるはずです。

こうした公安捜査のスリルとサスペンスを効果的に描いた小説が、今から七年前に登場しました。麻生幾《あそういく》氏の『外事警察』（二〇〇九年）です。また、それを原案として、女性警察官が公安部に配属され、慣れない活動に戸惑うというドラマ『外事警察　ＳＯＴＯＧＯＴＯ』（二〇〇九年）が放映され、高い評価を受けました。

公安ものの面白さを突き詰めていくと、最終的にはこの『外事警察』に行き着くと思うのですが、私はそこに謎解きの要素を付け加えたいと考えました。本来、公安警察を扱った小説で冒頭に猟奇殺人が描かれることは稀《まれ》ですが、今回はあえてそれを取り入れました。
本作では、諜報活動の緊張感とともに、ミステリー的な謎解きの要素も楽しんでいただければと思っています。

二〇一六年十一月

麻見和史

◆参考文献

『公安は誰をマークしているか』大島真生　新潮新書
『公安アンダーワールド』別冊宝島編集部編　宝島社文庫

この作品はフィクションであり、登場する人名、地名、団体名などはすべて架空のもので、現実のものとは一切関係ありません。

本書は、ハルキ文庫の書き下ろしです。

Haruki Bunko
ハルキ文庫

あ 28-1

共犯《きょうはん》レクイエム 公安外事五課《こうあんがいじごか》

著者 麻見和史《あさみかずし》

2016年12月18日第一刷発行

発行者 角川春樹

発行所 株式会社角川春樹事務所
〒102-0074 東京都千代田区九段南2-1-30 イタリア文化会館

電話 03(3263)5247(編集)
03(3263)5881(営業)

印刷・製本 中央精版印刷株式会社

フォーマット・デザイン 芦澤泰偉
表紙イラストレーション 門坂 流

ISBN978-4-7584-4053-0 C0193 ©2016 Kazushi Asami Printed in Japan
http://www.kadokawaharuki.co.jp/[営業]
fanmail@kadokawaharuki.co.jp[編集] ご意見・ご感想をお寄せください。